魅丽文化 飞言情工作室

桃桃乌龙 2

赵十余 著

江苏凤凰文艺出版社
JIANGSU PHOENIX LITERATURE AND ART PUBLISHING

图书在版编目（CIP）数据

桃桃乌龙 . 2 / 赵十余著 . -- 南京 : 江苏凤凰文艺出版社，2021.10
ISBN 978-7-5594-6234-3

Ⅰ . ①桃… Ⅱ . ①赵… Ⅲ . ①长篇小说－中国－当代
Ⅳ . ① I247.5

中国版本图书馆 CIP 数据核字 (2021) 第 172324 号

桃桃乌龙．2

赵十余 著

责任编辑	张 倩
出版统筹	曾英姿
特约编辑	何 进
封面设计	殷 舍
出版发行	江苏凤凰文艺出版社 南京市中央路 165 号，邮编：210009
网 址	http://www.jswenyi.com
印 刷	湖南天闻新华印务有限公司
开 本	880mm × 1230mm 1/32
印 张	9
字 数	243 千字
版 次	2021 年 10 月第 1 版
印 次	2021 年 10 月第 1 次印刷
书 号	ISBN 978-7-5594-6234-3
定 价	45.00 元

目录 CONTENTS

目录 CONTENTS

第一章
什么时候让我转正

早上，宁野是被杨凡的电话吵醒的。

昨天处理完微博上的事后，他就立刻找人去搜集曾经和那些娱记交涉过的记录和证据。还有一些被偷拍的、没被剪辑过的照片和视频，他也叫人花高价买了回来。

待所有文件发到他的电脑上后，他熬夜通览一遍，折腾完时，已经快天亮了，心想这个时间点，他家小朋友估计还没醒，所以便没着急，回房间补了一觉。

杨凡打电话过来的时候，宁野睡了差不多有三个小时了。

第一遍响铃时，他没理，也不想接。但是那边一遍又一遍地打过来，他终于不耐烦地拿起手机，冷着脸接通，说：“你最好是有要命的事。”

杨凡在电话那头一副有恃无恐的语气，说的话也莫名其妙：“兄弟，昨天过得怎么样？开心吗？高兴吗？幸福吗？不用感谢哥们儿，这都是哥们儿应该做的！”

宁野将手机拿远了些，又看了眼屏幕上的昵称，确定是杨凡，皱着眉说："你家那位又怎么你了？"

"没有呀，我家宝贝最近可乖了，嘿嘿。"

"那你一大早抽什么疯？"

杨凡在那头沉默了一下，又问："昨天没人找你？"

"没有。"宁野眉头皱了皱，"你到底想说什么？"

宁野话音刚落，就听客厅的座机响了起来。

公寓这边的座机一般只有物业和楼下的保安会打进来，宁野抬头看了看墙上的挂钟，掀开被子下了床。接着，他对杨凡说："我这边有电话进来，没事先挂了。"

电话是保安打过来的，他试探性地问道："宁先生吗？不好意思打扰您了，是这样的，我们这边来了一个小姑娘，说是要找你……"

"小姑娘？"宁野单手穿T恤衫的动作一滞，"你把电话给她。"

大概隔了两秒，听筒那头就响起了一道声音："宁野哥。"苏桃有些不好意思地看了看对面的保安，然后垂下眼，又说，"我在楼下保安室，你能下来接我吗？"

宁野没有迟疑，回道："等着。"

挂断电话后，苏桃冲保安笑了笑，说了声"谢谢"。

保安摆摆手，又仔细看了小姑娘一会儿，问她："我瞧你有点眼熟啊，你是不是之前来过这里？"

苏桃眼睛弯弯，笑着点头："来过的。"

"啊！我想起来了！你是那个来送特产的小姑娘吧！"说到这儿，保安想起之前宁野将小姑娘辛辛苦苦送来的特产直接扔给自己的事，心里不免一紧，想这小姑娘又来找宁先生，不会再被拒绝一次吧……

他正想得出神，保安室的门忽然被推开，宁野带着一身冷气走了进来，一副着急的样子，连件外套都没穿，脚上也只踩了一双拖鞋。

清晨才下了一场小雪，物业还没来得及派人清扫，他一路踏雪而来，棉质的拖鞋被浸了半湿。

保安和苏桃齐齐愣住了，宁野也没管他们的反应，两步走到小姑娘跟前，说：“过来怎么没给我打电话？我好让司机去接你。”

苏桃不知道怎么说，她这么早就来找他，是起床时头脑一热瞬间做出的决定。匆匆吃了饭，和爸爸交代了一声她就出了门。到了公寓这边之后，她才后知后觉地反应过来，自己连手机都没带。

没办法，她只好拜托保安室的人替她打了电话。

宁野见她没出声，也没再追问。他抬眼看了看，问：“有没有什么要拿的东西？”

“没有。”

宁野点头，自然地握住小姑娘的手，说：“那走吧。”

苏桃离开前礼貌地和保安道别，保安看着他们一高一矮的身影好一会儿都没反应过来，心想：这是小宁爷？我没眼花吧？

这前后反差也太大了！

这一年到底发生了什么啊？！

在保安满腹疑惑的时候，小姑娘已经被男人带着上了楼。

苏桃是第一次来宁野的公寓，进门之后，她先环顾了四下，发现装修风格和他老宅的房间差不多，都极为简洁。

家里只有两双拖鞋，都是男款。

宁野弯腰从鞋柜中取出另一双干净的拖鞋递到小姑娘脚边。他自己则把脚上那双脱下，赤着脚踩在地板上。

苏桃迟疑了一下，问：“没有别的拖鞋了吗？”

“没了，这边不怎么来人。”宁野看着她，像是猜到她下一句要说什么，忙说，“我没事，你赶紧穿上。”

北城大部分房子都装了地暖，苏桃脱了鞋后试了下地板的温度，随后才放心地乖乖把拖鞋穿好。

“怎么这么早就过来了？有要紧的事？”

“啊……”苏桃跟在宁野身后，吞吞吐吐，“就……”

她一时不知道该怎么说。

昨天和杨凡分开后，苏桃回家趴在床上想了好久。虽然没亲眼看到当初宁野经历过什么，但是她想象得出他小时候过得有多惨。

昨晚，她在床上翻来覆去，总觉得自己应该为他做些什么。

今天起床后，那股冲动越来越强烈，苏桃头脑一热，直接打车过来了。但此时宁野突然问她，她却不知道该怎么开口了。

宁野看出了她的犹豫，也没急着问，视线随意地往书房一扫，忽然想起了正事，说：“你先跟我来。”

他拽着小姑娘来到书房，示意她坐到电脑前。

苏桃有些迷糊，疑惑地回头看过去。下一秒，男人直接倾过身，贴在了她身后。

男人独有的气息萦绕在小姑娘周围，苏桃还保持着半侧身的姿势，正巧对着男人靠近时的侧脸。

此刻两个人的距离非常近，小姑娘抿着唇，连呼吸都放轻了。

“宁野哥……你干什么？”

宁野没直接回应，依旧保持倾身的姿势，伸手按了几下鼠标。

电脑开始播放一段视频，与此同时，男人抬手按住小姑娘的头，轻轻带着她面向电脑。

“这是当初我和郑甜的那条绯闻的全部内容，没剪辑过的。”

苏桃这才反应过来宁野在做什么，一时觉得有些别扭。

“不用看了，昨天微博上的热搜我都看见了……我相信你。”

宁野在旁边挑了挑眉，慵懒地出声：“那我之前被你冤枉得那么惨，有什么补偿吗？”

苏桃垂下眼睑，闷声说了一句：“对不起。”

宁野倒没想到小姑娘会是这个反应，怕再逗下去小姑娘会难受，便直起身子，说："逗你玩儿呢。之前那种情况，你误会、生气都是应该的，别瞎想。"接着他赶紧转移话题，"行了，说正事吧，今天来找我做什么？"

苏桃只迟疑了两秒钟，便说："你知道小男生都喜欢什么东西或者想做什么事情吗？"

苏桃的想法很简单，她想给这男人一个童年惊喜。

他以前想要的，没人给他的，她来给；他失去的，曾经渴望的，她都补给他。

这个想法可能显得特别幼稚，但是苏桃心里觉得一定要做。

若在平时，宁野肯定早察觉出不对劲了。但是这会儿他的注意力全被"小男生"三个字吸引过去，也没深思。深邃的眼眸眯起，他静静地盯了她一会儿，说："小男生？"

"嗯，大概……八九岁的样子。"

听到具体年龄之后，宁野稍微放心了一些。但转念一想，小姑娘大清早过来找自己，竟然是为了别人……

一瞬间，他心里的醋坛子便翻了。

他不舍得对苏桃发脾气，所以只能将坏心思用在别的事情上。

"小男生喜欢的东西挺多的，奥数练习册，一万块拼图……"

"等等！"

苏桃及时打断他的话，快速从包里拿出一个本子和一支笔，翻到一张空白页，认真地将宁野刚刚说的那些记了下来。写完之后，她犹豫着继续问道："除了这些益智的东西，还有没有别的能让他玩的娱乐项目？"

宁野斜了小姑娘一眼，看到她认真做笔记的模样，心里的醋劲儿更大了。

他想了想，还是觉得不甘心，于是说出来的全是他小时候极其讨厌和害怕的。

他恐高，也讨厌黑漆漆的地方，于是说——

“去游乐场玩过山车和鬼屋吧，小孩子的胆子都大。”

他讨厌甜食，于是说——

“还有甜筒，小孩子都喜欢吃甜食吧。”

啊，还有一个。也不知宁野又想到了什么，懒洋洋地勾了勾嘴角，笑得有点儿坏：“还有穿女装。就是那种粉粉嫩嫩的，带着蝴蝶结的小洋裙子。”

苏桃原本认真地做着笔记，听到这个，下笔的动作略微停滞，问道：“这个……真的会有小男生喜欢吗？”

宁野眼睛都没眨，正儿八经地撒谎：“我小时候就很喜欢女孩子的衣服啊，但是一直没机会穿。你们小姑娘应该不懂，男生小时候对新鲜的事物都很好奇，尤其是他身边一直存在，可他从来没有试过的东西。听我的，没错！”

苏桃又犹豫了一会儿，最后才将信将疑地写下了“女装”二字。

宁野又说了一堆，小姑娘都认认真真地记了下来。末了，她将本子和笔重新装进背包，站起身，说：“我想过几天就带他去做这些事，宁野哥你能陪我吗？”

宁野点了点头，接着不着痕迹地问了句：“谁家的小孩儿啊？”

苏桃怕穿帮，赶紧垂下眼睑，随意答道：“一个亲戚家的。”

苏桃没在宁野的公寓里面多待，他将她送下楼后她便打车走了。宁野转身回家，总觉得今天这事儿有些奇怪。

正巧杨凡打电话过来，他将手机从茶几上捞起来，往沙发上一靠，道：“说。”

杨凡忍了忍，到底没骂人，平心静气地问：“你刚才干什么去了？挂我电话就算了，后边再打怎么没人接了？”

男人丝毫不在意，漫不经心地答：“我家小朋友刚刚来找我，没空搭理你，按静音了。”

杨凡一听这话，忽然变得有些兴奋：“小苏桃真去找你了？不对，她刚刚才去找你？！”

宁野皱了皱眉，心里那丝不对劲儿的感觉越来越浓：“什么意思？你知道她会来找我？”

“我当然知道啊！她昨天忽然来问我你小时候的事，我一股脑儿全跟她说了。小姑娘当时特别心疼你，肯定会去找你的。”

杨凡还在那头喜滋滋的，觉得他帮了兄弟一把，却没想到，宁野忽然咬牙切齿道：“那你怎么不早说？”

“我想说，你刚才也没给我机会啊！”

宁野气得咬牙，回忆起刚刚忽悠小姑娘时说的那些话：过山车，鬼屋，甜筒，女装……

杨凡压根没察觉到宁野有什么不对劲儿，又笑嘻嘻地道：“兄弟这次是不是又帮了你一个大忙？不用客气，回头再送我一辆车当谢礼就行。”

宁野没回话，直接挂断了电话。

苏桃回去的时候，和苏国伟匆匆打了个招呼，便又一头扎进房间。她从包里拿出本子，认真地归纳上面的事项。

奥数题册和拼图她可以直接在网上下单，小姑娘像是忽然想到了什么，眉头皱了皱，懊恼道：“忘了问他喜欢什么图案……”

她在里头写写画画时，苏国伟敲了敲她的房门。

苏桃头也没抬就道：“进来吧爸爸，门没锁。”

苏国伟推开门笑着走进来，手里端着早餐和切好的水果。

“一大早看你连饭都没吃就跑出去了，怎么这么急？”

苏桃不知道怎么和苏国伟说，于是软软地冲他笑了笑，道：“去找了一个人。爸爸，你放下吧，我待会儿吃。”

苏国伟原也没太在意小姑娘的话，含笑点头。伸手准备将托盘放到她的书桌上时，余光看见了她写的那一堆计划，眼底闪过一丝诧异。

“这是……”

苏桃迟疑了一下，最后还是对苏国伟说了实话：“一个朋友，小时候过得有点儿艰难，我最近听了他的事情后，总觉得应该为他做些什么，所以就想着补个童年惊喜给他。”

苏国伟又看了看本子上那些记录，问：“男孩子？”

苏桃点头。

苏国伟不着痕迹地皱了皱眉，但也没说什么，只叮嘱苏桃先吃了饭再忙。

苏桃乖乖答应。

苏国伟从女儿的房间出来，心里还在不停地犯着嘀咕——

苏桃从小就乖巧，异性朋友几乎没有。能让她这么用心对待的，在她的心里肯定是有一定地位的。虽然女儿早已成年，但苏国伟还是觉得她是那个读高中的懵懵懂懂的小姑娘。

现在小姑娘心里忽然有了一个男孩子，苏国伟作为老父亲，不免担心。

毕竟现在外头的男人骗起姑娘来都特别有手腕，尤其还是这种编一个凄惨童年的人，这明显就是在博他家桃桃的同情啊！

苏国伟越想越觉得不对劲，心里已经开始把苏桃口中那位不知名的朋友当成头号危险人物，并且暗暗想着，等回头再见到宁老太太，他一定要问一问，看看她知不知道这个所谓的朋友到底是谁。

苏桃把去游乐园的时间定在了三天后，那天，她起了个大早，在苏国伟还没起床时，就洗漱完毕，还给宁野发了微信提醒他。

男人在那头回得也很快，是一条语音回复，语气照旧懒洋洋的：

“小朋友，你今天穿什么颜色的衣服？给我参考一下。”

苏桃下意识就回了“白色”过去，片刻后，又反应过来。

苏桃：参考什么？

男人没再回答她的问题，又发来一条语音：“我大概十分钟后出门，去接你？”

苏桃赶紧拒绝，和他约好在游乐园门口见。接着，就套上围巾和帽子匆匆出了门。

苏国伟一直在屋里悄悄注意着苏桃的动静，见她关门走了，他赶紧跑去阳台上。

小姑娘大概隔了半分钟就出现在楼下，她看上去挺着急，一路小跑到小区门口，最后抬手拦了辆出租车。

苏国伟越发笃定心里的想法，觉得自己的宝贝女儿肯定是遇到了一个段位高的“渣男”！有点儿良心的男孩子，怎么可能不来接人呢！

苏国伟越想越气，要不是这几天还有工作需要他处理，他真想现在就去宁家找宁老太太问个清楚！

司机把宁野送到了游乐园的正门，男人远远望过去，发现苏桃已经到了。

小姑娘穿了一件白色棉服，戴着白色的帽子和围巾。小脸半埋在围巾里，远远看过去，像只被掩盖在一片雪里，只露出一双黑亮眼睛的小仓鼠。

宁野迈开大步，朝着“小仓鼠”走去。

苏桃原本一直想着该如何解释今天只有他们两个的事情，结果一抬头看见男人的身影，忽然愣了一下。

宁野今天难得穿了一件白色大衣，以往他穿的衣服不是黑色就是深灰色的，像这种明亮干净的风格，他很少尝试。

小姑娘后知后觉地想到他之前问自己的那个问题，再没有经验，也猜到了他的意思。哪料男人走近后，开口道："啊，好巧啊，我们都穿了白色。"说完，他抬手捏了一下小姑娘帽子上的毛线球，又道，"还有，你说的那个小朋友呢？"

小姑娘瞬间反应过来，"啊"了一声后，目光躲闪着垂下眼睑，解释道："他家里忽然出了点儿事，今天不跟我们一起玩了……"

她的声音软软的，像是知道自己在撒谎，十分没底气。

宁野看着小姑娘的反应，心里软得一塌糊涂，也不再逗她，伸手握住她的手腕，带着她朝游乐园走去。

"不来就不来，咱们两个逛也行。正巧我小时候没有正儿八经来游乐园玩过，今天补上。"

苏桃听完，眼底多了一层柔亮的光，她眉眼弯弯地冲着男人笑了笑——

"嗯！"

临近春节，北城各处张灯结彩，年味儿十足。

游乐园里的主题设施也变成了大红色，里侧的人行道两边都挂着红红的中国结。

苏桃进去之后兴致很高，脸上的笑意一直没消失过。宁野见她这样，唇边也懒懒地勾着笑。

街道边有卖发箍和小玩具的小摊，路过的时候，苏桃忽然想起了本子上记着的一项。于是她眨了眨眼睛，拽了一下男人的衣袖。

"宁野哥，咱们买个发箍吧。"

宁野知道，该来的逃不掉。前几天他信口胡说的那些东西，今天都要一一变成现实。

小姑娘特别积极，拉着他往小摊前走。可能是为了配合园里的主题，今天小摊上摆着的商品也是大红色居多。

摊主是位大爷，他手里抱着个保温壶坐在这些可爱的小东西中间，看着倒少了些老态。

“小姑娘，是选发箍吗？我这儿新进了一批瑞利和玫瑰的样式，特别适合年轻小情侣戴，你和你男朋友可以试试这对！”

瑞利和玫瑰是最近新火起来的童话故事主人公，钟佳佳前阵子对此特别着迷，一直跟苏桃念叨，没想到头饰制造厂家也这么关注流行趋势。

只不过……

苏桃有点儿不自在，小声嘟囔了一句：“不是男朋友……”

老大爷笑呵呵地冲着旁边的宁野说：“小姑娘挺害羞的！”

宁野站在一旁，斜眼睨了下埋头挑东西的苏桃，顺着大爷的话道：“嗯，确实挺害羞的。”

苏桃脸儿绯红，匆匆挑了个瑞利交给宁野，便想结账。

男人看着手里的发箍，忙拦住她，问：“你不戴？”

苏桃不知道该怎么说，她虽然平时很喜欢可爱的小物件，但是这个发箍怎么看怎么幼稚，她真的不太想要……

但男人根本没给她拒绝的机会，顺手拿起自己刚刚挑的情侣款发箍，直接戴在了她的头上。

小姑娘进园后觉得有些热，就把毛线帽摘掉了，这倒给男人行了方便。

发箍卡在小姑娘头上，两侧的卡通人玫瑰在小弹簧上面微微颤动着，小姑娘的一张小脸被衬得更加软甜。

宁野满意了，顺手也把自己那个发箍戴上，漫不经心地说：“好了，这回瑞利不孤单了，他喜欢的人也可以陪他了。”

他说话的时候，眸子慵懒地垂着，视线落在小姑娘脸上。

苏桃被他看得不自在，没接他的话，匆匆结账，便迈开步子继续往园里走。

冬天一大早就来逛游乐园的人其实不多，各处设施排队的人也寥寥无几，苏桃原本只是闷头往前走，后来瞧见远处高耸在白雾里的过山车，忽然眼睛一亮。她扯着男人的袖子，往那头指了指，说：“宁野哥，我们先坐那个吧！”

小姑娘的兴致很高，拉着宁野一路快步走到过山车项目的排队区域。

那边人很少，上一批游客下来后，他们便直接由工作人员带了过去。

就要轮到他们时，宁野忽然有些不死心，他看着小姑娘专注的样子，装出不经意的样子，说：“那个……我也不是非要玩这个，你如果恐高的话，咱们可以……”

“我不恐高。”苏桃打断他的话，正巧此时轮到他们了，她赶紧拉住他的手臂，“走吧，宁野哥！该我们上去了！”

在后来的三分钟里，宁野充分体会到什么叫“自作孽不可活”。

过山车在空中来回翻转，男人一会儿感觉被吊挂着，一会儿又感觉向下疾冲失重。过山车停下的时候，宁野觉得四肢都不是自己的了，脸色也开始泛白，整个人状态都不好了。

苏桃刚从过山车上面下来时，也缓了一会儿，原本以为男人的兴致会比自己高，却不想，回头一看，对方的脸色比她的还差。

她赶紧跑过去扶了他一把：“宁野哥，你没事吧？”

男人摆了摆手，勉强忍住腿软和想吐的冲动，道：“没事，就是刚刚太兴奋了，得缓缓。”

苏桃目光有些迟疑，心想，这种反应确定是兴奋吗？

隔了一会儿，她又说：“那……如果你真的很喜欢的话，咱们再坐一次吧！”

反正现在人少，排队也用不了多久。

宁野一听这话，心里咯噔一下，一把拽住小姑娘的手，深吸一口气，道：“一次就够了！”

他语气又急又快，苏桃听完仰头看向他，表情中带着些许疑惑。

男人看得出来，她是觉察到他不对劲儿了。于是忍了忍，勉强微笑道：“我的意思是，游乐园里还有很多项目，咱们不用一直在这儿耗着。”

小姑娘一听，恍然点头，接着不知是想到了什么，忽然又冲宁野一笑，说：“我记得之前查过资料，这边除了过山车，还有海盗船和跳楼机之类的高空项目，咱们待会儿可以去玩这些项目！时间充足，应该能玩个遍！”

在后面的几个小时里，宁野被小姑娘拽着将游乐园里所有高空项目都玩了一遍，玩到最后，他的胃终于忍不住开始翻江倒海。

他忍了又忍，才堪堪忍住，没在小姑娘面前吐出来。

后来他实在受不了了，从跳楼机上下来后，便软着脚强行将人拉去了园里的水吧。

“休息一下，咱们先休息一下。”

苏桃见男人确实有些疲惫，也没再勉强。她将包包一放，主动去前台点单。

她离开的间隙，杨凡给宁野发来一条微信。

杨凡：兄弟，去游乐园了吗？坐上过山车了吗？开心吗？幸福吗？哈哈哈……

宁野：你怎么知道？

杨凡：小苏桃跟我确认了啊！她问我，你小时候是不是喜欢坐过山车，喜欢玩鬼屋，喜欢穿裙子……

杨凡：啧，我说你为了追人，玩得挺大啊，哄她哄得连命都不要了？还是想博小丫头的同情？

宁野懒得再搭理他，把电话挂断，屏幕向下一扣。

他坐了一会儿感觉好多了，腿脚的知觉渐渐明显起来，脸色看上去也没那么苍白了。

不过转眼间，他瞧见小姑娘远远地拿了两个甜筒过来，原本快要消散的崩溃感又迅速浮了上来。

苏桃走近他后，有些犹豫。她伸出小手把两个甜筒递到宁野跟前，小声说："这边只有牛奶味和草莓味的，你想吃哪种？"

宁野心说他哪种都不想吃，表面上倒是一副认真挑选的样子，最后拿起牛奶味的那个甜筒。

甜腻冰凉的感觉在嘴边化开，宁野绝望得很。但对面的小姑娘却毫无察觉，小口吮了下粉红色的冰激凌球后，软软甜甜地对他笑了一下，道："好甜啊。"

小姑娘一脸满足，眼睛弯弯像月牙似的，那笑意荡进了男人心里。他心脏发紧，认命地又抿了一口甜筒，忍着那股让人厌恶的甜腻，视线落在她脸上，懒懒地笑道："嗯，确实很甜。"

两个人从游乐园出来的时候，已经是下午四点了。

离开前，苏桃还偷偷拿出小本子看了看，在确定上面记录的所有项目都玩过一遍后，她悄悄松了一口气。

宁野将她的小动作都看在眼里，却一直没点破。

他以为今天的活动到此为止了，刚想说带着她去吃晚饭，哪料下一秒小姑娘忽然犹豫地转过头，看着他说："宁野哥，那个……我想买条裙子，你帮我挑一下？"

宁野真的受不了了，他可以忍受高空恐惧，可以忍受甜筒，但是女装……叫他怎么忍！

他顾不得是不是还在大街上，直接一把将人按进怀里，低头将俊脸埋进小姑娘的颈窝，道："好了，小朋友，我知道你想哄我，你的心意我已经感受到了，不用再继续了。"

苏桃听了他的话倒没太觉得意外，毕竟自己今天都做得这么明显了，他猜出来是早晚的事。

不过她也悄悄松了一口气，刚刚提到女装的时候，她其实有些犹豫。还想着如果宁野再没有反应的话，自己该怎么圆这个谎，把买来的裙子送给他。

想了想，她将准备了好几天的话柔声冲他说了出来：“宁野哥，阿姨昨天给我托了梦，她叫我告诉你，谢谢你平安健康地长大，还长成了这么厉害的大人，她为你骄傲。”

宁野听着她一本正经地胡扯，不由得勾了一下嘴角，埋在她颈间漫不经心地“嗯”了一声。

“她还说……那些骂你是怪物的人，都不了解你。你其实特别优秀，特别好，你身边的人都很喜欢你。”

宁野笑意加深，闷声回道：“我身边的人都喜欢我？包括我怀里这个小朋友吗？”

苏桃愣了一下，完全没想到他会是这种反应，一时没了声音。

男人慢悠悠地直起身子，神情慵懒地睨着她，说：“嗯？我眼前的小朋友也喜欢我吗？”

男人的声音慵懒至极，带着不太正经的腔调，但盯着苏桃的目光十分专注。

苏桃被他问得一愣，双颊不由得开始发烫，隔了好一会儿，她才软乎乎地反驳出声：“你这是犯规……”

他明明知道她说的“喜欢”不是那个意思，怎么回过头却变成他用来逼问自己的陷阱呢？

宁野听了小姑娘的话，只微微挑了下眉，道：“那行，我换个说法。”说着，他微微倾过身子，线条分明的脸庞朝她逼近，“追了你这么久，你准备什么时候让我转正？”

按道理说，宁野一点儿也不着急。他挺享受追人的过程的，他喜欢他家小朋友，所以不管追多久，他都心甘情愿。但是，最近这件事几乎让他断定苏桃的心里已经有了他。

不论是心疼也好，心动也罢，他在她的世界里已经有位置了。

他大小也算个商人，商人最会的就是利用已有条件创造更丰厚的利益。更何况过完春节小姑娘的寒假就结束了，到时候她回了S市，两个人又要两地分隔。

他对自己有信心，他认定了一个人是绝对不会再改变的。

他对苏桃其实也是有信心的，他不觉得小姑娘会是三心二意的人，可毕竟距离太远，一切都是未知。更何况她回到学校后，有那么多小男生盯着，难保不会有人挖墙脚。只有加快速度确定了关系，他才能放心。

而苏桃，完全没想到男人会扔过来一个这么直白的问题。

她一时不知道该如何回应，又被他这样盯着，心里有些急，片刻后，连脑子都没过，一句话脱口而出："可是一般转正前不都是有实习期的吗？"

宁野被她说得一愣，小姑娘看着他，顺势出声："转正前是需要实习的，只有实习合格了才有转正资格，你们公司难道不是这种流程吗？"

宁野快被她的言论气笑了，稳了稳情绪，回应道："行，那我怎么实习？实习内容是什么？提前适应你男朋友这个岗位？"说到这儿，他像是想到了什么似的，脸上笑意不减，又漫不经心地问，"所以你的意思是让我先当实习男友？"

苏桃不知道这个话题怎么绕来绕去变成了这样，她也不知道该怎么回话，一双杏眼眨巴了两下后，她躲闪着避开对方的视线，想转身去路边拦车。

宁野及时拽住她，一点儿逃避的机会也不给她留："话还没说完呢，跑什么？"

苏桃低垂着小脑袋，闷声回应："反正不是实习男友。"

宁野其实还想再逗她两句，问她这到底讲不讲理了。但目光落在她脸上，见她避开视线后，她到嘴边的话又一转："那你说的这个转正前的实习，要多久？"

苏桃漂亮的眉眼间写满了犹豫，迟疑了一会儿，试探着问："半年？"

宁野这次真被气笑了。他哭笑不得地说："你怎么不干脆说让我实习到明年的今天。"

小姑娘小声嘟囔："也不是不行……"

他觉得这样下去不行，小姑娘现在明显已经越来越习惯和他相处了，说话、做事，胆子也比平时大了不少。

这是好事，但在正经事上，他不能让她胡来。

想到这儿，他认真起来，道："桃桃，我知道你有很多顾虑，但是这些并不是你逃避的理由。况且过完年，你寒假结束又要回S市了，咱们的关系如果一直不确定，我满脑子想的都会是：我家小朋友在学校会不会被哪个小男生搭讪了。要是那个小男生比我帅、脾气比我好，对你也比我体贴怎么办？"

苏桃被他说得脸热，想了想，小声回道："不会有比你好的男生的……"

男人在心里偷笑，但面上丝毫未显，继续装可怜："我年纪也不小了，好不容易喜欢上一个人，你就当可怜可怜我，别折磨我太久，好吗？"

"那你说多久？"

宁野原本想说她寒假结束那天，可话到嘴边忽然一转："要不然下周？"

"不行！"小姑娘急了，没想到他会把日期缩到这么短，"一周时间不行！至少要到我寒假结束的时候！"

宁野忽然扯出了一个懒懒的坏笑，爽快地答道："行，那就听我家小朋友的，到你寒假结束那天。”

腊月二十三，农历小年。

当天早上，苏桃起了个大早。

她和苏国伟一直有在小年挂祈福灯笼的习惯，之前几年都是她一个人挂，后来去了宁家，见宁老太太他们没有这个习惯。

祈福灯笼做起来其实非常简单，批发市场里有现成的竹质灯架，只要把灯架买回家，外面糊上一层写着新年愿望的红纸就好了。

因为每年只有她和爸爸两个人做祈福灯笼，给一家人祈福，所以一般只买一个灯架。但是今年她想给很多人祈福，她和爸爸一个，宁奶奶和宁薇姑姑一个，刘博和……

小姑娘一想到那个男人，心里还有些气。

想起之前在游乐园里的那番对话，她越想越觉得自己被套路了。但男人当时笑得又浑又坏，什么也不说，就那么看着她。

她后来气不过，踩了他一脚。

他当时愣了一下，接着脸上笑意更浓：“可以啊，我家小朋友的脾气被我养得越来越大了。”

苏桃不知道说什么，反正那天回家后，她就没再搭理过他。

电话不接，微信不回，过去好几天了，心里的气才少了些。

买好灯架回到家，苏桃拿起准备好的红纸提笔写字。

她小时候上过书法班，练的是正儿八经的小楷。

小姑娘持笔时坐姿端正，手腕轻悬，黑色的墨汁从毛笔尖处落下，一笔一画，变成了隽秀楷书。

她和爸爸的那个灯笼，依旧是老样子，名字后面都加了喜乐平安，只是少了一个人的名字。

宁奶奶和宁薇姑姑的，则在名字后面分别加了长命百岁和一生顺遂。

最后，写到宁野和刘博的名字时，她在刘博的名字后面写上了学业有成，而宁野的……小姑娘想了想，气呼呼地只写了恭喜发财四个字。

写好后，她便拿着胶水把红纸牢牢地粘在了灯架上。

对着窗户看了好一会儿，没发现瑕疵，她便从旁边拖过一把椅子，准备把灯笼挂好。

窗子顶层的挂钩有些高，她伸手试了好几次也没挂稳，看来需要挪一挪椅子。

哪想刚从椅子上下来，她无意间往书房门口一瞥，忽然就瞧见了几天未见的男人。

男人抱着双臂倚在门边，迎着窗户这边洒下的阳光，身上染了大片透明的金色。

苏桃差点儿以为自己眼花了，定睛一看，发现真的是宁野，有些意外地问："你怎么来啦？"

"你不接我电话，我来找苏叔告状。"男人含笑走近，抬手捏了一下她脸颊上的软肉，没再逗她，"今天不是过小年嘛，老太太在家闲着无聊，派我带她来找你们。"

没等苏桃说什么，男人忽然拿过她手里的灯笼。

片刻，他挑了挑眉，道："祈福没带我？"

苏桃看了他一眼，抬手指了指旁边还没挂的那两个灯笼。

宁野视线朝那边看过去，顺口念出自己名字后面那行祝福语："恭喜发财？"他的语气慢悠悠的，"看来真把我家小朋友得罪狠了啊，连祈福语都写得这么不走心。"

苏桃瞪了他一眼，不想再继续听他瞎说，抬手推他："出去，我要继续干活了！"

宁野眼见小姑娘又要着急，赶紧笑道："好了，我错了，之前不应该逗你。"

见小姑娘不说话，他拉住她，小声说："真错了，我跟你道歉，你要是还不解气，不然再踹我两下？"

苏桃明显是吃软不吃硬的性格，男人如果一直漫不经心地逗她，她还会多气一会儿，但这会儿见他一口一个"我错了"，再大的气也没了。

她怕两个人在书房待得太久，爸爸和宁奶奶会觉得奇怪，于是用搭在他身上的两只小手推了推他，再开口时，语气比刚刚软了些："你先出去，我要把灯笼挂好。"

"我帮你？"

"不要。"小姑娘又推了他一下，"快出去。"

宁野也没勉强，他之前给苏国伟带了不少礼物，老太太在那边聊天估计没顾得上去拿。

客厅里，宁老太太和苏国伟聊得火热。

宁野走过去的时候，也不知道两个人聊到了什么话题，声音比刚刚小了不少，苏国伟还神神秘秘地凑到了宁老太太跟前："您今天不来，我还打算找个时间去老宅那边找您呢。"苏国伟说完这话，又朝书房那边望了望，见苏桃没跟宁野一起出来，他便小声问道，"就我想问问您，桃桃之前在老宅住的时候，有没有什么异样？"

宁老太太原本笑眯眯的神情一顿，问："你指什么？"

苏国伟犹豫片刻，最后还是把藏在心里的话说了出来："就……她前几天忽然神神秘秘的，说有个认识的朋友童年生活凄惨，她看着难受，想给对方补过童年。"

宁老太太没听明白，问："这是桃桃会做的事情啊，咱们家这个小丫头不是一直这么善良的吗？"

"我知道，但是这不是重点，桃桃说的那个朋友是个男人。"

宁老太太一愣，心跳莫名快了一拍，她朝宁野的方向看了一眼。

苏国伟倒没发现老人家的异样，自顾自地说着："桃桃以前的朋友我都认识，根本没有男孩子。要是后来交的朋友，应该也不会刚认识没多久就把以前的事都讲出来吧……我之前特意向我一个专业做情感节目的同事咨询了，她说这明显就是对方卖惨，以博取小姑娘的好感，是典型的‘渣男套路’。”苏国伟轻轻叹了口气，“所以我有点儿不放心，总觉得桃桃……遇到‘渣男’了。”

第二章
恭喜你，成功转正

其实苏国伟有这个疑虑已经不是一天两天了。因为他刚从国外回来，很多工作都还在交接中，所以每天都很忙。

他也很着急，自从知道女儿身边出现了一个不知名的小男生后，他就常常胡思乱想，生怕他家桃桃被骗。

但是工作一直做不完，他委婉地问过苏桃几次，小姑娘一直不正面回答那个男生到底是什么人。

他思来想去，只能向宁老太太悄悄问一句，希望能从她这里得到些信息。

而宁老太太在听完苏国伟说的话之后，第一时间就断定他说的这个“渣男”是宁野。

她看了宁野一眼，尴尬地笑了笑，说：“这个……我也不太清楚。桃桃是经常被他叫出去吗？除了卖惨，还有别的事情吗？”

苏国伟摇摇头，想了想，又道：“不过桃桃最近都不接那个男生的电话了，可能是他惹到桃桃了。”

宁老太太无言，半晌才道：“这不是挺好吗？桃桃可能发现对方是个‘渣男’，自己主动远离了！”说完，她狠狠瞪了宁野一眼。

苏国伟又自顾自地摇头：“但是换个角度看，那个男生肯定已经对桃桃产生了影响，不然她那么懂礼貌的一个孩子，不太可能会这样……”

宁老太太不知道该说什么，其实她也理解苏国伟做家长的心理，关心则乱，如果不是这会儿她自己心里明镜似的，她肯定也要跟着担心了。

苏桃真的太乖了，她有任何异于平时的举动，他们都会担心她是不是受欺负了。

书房那头忽然传来脚步声，苏国伟抬头见苏桃出来了，赶紧摆摆手，示意宁老太太别再说下去。

当天，宁老太太和宁野留在苏家吃午饭。

苏国伟准备亲自去市场选菜，走之前还拉着苏桃问了两个客人的口味。

苏桃说宁老太太爱吃海鲜，提到宁野，她想了想，说：“宁野哥应该爱吃甜的吧……”

苏国伟有些意外，道：“那他和你堂哥的口味差不多，我之前在国外还去过他们家，一米八五的大个子，特别爱吃棒棒糖。”他边念叨边想往外面走，“甜味的菜，我会做的还真没几道，也不知道他会不会喜欢……”

苏桃看苏国伟这副为难的样子，忍不住想笑。犹豫片刻，她主动上前，说：“爸爸，我跟你一起去市场吧，菜我来挑，回来你负责烧菜。”

苏国伟觉得这样也好，免得他像无头苍蝇一样在市场上乱转。

父女俩和宁老太太打了招呼就出去了，剩下祖孙俩在苏家。

宁老太太没着急，先是慢悠悠地走到阳台上，悄悄朝楼下看了一眼，确定苏国伟和苏桃走远之后，她才风风火火跑回客厅。

看着还悠闲地坐在沙发上的宁野，她就生气，狠狠拍了他一下，骂道："你怎么回事？为了追个小姑娘你还卖上惨了！这下好了吧，我看你在桃桃爸爸这边怎么收场！"

宁野有些无奈："事情不是我自己和苏桃说的。"

"到底怎么回事？"

宁野没办法，只好把整件事原原本本对宁老太太讲了一遍。

宁老太太听完，心里的火气倒是少了一些，但转念一想，又问："那桃桃爸爸这边怎么办？总这么瞒着也不是办法。"

宁野也不知道该怎么办，但是他知道现在不是最好的坦白时机。小姑娘还没给自己转正，苏父对那个"卖惨的渣男"印象又不好，如果现在承认是他，搞不好小姑娘还没追上，他就要先面对家长反对的问题了。

宁老太太其实也想到了这一点，一下子又觉得宁野追人的速度太慢。

"你还能不能行了，你爷爷当初追我的时候，两个月不到就搞定了。怎么到你这儿，快半年了都还没把桃桃哄好？"

宁野靠在沙发扶手旁，单手撑着头，懒懒一笑："应该快了。"

苏国伟当天做了不少菜，菜都是苏桃选的，但好在她选的也都是苏国伟拿手的菜。

知道宁老太太喜欢吃海鲜，他特意烧了青虾和螃蟹。

至于宁野……

苏国伟拿出一个长辈和招待客人的态度，十分温和地冲宁野笑了笑，接着把手边的糖醋排骨和香炸牛奶推到了宁野面前，说："听桃桃说你喜欢吃甜的？快尝尝这个，甜味菜里面，叔叔最拿手的就是这两道了。"

宁老太太在旁边憋着笑，甚至还慈爱地主动给宁野夹了一块香炸牛奶到他碗里。

“快，你叔叔特意给你准备的，赶紧趁热吃！”

苏桃感觉气氛怪怪的，但也没多想。

一顿饭结束，两个长辈聊得特别开心，小姑娘也偶尔在旁边抿嘴笑，只有宁野，脸色说不上难看，但也绝对不算好。

好在他调整得很快，没被苏国伟他们看出什么异样。

饭后，宁老太太并没有着急走，又拉着苏国伟聊了一会儿。

后来两个人不知道怎么把话题扯到了最近新上映的电影上面，苏国伟说那部电影的编剧是在他们台里做的原型取材，之前还远程采访过他。

宁老太太原本对这些不怎么感兴趣，结果一听到这儿，赶紧道："那咱们得去电影院看看啊！正好今天都闲着，我叫司机带咱们去电影院！"

宁老太太向来风风火火，决定的事情马上就要做。苏国伟一想今天也确实没事，便点头答应了。

出门的时候，两个长辈走在前面，宁野带着小姑娘跟在后头。

男人趁着前面的人不注意，偷偷侧过头，凑到小姑娘跟前说："小朋友你得负责啊，我因为你都变成'渣男'了。"

苏桃觉得他这举动莫名其妙，抬眼看他，没出声。

司机把几个人送去了附近一家电影院，进去后，两个长辈先去候场区找座位坐下，宁野则带着苏桃买票、买爆米花和饮料。

前台买票区顶层有一个LED显示屏，上面滚动着当天放映电影的上映场次、时间和票价。

苏桃找到了宁老太太和苏国伟要看的那部电影，无意间瞧见了显示屏上主演的名字。

“郑甜……”

宁野随意瞥了她一眼，压根没想起来郑甜是谁，还问小姑娘：

“怎么了？你喜欢这个主演？要是喜欢，回头我找杨凡帮你要她的签名。”

苏桃欲言又止，看了宁野好几眼，最后还是忍住没出声。

后来，宁野才知道小姑娘之前那表情到底是什么意思。

他们拿着电影票和爆米花，还没等走近，就听苏国伟说：“这个郑甜我知道，桃桃有个小同学特别喜欢她。好像之前还跟谁传过绯闻……啊！对了，好像也姓宁！”

进了影厅，找到座位坐好，宁野拿出手机给苏桃发了一条微信。

宁野：你有机会向你爸爸解释一下那些绯闻的事情，那些偷拍的原视频我还没删，回头传给你。

苏桃垂眼看了看，在昏暗的荧幕光亮下发过去几个字。

苏桃：不要，好奇怪。

宁野：你是觉得我还是“实习生”，所以背景资料没必要往“高层”上报？

她没再回复，直接把手机塞进包里，也没再看旁边的男人。

电影开场，宁老太太和苏国伟很快进入剧情，宁野在一旁有些不在状态，见小姑娘不搭理他，时不时递一些零食过去，刷刷存在感。

后来苏桃实在是受不了了，指了指屏幕，小声对他说：“我不想吃东西，咱们先看电影！”

宁野没办法，只能安静下来。

剧情发展到第一高潮阶段，女主人公马上要去黑窝点进行暗访。临走前一天，正巧是她生日，男朋友替她准备了生日礼物，两个人还吹了蜡烛吃了蛋糕。

宁野觉得有些无聊，随口说了句：“这人准备的，不如我给你准备的生日礼物好。”

其实他说话声音一点儿也不大，但是小姑娘那会儿恰巧也想到了前些日子自己过生日时发生的那些事。

本来就在暗暗脸热，他一出声，她刹那间的反应就是红着脸捂住他的嘴。

小手软软的，带着温热，贴在男人嘴巴上，鼻子下。也不知道小姑娘用的是哪个牌子的护手霜，淡淡香气中带点甜丝丝的味道，特别好闻。

宁野察觉到她的不自然，一瞬间也大概猜到了她在想什么。于是他也不急，就那么在昏暗中懒洋洋地笑着看她。

小姑娘双颊温度更高了，后来慢吞吞地把手收回来，闷声说：“大家都在看电影，你小点儿声说话。”

男人眉梢微微一扬，他身子前倾，俊脸凑到了小姑娘耳边，再出声时，带着让人心尖泛痒的温热气息：“这么小可以吗？”

从电影院出来时，苏桃双颊还红扑扑的。

宁野在旁边一直含笑逗她，偶尔还捏捏她脸颊上的软肉，但是小姑娘愣是躲闪着没再看他一眼。

宁老太太和苏国伟原本还在前头讨论着刚刚的剧情，讨论到高潮部分时，老太太转身想问问苏桃那个女主角当时那句台词到底有什么深刻含意。

“桃桃啊，你说那个女主角说的……”话没说完，老太太就察觉到了小姑娘脸色不太对劲儿，问道，“这怎么了？在电影院里面太热了？”

苏桃尴尬得还没回答呢，旁边的男人倒先抬手揉了揉她的脑袋，说：“估计是热了，刚刚我感觉这里面温度高，叫她把外套脱掉，她也没听。”说完还煞有介事地垂眼看向苏桃，“这回知道要听我的话了吧？”

这瞎话明显是骗人的，小姑娘听了瞪了他一眼。宁老太太在旁边看着，也忍不住了，一把拍掉自家臭小子的手。

“桃桃，你和奶奶说，是不是你宁野哥哥又逗你玩了？别怕，跟我说，我帮你教训他！”

说完，她又想打宁野，苏国伟在那头看着，赶紧拦住。

苏国伟现在对宁野的印象还不错，这几次无论是视频还是见面，他都没感觉出两个孩子之间正发生的事。所以这会儿他也没太在意，以为就是小辈之间的打打闹闹，他还挺希望苏桃能活泼一些。

“小孩子就是爱闹来闹去的，我有个亲戚家里也两个孩子，兄妹俩，之前在国外的时候偶尔去他们家做客，他们也是这样闹着玩的。您别小题大做，倒把这两兄妹搞得生分了。”

原本一直笑着的宁野听见“兄妹”二字后，突然笑不出来了。

宁老太太原本计划叫司机先把苏家父女送回家，她和宁野再回老宅。但是司机开车过来后，表情有些犹豫，支支吾吾的，像是有话要讲的样子。

宁老太太皱着眉，叫他有话直说。

司机想了想，说：“家里阿姨打电话过来，说宁董和宁怀少爷回老宅了。”

司机说完这话，就感觉气氛不大对劲儿了。

其实他也不想这个时候破坏气氛，但是家里的保姆打了电话过来，说宁董好像急着找老太太和宁野少爷。

宁家几个人的关系本来就很僵硬，平时很少聚在一起，那两位难得回来，还直说了要找谁，作为司机，他可不敢隐瞒啊。

苏桃和苏国伟将司机的话都听进了耳朵里，苏国伟赶紧说：“我和桃桃自己打车回去，你们先走吧！别因为我们耽误时间！”

苏桃在那边也有些担心，她趁着两个长辈说话的间隙，悄悄拉了拉宁野的衣袖。

宁野看着小姑娘仰着头一动不动地看着他，眼里全是担忧，瞬间就明白了是怎么回事。他又抬手揉了揉苏桃的脑袋，笑了笑，道：“别担心，待会儿跟你爸爸回家好好休息，晚上给你发微信。”

上出租车的时候，苏桃还在想刚刚的事情，有些心绪不宁。

苏国伟在一旁小声感叹：“看来宁家确实不像之前看着那么和谐，刚刚司机提到宁董，你宁奶奶的脸色直接沉下去了。”

苏桃当然知道，之前在老宅住的时候，她还目睹过宁奶奶和宁董大声争吵呢。

不过他们每次吵架的原因好像与宁野有关，这次司机又提到了叫宁奶奶和他一块儿回去……

苏桃越想越不安，苏国伟在旁边说话她都没心思听了。

回家之后，苏桃便早早洗漱回了自己房间。她一直想着宁野的事情，心静不下来，好几次想给对方发个消息问问情况，但最后还是忍住了。

她拿出一本高三时没做完的数学题册，强迫自己做题。

数字和符号在眼前跳跃，小姑娘倒真的渐渐稳住了心神。不过，她也会时不时抬头看看墙上的挂钟。

九点一过，她的手机终于响了。不是微信，而是电话。

苏桃迅速接起：“喂？”

那头，男人像是在抽烟，呼吸悠长，开口时声音有点儿轻，带着笑：“接得这么快？专门等着我打电话呢？”

苏桃没搭理他这话，小声问道：“还好吗？出什么事情了吗？”

“我没事，但老太太估计气得不轻。”宁野语气听着确实还算轻松，“这两天你要是有空，多去老宅那边陪陪她。”

“哦，好。”苏桃答应，又后知后觉地觉出一丝不对劲儿，“你最近不回老宅了吗？”

“不是不回，我公司有点儿事，要出国几天。”宁野怕她担心，故作轻松语气，“别瞎担心，就是有个项目出了点儿问题，能解决。

快的话，除夕前就能回来。”

苏桃心里有点儿不是滋味，她想了想，闷声说：“那你一定要好好解决问题啊，我陪着宁奶奶等你回来过年。”

这话不是临时起意，今天白天宁老太太就提了让苏桃和苏国伟去宁家老宅过年的事情。

苏国伟拒绝了好几次，最后还是没能拒绝得了老太太的热情邀请，只好点头答应了。

男人在电话那头听着小姑娘声音软软地嘱咐自己，心里再多的冰都被暖化了。他原本轻皱的眉头渐渐松开，声音中的笑意更浓：“乖。”

时间一转眼就到了除夕。

这几天，苏桃几乎天天都来老宅陪宁老太太。

她在时，宁老太太并没有表现出太多异样，还是和平日一样笑眯眯的，只是偶尔见那位宁董和宁怀回来，脸色微微阴沉。

除夕前一天，宁老太太见时间太晚，就留苏桃住在老宅，免得明天还要折腾。宁老太太亲自给苏国伟打了电话，一是叫他不要担心苏桃，二是告诉他，明天会派司机过去接他，他安心在家等着就好。

隔天，苏桃醒过来，忙看了眼手机，但屏幕上除了一些软件推送的日常消息，再没有其他的。她想了想，还是忍住了给宁野发微信问他什么时候回来的冲动。

宁老太太一向注重节日，所以每次到了春节，她都会将老宅里里外外装饰一遍。今年也是一样，楼上楼下贴了不少福字，门口还有两个红灯笼，一眼望去年味十足。

苏桃下楼之后就一直帮保姆张罗年夜饭，苏国伟来了，还带了不少礼物。

宁老太太穿了一身暗红色的唐装，脖颈上戴了平时很少见她佩戴的珍珠项链，看着比平日里要喜庆不少。

她叫人接过苏国伟带来的年礼，倒也没客套推拒。

苏国伟见苏桃过来，笑了笑，道：“这两天，我家这小姑娘又给您添麻烦了。”

“明明是我太寂寞，桃桃来陪我的！”宁老太太笑眯眯地揉了揉苏桃的头，“要是麻烦都是她这样的，我倒希望平时多来点儿呢！”

苏桃被两个长辈说得有些不自在，刚想说去厨房帮忙，却见别墅大门被人从外头打开了。

宁野的父亲和宁怀从外头走进来，两人手里也拿了不少礼品，进门后就冲老太太笑着说：“过年好！”

宁老太太的脸色明显暗沉，估计因为苏国伟和苏桃在，不然可能脸上的不悦会更明显。

“不是说忙吗？怎么又过来了？”

宁怀主动上前，温和有礼，冲宁老太太笑了笑，说：“奶奶，您说什么呢，公司再忙，我和小叔也要回来陪您过年啊。”说完，看了苏桃跟苏国伟一眼，“苏桃妹妹我见过，旁边这位是……”

苏国伟客气地打了声招呼：“你们好，我是苏桃的爸爸。”

宁野的父亲抬眼望了过来，眼睛明显一亮：“您就是苏桃的父亲啊？我和老太太念叨您好多次了，之前我们家老爷子做手术，我人在国外，没能和您见上面，后来您又出国了。”

苏国伟礼貌地回应了几句。

苏桃站在一旁，总觉得宁怀一直在不着痕迹地打量她，心里有些厌恶，和宁老太太小声打了招呼后，她便转身去了厨房。

宁老太太也看这两人不太顺眼，跟着小姑娘去厨房了。

苏桃心里别扭，并且惦记着宁野，终于没忍住，问了宁老太太一句：“宁野哥什么时候回来？”

宁老太太一边择菜，一边头也没回地答：“今早他去的那个地方下了大暴雨，原本说是中午就能落地的，但是航班延误了，可能会晚点。”

苏桃点点头，听到宁野会回来的消息，她放心不少。

保姆得知有人来了，特意切了个果盘准备送出去。苏桃担心爸爸在外面一个人应付不来，想了想便主动接下这个任务。

到客厅的时候，苏桃看见宁野的父亲和宁怀两个人已经落座，苏国伟坐在他们对面的沙发上。

“正巧今天见到您了，我们聊聊两个孩子的事情吧。”宁野的父亲还是那副客气的样子，“您若同意呢，过完年，我就让两个孩子订婚。您放心，您是我父亲的恩人，苏桃嫁到宁家来，我绝对不会亏待她的。宁野那里，他妈妈去世前给他留了不少股份。两个孩子订了婚，我会叫宁野转一半股份给苏桃。”

宁野的父亲说得极为认真，苏国伟却听得很尴尬。

正巧苏桃过来了，宁老太太紧随其后，苏国伟像瞧见了救兵似的，说：“您没跟家里人说两个孩子的事情吗？”这话是冲着宁老太太说的。

老人家这会儿脸色彻底阴沉了，宁野的父亲也很意外，就连一旁的宁怀眼底都闪过一丝深意。

宁老太太没准备接这个话题，只冷冷地看了宁野父亲一眼：“有什么事等吃完饭再说，客人来了别老说些有的没的。”

宁野的父亲欲言又止，宁怀按了按他的胳膊，压下了他要出口的话。

下午四点，宁家的团圆饭正式开始。

宁野的父亲带来了一瓶上好的红酒，还说难得和苏国伟见面，醒好酒之后主动邀他喝两杯。

苏国伟不太了解宁家的具体情况，只是在吃饭前忽然想到今天还没见着宁野，于是说了句：“宁野今天不过来？”

宁野的父亲神情僵了僵，说：“不用管他，他每年除夕都不来老宅。这小子也不知道都跟什么狐朋狗友混，看不见他更好！”

宁老太太忍不住了，瞪眼道：“他今年已经答应我在家过年了！为什么到现在还没回来，你心里没数？”

气氛一下子又变得有些尴尬，苏国伟怎么也没想到自己一句话会把事情搞成这样。苏桃在一旁也坐立不安。

好在宁怀来圆场，他笑着站起来给几位长辈都倒了红酒，最后也给自己倒了一杯。他率先举杯，冲着几个长辈说：“今天除夕，咱们这些人难得凑在一起过年，我是小辈，先敬各位长辈一杯。祝大家新的一年健康如意。”

不得不说，宁怀行事确实很懂分寸，也很会给人台阶下。

宁野的父亲原本被老太太怼得火气都蹿上来了，又硬生生压了回去。

这顿年夜饭所有人都吃得不太舒服，结束的时候，苏国伟接到了台里的电话，他得赶去台里帮忙。

他和宁家人打了声招呼就匆匆离开了，苏桃出去送他时，他有些担心地说：“不然你和爸爸去台里吧……”说着叹了口气，“这宁家果然不像表面看着那么太平。当初爸爸做的决定确实太草率了，幸好你和宁野的婚约取消了，若真让你和他一起生活，肯定也要经常面对这些事，太糟心了。”

苏桃愣了一下，完全没想到苏国伟会突然提起这个。

苏国伟见女儿没出声，转身拍了拍她的小脑袋，道：“嗯？跟爸爸去台里吗？或者你先自己回家，爸爸赶紧处理完事情，回去给你包饺子。”

苏桃还想见宁野一面，所以轻轻摇头拒绝了爸爸的提议。

“爸爸，你快走吧，不用担心我，我们晚上电话联系。”

苏国伟见女儿没有离开的意思，也没勉强。他看得出来，宁老太太是真的喜欢苏桃，经历过刚才的种种尴尬，让桃桃回去陪陪老人家、哄哄她也好。

送走了父亲，苏桃赶紧回了别墅。

客厅里已经没人了，厨房里也只有保姆在收拾。

苏桃有些意外，正疑惑着宁老太太他们去哪儿了时，书房未关严的门里忽然传来一阵喊声："你别以为我不知道你打的什么主意，两个孩子的事情无论怎样都不需要你插手！这么多年，宁野有你这个爸和没有差不了多少！用不着你现在在这里假惺惺！"

这是宁老太太的声音，听上去中气十足。

那位宁董声音也不低，回道："妈，我这次是顺着您的意思来的吧？我说错什么了？苏桃如果真的嫁到咱们家，咱们肯定要表示表示吧？我说宁野给人家小姑娘一半股份怎么了？"

"那你怎么不说分你的股份呢？你怎么不说宁怀结婚的时候，他也要给妻子一半股份呢？"

宁野父亲梗着脖子，没再出声。宁老太太见他这样，以为他是心虚，更加气不打一处来："我是真不知道你是怎么想的！明明自己有儿子，不疼不照顾就算了，还反过来去养别人的孩子。这些年要不是因为你一直偏心，我会只管宁野不管宁怀吗？那孩子没了妈妈已经很可怜了，你还一直在他心窝上捅刀子，有意思吗？"

宁野父亲脸色很黑，冷声道："我倒是想把他当儿子，可您看他把我当父亲了吗？之前公司那个项目，就是他明里暗里叫人动了手脚，我和宁怀前前后后搭了多少人力物力，都被他毁了！"

"所以你就反过来打压他的公司？！"

"这是让他长点儿教训！"

"那你怎么不说是宁怀要了截宁野的项目，才导致了今天的局面呢？"

"宁怀也是为了咱们公司好！宁野身为宁家人，怎么也要从大局考虑吧！他那个小破公司怎么和咱们宁氏比！”

宁老太太气得不行，差点儿要动手打人，怒斥道：“我看你是无可救药！”

苏桃在门外听得心惊胆战，想想这样听人家讲话有些不礼貌，她便转身离开了。

重回客厅时，她意外地发现刚刚没了人影的宁怀忽然又出现了。他坐在客厅的沙发上，斯文地剥着橘子。见到小姑娘，他举了举手里的水果，问：“要吗？我替你剥一个？”

苏桃总觉得这个人看着特别奇怪，不太想接近，摇摇头礼貌地拒绝后，想上楼回自己的房间。

身后的男人忽然开口问：“你和宁野真的没关系了？”

苏桃脚步一滞，片刻，回过头看过去。

宁怀喝了点儿酒，这会儿比刚刚要放开了不少，他看着小姑娘，起身朝她走了过去。

“你刚刚应该也听见了吧？其实我觉得你这个决定也挺好的，反正那个人最后肯定什么也得不到，你跟着他也是吃苦。”他边说边朝小姑娘靠近，眼底的神色透着浑浊和恶心，“不然你跟我吧？虽然你这身份对于我来说确实不能明媒正娶，但我能给你的怎么着也比他多。”

其实宁怀今天从进门后看见小姑娘就心痒痒的，他以前也见过苏桃，但是那会儿他只觉得对方是个没长开的小丫头。一年多没见，苏桃个子高了，身材也变得凹凸有致，他身边的女人很多，但是这种清纯的学生，以前没怎么玩过。尤其还是和宁野有过婚约的，想想就更刺激了。

喝了点儿酒，他便开始口不择言。不过他也不怕小姑娘乱说话，他有分寸，一没在有人的地方说这些，二也没实质性的举动。就算她现在大叫，他也完全可以矢口否认。想到这里，他更加肆无忌惮了，目光里也多了丝猥琐："嗯？考虑考虑？我是比宁野那个垃圾更好的选择。"

苏桃气得浑身微颤，一忍再忍，最终还是没忍住——

啪！

清脆的巴掌声响起，她狠狠甩过手，轻颤着身子对眼前这个让人恶心的男人说："你才是垃圾！"

苏桃没在宁家待下去，匆匆交代保姆代她向宁老太太告别，就穿好外套出了门，直接打车去了机场。

除夕夜，路上车很少，出租车一路很顺畅地开到了机场。

准备下车时，司机抬手从前面抓了把糖给她。

"哎，小姑娘，吃块糖缓缓，不管发生什么事都不要急，肯定都会过去的啊。"

司机看出了她在后排一直沉默着轻颤的样子，还以为她遇到了急事。

陌生人的善意让苏桃心头暖了一下，她接过那几颗糖果，真诚地向司机道了谢。

她没急着往机场里面走，而是拿出手机给宁野发了条微信。

苏桃：宁野哥，你到北城了吗？

宁野：刚落地，马上回去。

接着，他又发来一条语音："怎么？想我了？"

语气跟平日里一样，苏桃听完，迈开腿就往接机口那边跑。

北城的机场很大，办登机牌的大厅和接机口离得很远。她跑过去的时候，正巧看见几日没见的男人从里面走出来。

他低头盯着手机，一只手拉了个行李箱。

苏桃的手机在这时忽然响起。

宁野：逗我玩呢？

小姑娘稳了稳呼吸，回了一句：你转身。

男人明显愣了一下，接着迅速转身看过去，在瞧见小姑娘的时候，他眉梢微微一挑。拉着行李箱走过来，他站定后，抬手在小姑娘脸颊的软肉上捏了一把，道："给我送温暖来了？"

苏桃不知道怎么开口，她的心里一直翻腾着，宁老太太和宁怀的话不停在她脑海中响起。

"你一直往他心窝上捅刀子，有意思吗？"

"宁野那个垃圾……"

宁野见她半天不回应，只安静地看着自己，渐渐感觉出不对劲儿，脸上的笑意也慢慢淡了下去。

今天是除夕，这个时间小姑娘应该在老宅吃饭，现在忽然来机场找自己，肯定是老宅里发生了什么事。

看她那眼神，宁野差不多可以断定发生的事情和他有关。

他猜到了她是听到了什么，也没细问，继续刚才的话题："真来给我送温暖啊？不过下次别这么折腾了，要真想送温暖，不如考虑让我'提前转正'吧。"

他知道小姑娘在这方面很害羞，提这个估计会转移她的注意力。但他出乎意料的是，在听完他的话后，苏桃柔声回了句："好。"

宁野愣住了，小姑娘在他还没来得及回应的时候，踮起了脚。

周围是来来往往的行人和车辆，时不时有喇叭声响起，苏桃就在这嘈杂中做出了人生中最大胆的一个举动——她的唇瓣微微贴上男人的薄唇，那一刻，也不知是谁的心跳漏了一拍。

两秒后，小姑娘踩在地面上重新站稳，道："转正章盖好啦。"她仰头看着他，黑亮的眸子里蒙上了一层湿漉漉的娇羞，"恭喜你，成功转正。"

四周嘈杂的人声仿佛在这一刻渐行渐远，风声也渐渐轻了，喇叭声慢慢变得模糊。

苏桃站在那儿，能清楚地感觉到自己的心跳越来越快，越来越急。她仰着小脸，原本因为天冷而冻得有些僵硬的皮肤，慢慢回温，白净如瓷般的双颊，也渐渐爬上红晕。可是她没有退缩，也没有躲闪，在说完那句话之后，还是瞧着面前的男人。

宁野还处在蒙圈的状态，刚刚唇边的柔软触感和温热一触即逝，他根本没想到以往最容易脸红害羞的小姑娘今天会这么大胆。

“你刚刚说什么？”他眸底渐渐染上让人心惊的炙热，“你再说一遍。”

苏桃眼底有闪烁的光亮，心里也悄然生出一丝不自在的抗拒。可是她还是强忍着没有低头，目光软软的像是还带着湿意看着他，一字一句道：“我说，恭喜你，成功转正！”

男人放下手里的行李箱，抬手按住她的后脑倾身吻了一下她的温软唇瓣。

分开时，他垂眸看着她，嗓音沙哑地说：“再说一遍。”

小姑娘依旧软乎乎地看着他，但是没再开口。只不过片刻后，她脚尖一点，又主动碰了他的双唇一下。

男人的喉结明显动了动，抱住小姑娘，把头轻埋进她的颈窝里。

“小朋友，你真的很会磨人。”

小姑娘下巴搁在男人的肩膀上，小脸被迫仰着，呆呆地望着天。过了一会儿，男人再次开口：“今天在老宅发生了什么事？”

男人言下之意再明显不过，小姑娘的反常一定是事出有因的。他不觉得前几天还害羞的人，会毫无缘由地突然跑来机场做这些。

此刻，他又想起落地后看到老太太给他发的微信，说他家那位宁董带着宁怀去了老宅。

他眸色不自觉变沉，抱着小姑娘的双臂紧了紧。

“嗯？和我说说。”

苏桃不想惹事端，而且之前宁怀跟自己说那些恶心的话时，旁边没有一个人在场。对方如果想矢口否认，或者反咬她一口说她心怀不轨，她也有口难辩。她倒没事，但是宁野一定会发火，宁奶奶那边估计也会为难。

想到这里，小姑娘的小脑袋轻轻摇了摇。

宁野倒没想过宁怀会胆子大到对小姑娘做些什么，他想的只是可能那位宁董或者宁怀又说了自己什么坏话，小姑娘听见了难受，心疼了，一冲动就跑来机场了。

他没再追问，将怀里的人越抱越紧："算了，你不想说，我也不问了，反正现在人已经是我的了。"

因为今天是除夕，所以宁野没有叫司机过来接他。

两个人在机场外等了一会儿，等到了一辆出租车。

宁野牵着小姑娘的手坐了进去，司机看着他们，热情地说了句："新年好呀！"

苏桃是个礼貌的孩子，以往都会主动和别人打招呼，遇到这种情况，她更是要客气地回应。所以，她下一秒弯着眼睛，甜甜地回了句："师傅，您也新年好。"

宁野没回，但是和平时沉着脸懒得开口比起来，他今天明显看着心情好了不少。

他坐在后排，牵着小姑娘的手一直没放开，修长的手指像揉面团一样，一直这里捏一捏，那里揉一揉。他还很难得地抽空和司机搭了个话："师傅，过年也不休息啊？"

司机师傅的脸上带着喜气，回道："马上马上，家里年夜饭已经准备好了，我送完你们，就要回家过年啦！"说着，师傅从后视镜里面看了他们一眼，"你们小情侣这是才从外地回来吗？"

宁野听到司机那句"小情侣"时，明显被取悦了，脸上的笑意更明显了。

“没有，我出差，我家小朋友来接我。”

司机师傅很会说话，听了宁野的回应后，立马接口：“哎哟，小姑娘很会心疼人啊！”

宁野脸上的笑意更浓了，抬手揉了揉苏桃的发顶，勾着唇，道：“嗯，我家小朋友特别乖。”

他们在市区下了车。

老宅是肯定不能回了，宁野没提，苏桃也没问。但是怎么说今天也是除夕，过年总要有点过年的样子。

苏桃原本计划去超市买点菜回宁野的公寓煮一煮，虽然待会儿就得回家，但是她也想替男人做点什么。

只不过让人没想到的是，他们才下了出租车没多久，苏国伟就打来电话：“桃桃，爸爸这边忙完了，你还在宁奶奶家吗？爸爸去接你吧！”

苏桃有些为难地看了旁边的男人一眼，也不好和苏国伟撒谎，侧过头小声道：“没有，爸爸，我没在宁奶奶家……”

“那你已经回家了？”

“也没有，我出来找……”她迟疑了几秒，忽然感觉手被人捏了一下，又朝那边看了一眼，最后无奈地回答，“宁野哥回来了，我出来找他了。”

苏国伟明显愣了一下，像是联想到之前在宁家看见的那些事，又叹了口气：“那孩子也挺不容易的，要是回宁家老宅，还指不定要被怎么说呢。你怎么忽然去找他了？他不是没在市区吗？”

苏国伟现在完全没把两个人往歪处想，在他心里，宁野已经差不多在苏桃“异姓哥哥”的位置上钉死了。

小姑娘在原地急了好一会儿，愣是没想出来一个好理由。

眼前忽然出现男人白皙修长的手，苏桃愣了下，看过去，就见男人无声地动了动嘴巴。

“给我。”

苏桃有点儿迟疑，但男人没再给她时间犹豫，一把将手机夺了过去。

“苏叔。”

“嗯，是我。”宁野说着话，斜眼看了小姑娘一眼，“我钱包和手机都落在飞机上了，在机场找不到人，就借了手机给桃桃打了电话。”

也不知道苏国伟在那头说了什么，男人在这边忽然扯唇笑了一下：“对，她的电话号码挺好记的。”

“嗯……嗯……好，那一会儿见。”

他在那边挂了电话后，苏桃还没反应过来。

“一会儿见？”

宁野眉头微微一扬：“当然是去见未来岳父了。”

苏桃脸热，软乎乎地瞪了他一眼，道：“别闹了，你和我爸爸到底说了什么？”

“放心吧，没说什么。”男人见她真急了，也不闹了，笑道，“你爸爸叫我去你家吃饺子。”

“然后你就答应了？”

“不然呢？”

苏桃觉得宁野就是故意的，但是她无计可施。

后来两个男人在饭桌上相谈甚欢，话题从一开始的时事，慢慢变成了苏桃。

“桃桃小时候和现在一样，又乖又善良。有一次我家阳台上落了一只麻雀，腿不知道怎么着有点儿瘸，她还眼泪汪汪地叫我给包扎一下呢！”

苏国伟到现在还记得那个场景，小姑娘梳着两个羊角辫，急得眼里含着泪，奶声奶气地求着他救救小麻雀。

“爸爸，你看它这么小，我们如果不救它，它就飞不起来，也不能去找自己的妈妈了。呜呜……”

苏国伟哪懂怎么救麻雀啊，但是那时候一颗心都快被女儿哭碎了，也没管三七二十一，穿了衣服就抱着她去了兽医诊所。

后来医生给那只麻雀处理伤口时，小姑娘就在旁边瞪着大眼睛，一眨不眨地瞧着，嘴里还不时嘀咕一句：“小麻雀，你乖乖的，你表现好的话，我待会儿叫爸爸给你买糖吃哦。”

苏国伟想到这里，叹了口气：“她这个性格就没变过，我和她妈妈还在一起的时候就讨论过，说也不知道以后是哪个臭小子会抢走我们的宝贝，还说无论是谁，都是他上辈子修来的福气。”

其实苏国伟这话是故意的，他心里还想着那个“渣男卖惨事件”呢，聊到这里，就忽然想试试苏桃的反应。但是对面的两个人显然都没猜到他的意思，宁野的大掌暗暗在桌子下方揉着小姑娘的小手，苏国伟说话的时候，他也没放开，只笑了笑，回道：“是啊，确实是上辈子修来的福气。”

苏桃被他们弄得极其不自在，尤其是宁野还一直偷偷摸摸地碰她，所以听到这儿，她再也忍不下去了。她看了看墙上的挂钟，快十二点了，到了煮除夕饺子的时间，她索性借故去了厨房。

两个男人喝得越来越尽兴，苏国伟甚至还坐到了宁野这边，醉醺醺地拍了拍他的肩。

“桃桃突然有了你这么个哥哥，我其实非常……非常开心，她性格太软了，我又不常在她身边，现在好了，你们关系好了，以后我再有什么事，也能放心了。你们兄妹俩，可得一直好好的啊。”

旁边的宁野这会儿眼底也染上了一层醉意，他听了苏国伟的话，低声说了句：“不能是兄妹……”

苏国伟压根没听见他的话，也没在意，拿起酒杯又跟他碰了一下："来，再陪叔叔喝。"

苏桃无奈，坐在对面看着两个醉鬼越喝越多，也越喝越醉。

过了十二点，外头噼噼啪啪响起鞭炮声，电视机里面一直放着的春晚也渐渐接近尾声，众多老艺术家带着年轻一代演员歌手，一同唱起了《难忘今宵》。

两个醉鬼终于渐渐有了困意，苏国伟撑着头一点一点的，险些要在饭桌上直接趴着睡过去。

小姑娘没办法，硬着头皮先把苏国伟送回了房间，又撑着身子，把宁野扶去了客房。

小姑娘把他扔在床上时，已累得气喘吁吁。

男人躺上床时，像是已经睡着了。她原本想去卫生间端盆水替他擦擦脸，哪想才要起身出去，手腕却忽然被人拽住了。

昏黄的灯光下，宁野舒展着四肢仰躺在那里，原本轻合的眼皮此刻微张着，眼底带着朦胧醉意，嘴角含着笑："谁家的小朋友这么好看啊？让我看看。"说着，他大掌一用力，直接将小姑娘拽到胸前。

两个人距离很近，男人捧起她的脸，醉眼迷茫地打量了几秒，最后"啊"了一声，笑意更深："啊，原来是我家的。"

第三章

我好喜欢你啊

苏桃刚刚只开了客房的夜灯，此刻灯光昏暗，光线柔柔地罩在二人头顶，他们脸上的表情看着都不太真切。

小姑娘被男人捧着脸，鼻端萦绕的是淡淡的酒香和男人呼吸时的温热气息。

他说出那句话之后，就眯着醉眼笑着朝小姑娘靠近一些。两个人鼻尖相对，男人轻轻蹭了蹭她的鼻子，下一秒，缓缓吻住了她的唇。

苏桃愣了一下，本能地挣扎抗拒，但是醉了酒的男人比平日里还要强硬，他空出一只手揽住她的腰，炙热的大掌贴合在她的腰部，丝毫反抗的机会都不给她留。

和白天苏桃主动时不一样，男人的吻带了丝情欲，先前像是为了让小姑娘适应，温柔吮吸了好一会儿，后来见她慢慢融化瘫软在自己怀里，节奏忽然就如疾风般变快。

他闭着眼搂着小姑娘翻了个身，将她牢牢压在身下，小姑娘后来被他吻得忍不住轻声呢喃，实在受不住了，他才渐渐将人放开。

分开时，男人唇色比刚刚鲜红不少，眼底的醉意也多了几分炙热，他说："小朋友，我好像中毒了。"

苏桃原本迷迷糊糊的，听见他说这话，此刻无语之后渐渐清醒过来。她推了推他，忍着双颊滚烫的热意，说："别闹，很晚了，应该休息了。"

男人压根儿没理会她的话，最后将脸埋进她的颈窝："你肯定是给我下毒了，不然我为什么会这么喜欢你。"他说这话时蹭了蹭小姑娘的脖子，"小朋友，我好喜欢你啊。"

第二天，苏桃是被一阵鞭炮声吵醒的。

她起床后见两个男人正在客厅里下棋，苏国伟平时很少找到棋友，好不容易遇到个能陪他下上两盘的人，自然开心。

"小宁啊，你这棋艺还真是不错。"

男人背对着她坐在沙发上，身上还套着昨天那件衬衫，身子微微前倾，白皙干净的手指间捏着一枚黑色棋子。

听了苏国伟的话，他笑着回："那也不如苏叔，这局您又要赢了。"

苏桃原本还有些担心，但出来看见两个人这么和谐，一下子又觉得自己杞人忧天了。

苏国伟被宁野哄得心花怒放，抬头朝这边望了一眼："桃桃醒了？先去洗漱，待会儿爸爸给你们弄早餐。"

苏桃重新回房时，宁野趁着苏国伟去做早餐的空隙，溜进了苏桃的房间。

小姑娘还在洗手间里洗漱，屋子里被子微微掀开着，书桌上放着一些小摆件，打眼望去整个房间都粉粉嫩嫩的，一看就是小女生的闺房。

宁野随手拿起桌上一本笔记本翻开，上面的字迹特别稚嫩，像是苏桃小时候写的。

宁野来了兴致，转过身倚靠在书桌边缘，一页一页地翻看——

“爸爸今天又加班没有回家，好想他呀，可是老师说好孩子不可以任性，我要做好孩子，不能哭。”

“妈妈在国外给我寄礼物啦！好开心！”

宁野一页一页往后翻，眸子低垂，读到有趣的地方，他还忍不住勾起唇角。

“今天在电影院遇到了火灾，好危险好可怕，幸好有大哥哥救我出去。”

“爸爸说做人要知恩图报，我什么时候才能再遇到大哥哥呢？我攒了好多好多零花钱，想买全世界最好的东西给他，报恩！”

宁野看到这里眉梢一挑，他又往后翻了翻，发现后面大半本几乎都是在写那个“大哥哥”。

正巧这时苏桃从洗手间出来了，见宁野在自己房间还有些意外。

男人看她出来，扬了扬手里的本子，问道：“这个大哥哥是谁？还有联系吗？”

苏桃一时没反应过来，那个本子是她前些日子收拾旧物时翻出来的，她只看了前几页，宁野突然这样问她，她都没听明白。

她走近，问：“大哥哥？”

男人煞有介事地读了起来：“爸爸说做人要知恩图报，我什么时候才能再遇到大哥哥呢？我攒了好多好多零花钱，想买全世界最好的东西给他！”男人抬眼看过去，眸色有点儿淡，“零花钱真的都给别的男人花了？”

苏桃瞬间反应过来，下意识要去抢他手里的本子，但是男人没给她机会，手臂抬高，轻松躲了过去。

苏桃仰着小脸看他，声音软乎乎的，但有些着急：“还给我。”

她这副样子在宁野眼里就是心虚的表现，他慢悠悠出声：“看来这个大哥哥在我家小朋友心里的分量还很重啊……”

“改天约个时间，我见见他。”男人淡淡地睨着她，“我想看看我们家小朋友的恩人长什么样。”

苏桃看他这副样子，心里别扭得很，她不再去抢本子，安静了一会儿，刚想开口，就听苏国伟喊道：“桃桃！小宁！吃饭了！”

苏国伟从外面推门进来，见两个人都站在书桌前，也没太在意。他笑着对两个人招招手：“快点儿快点儿，出来吃饭了！”

在苏国伟的催促下，他们只好先出去吃饭。

饭毕，苏国伟拿出两个红包，递给了苏桃和宁野。

宁野愣了一下，反应片刻，拒绝道：“苏叔，这不行，我……”

“不能拒绝！”苏国伟一边说，一边把红包塞到宁野的手里，“长辈给的一定要收着，拒绝的话不吉利！”

宁野有些无奈，还在犹豫的时候，感觉衣袖好像被人轻轻拽了两下。

他朝旁边看了一眼，发现小姑娘并没看他，但是小手确实正偷偷在搞小动作。

这是叫他不要拒绝？

宁野挑了挑眉，没再多说，乖乖接过红包。

红包其实不多，但是握在手里，让宁野难得体会到了一丝家庭的温馨。

他没在苏家多留，早饭过后没多久，他就叫司机过来接自己了。

要走的时候，苏国伟正巧接到了同事的电话，没去送他。不过他嘱咐了苏桃，叫她下楼送人。

楼下有小孩子在打闹玩耍，偶尔还有鞭炮声传来。

两个人下了楼没有直接出去，宁野抱住小姑娘在楼梯里待了一会儿。

“我刚刚问了你爸爸，他初三就要上班了。所以这两天你在家陪陪他，随后我来接你。”

苏桃没意见，就算他不说，自己也是要留在家里陪着爸爸的，听了他的话，乖乖点头。

“在家也想想我，有空就给我发微信，我现在可是正牌男友，别再像之前似的，动不动就不接电话不回微信了。”宁野说完，倾身向前，在小姑娘的耳垂上轻轻一咬，像是出气似的，“要是再调静音不接我电话，回头我可是要罚你的。”

苏桃痒得难受，也没适应这种突然而至的亲密，窝在他怀里缩了缩脖子，小声回了一句：“知道了。”说完，她忽然又想起之前的事情，迟疑了一下，又出声说道，“宁野哥，之前那个……”

她声音很小，外头正巧又有人放了一挂鞭炮，宁野被震得直皱眉，抬手直接捂住了小姑娘的耳朵。

鞭炮声还没停下呢，楼道的门就被人从外面打开了。

苏桃吓了一跳，急急往后一退，刚站稳，外头的人就进来了。

“苏桃吗？”说话的是个老人家，就住在苏桃家楼下，“哎哟，一年多没回来了吧？这是回来过年啦？”

苏桃笑了笑，回道：“是啊，我爸爸回国了，所以我们就回家过年了。”

“挺好挺好！”

小姑娘和老人家聊了几句，对方就上楼了。她目送那位老邻居离开后，回头看过去，发现男人正淡淡地看着她。

也不知道是不是她的错觉，她总觉得男人的视线里面带着一丝意味深长，她又想到刚刚自己的反应，一时间有些心虚。

她没再看他，目光躲闪着说：“司机应该等了好一会儿了，我们出去吧。”

宁野没再多说，顺着她的话懒懒道：“嗯，走吧。”

苏国伟那通电话打了十分多钟，挂断后他抬眼看了看墙上的挂钟，嘀咕道：“怎么送个人送了这么久啊……”

他不自觉地小声嘀咕，接着拿起钥匙准备下楼看看情况。结果门才一打开，迎面就遇见刚刚和苏桃寒暄的老人家。

苏国伟笑着给她拜年，两个人说着说着，忽然那个老邻居话锋一转问道：“桃桃是有对象啦？”

苏国伟愣了一下，道：“没有啊，您怎么会这么问？”

“那刚刚和她一起下楼的男人是谁啊？就是长得高高帅帅的那个男人！”

苏国伟笑了笑：“那是我一个朋友的孙子，两个孩子只是玩得好，像兄妹似的，不是男女朋友。”

“是吗……”老邻居还有点儿不大相信，“我瞧着那俩孩子在楼下黏黏糊糊的，还以为在谈朋友呢！”

苏国伟原本没太在意，但听完对方的话，他不由得眉头一皱。

苏桃上楼的时候，苏国伟正在看春晚重播。

苏国伟其实也没心思看这些，脑子里还想着刚刚那个老邻居的话，遥控器在手里按来按去，最后没了耐心再调直接停在了这个台，恰巧是春晚重播。

看见女儿回来，他赶紧站起身，问：“你把宁野送走了？”

苏桃正低头换鞋，并没注意苏国伟的反常，扶着墙低头点了两下脑袋，回道：“送走啦。”她换好拖鞋后，就朝自己房间走去，“爸爸，我先回房间收拾一下，早上起来都没收拾，被子也没叠。”

苏国伟站在那儿，支吾两声，最后还是没多问，点头道：“好，你收拾吧。”

苏桃确实没收拾房间，以前她起床后一般都会把屋子收拾干净再出去，但是今天情况特殊，她根本没有心思收拾。

收拾得差不多的时候，苏国伟敲了敲她的房门：“桃桃，出来吃水果，爸爸洗了车厘子和草莓给你。”

苏桃把枕头上的玩偶摆好，声音软软地回道："好，就来啦。"

起身准备往外面走的时候，手机忽然响了一声，她拿起来看了一眼，发现是宁野发来的微信。

宁野：忘记一件事了。

宁野：口令红包，发送"宁野哥哥新年好"领取红包。

苏桃迟疑了一下，最后还是乖乖按照宁野说的回复过去。

苏桃：宁野哥哥新年好。

没过几秒钟，男人又发了一个红包。

宁野：口令红包，发送"宁野哥哥最最最好了"领取。

她犹豫了好一会儿，才按照口令发过去一行字。

苏桃：宁野哥哥最最最好了。

小姑娘回复完这条信息后，就没再等那头回应，开门去了客厅。

苏国伟洗了不少水果，除了苏桃最爱吃的车厘子和草莓，他还削了个苹果和梨子，摆在果盘里。

苏桃先去洗手间洗了手，出来后直接走到沙发边坐好。

苏国伟直接把那一个大份果盘递了过去："快吃吧，都是你喜欢的。"

苏桃甜甜冲他笑了一下："谢谢爸爸。"

苏国伟看着自己女儿就觉得心里暖暖的，憋了一肚子的话却不知道该怎么开口了。

正巧这时候小姑娘放在茶几上的电话响了一声，见她拿起来，苏国伟顺势瞄了一眼。看见上面的昵称是"宁野哥"二字时，苏国伟这颗老父亲的心又沉了沉。

男人又发来了一个口令红包，这次的口令要求比之前还过分。

宁野：口令红包，发送"全世界我最喜欢宁野哥哥了"领取。

苏桃看见那一行字后，双颊的温度又慢慢升高，还小声嘀咕了一句。

苏国伟没听清，他也没好意思伸着脖子偷看，只能出声问："桃桃，你说什么？爸爸刚刚没听清。"

苏桃放下手机，并没抬头，小声回了句："没事！"

苏国伟一直不动声色地观察着小姑娘的反应，过了一会儿，见她没有开口的意思，他又问："爸爸一直没仔细问过你，之前在宁奶奶家住的那一年怎么样？开心吗？"

手机又响了一声，她有些分神，答得也有些心不在焉："开心啊，宁奶奶对我很好。"

她边说边悄悄看了屏幕一眼，上面又是一条男人发过来的微信。

宁野：快点领，今早你爸爸说的话你不是听见了吗？大人给发的红包必须领，不领不吉利。

她不想搭理他，拿起草莓咬了一口。

男人在那头等了一会儿，见她还是没动静，又发了一条消息过来——

宁野：再不领，我就给苏叔打电话告状了啊。

苏桃：全世界我最喜欢宁野哥哥了。

男人得逞了，快速地回过来一行字——

宁野：乖，我也最喜欢你。

小姑娘甚至能联想到男人说这句话时是什么样的表情，她一阵脸热，把手机一扔，没再回消息。

苏国伟只知道自己的宝贝女儿是在跟宁野发消息，却不知道二人到底发的什么内容。

他心里还是有些拿不定主意，按照他这些日子看到的，这两个孩子虽然亲近，但是也没到会被误会成情侣的程度啊，他到底该不该相信那个邻居的话啊……

苏国伟又迟疑了好一会儿，最后决定先再观察几天再做打算。

初三那天，宁野像踩着点儿似的，苏国伟这头刚出门上班，他那边就打电话过来叫小姑娘下楼。

苏桃没有耽搁，她已经洗漱过了，这会儿简单换了身衣服就跑下了楼。

小姑娘穿得倒是挺厚实的，宁野瞄了她一眼，原本纤细的小身板被她裹了厚厚一层，圆滚滚的像个棉花糖。

他十分自然地牵起她的小手，问："冷吗？"

苏桃乖巧地摇了摇头："不冷。"

男人转身替她开了车门，本以为驾驶座那边和往常一样坐着的是司机，苏桃没想到进去后，看见的却是杨凡。

"小苏桃，新年好呀！"

苏桃有些意外，但也礼貌地回了句："杨凡哥新年好。"

宁野从那边上了车，见小姑娘还和前面的人打招呼，在旁边出声："用不着和司机打招呼。"

苏桃一脸迷茫疑惑。

杨凡忍不住了，开始跟小姑娘控诉宁野有多可恶："小苏桃啊，你是不知道你家宁野哥哥有多讨厌。打个赌赢了就得理不饶人，大过年的非要把我拉出来当司机！"

苏桃忍不住想笑，凑到旁边小声问宁野："你们又打赌了？"

男人捏着小姑娘软乎乎的小手，漫不经心地回答："嗯，他要贱，活该。"说完，轻踹了下驾驶座的靠背，"快点儿开车。"

平稳上路没多久，苏桃就感觉肩膀一沉。

她往旁边看了一眼，男人的脑袋这会儿结结实实地靠在了她的肩头。她有些不好意思，害怕被前排的杨凡发现，所以下意识地动了一下，想让他挪开。

哪想男人非但没动，还变本加厉地加大了力道。

他的手还握着小姑娘的小手，指尖一下一下轻捏着，双眼微合，挺享受的样子："别动，我晕车了，让我靠一会儿。"

杨凡受不了了，趁着前面亮起红灯，回头看了苏桃一眼，说："不是，小苏桃，他就是靠这种厚脸皮的精神追到你的？"

苏桃还没说话，旁边那位闭目养神的大爷慢悠悠地出声了："那不然呢？"

杨凡一路将车子开去了市郊，一开始苏桃还没太在意，只是往窗外看了一眼。瞧见外头的人越来越少，她忍不住好奇地小声问道："我们要去哪里呀？"

宁野依旧靠在小姑娘的肩膀上，也没睁眼，懒懒地回了一句："带你去个新开业的度假山庄玩玩。"

其实他原本没打算今天过去的。

山庄的主人他并不熟，对方倒是拜托过杨凡几次，说想和宁野见个面，认识一下。

那人的家族在北城有些背景，但是宁野一向对这些人际关系不感兴趣，所以一直懒得见。

今天过来，一是想不到更好的约会地点，二是想带着他家小姑娘招摇一圈，让圈子里的人都认认脸，也想让她赶快适应他的生活。

度假山庄这边来了很多人捧场，大多数宁野都见过，但无深交。

他领着苏桃进去之后，也没太管别人的目光，主动替小姑娘脱下外套，问道："饿不饿？那边有点心，不想吃的话我叫服务员帮你弄点儿别的。"

苏桃赶紧摇头，虽然早上没吃东西，但是她这会儿哪还顾得上饿啊。她拉了拉宁野的衣袖，男人配合着朝她那边弯下腰，伸头将耳朵凑了过去。

"你怎么没告诉我是这么正式的场合呀？我穿这身衣服是不是

不太礼貌？”

苏桃不知道今天来的到底是什么场合，但是她看在场的男男女女都穿着正装，尤其是有几位女孩子还穿着礼服，打眼望过去，根本没一个人像她这样随便套了一件卫衣长裤就出来的。

小姑娘说话的时候声音软软的，吐字时还带着温软气息，刮着宁野的耳郭，让他从外头痒到心里。

他朝四周扫了一眼，没太在意，回道：“用不着和她们比，这些人来这里是为了取悦别人，我家小朋友可不是。”说着，他抬手捏了下她脸颊上的软肉，“再说了，那些女人穿得那么凉快，你要是和她们一样也大冬天的露胳膊露腿的，我可舍不得。你现在这样就很好，保暖。”

两个人说话的时候，全场的人几乎都在朝他们这边看，甚至还有人小声嘀咕：“我没看错吧？那位是小宁爷？”

“他不是很少来这种场合吗？”

“这次不一样吧？徐行应该是特意没请宁家那边的人，专门给这位小宁爷发了邀请。”

徐行是这次聚会组局的人，也是这个度假山庄的主人。

众人正讨论着，那边徐行闻声赶了过去。他和杨凡见过几面，所以率先和他打了招呼：“杨哥。”

杨凡随意地点了点头，算是打过招呼。

徐行转过头，马上又和宁野打了声招呼：“小宁爷。”

宁野和杨凡反应差不多，也点了点头。但是徐行看起来很热情，又道：“早就听过小宁爷的大名了，一直想见一面，认识一下，没想到这次我还真拜托对人了，求杨凡哥还真的管用。”

徐行待人接物有自己的一套规矩，对着不同的人讲不同的话。

起初他也和圈子里其他人一样，觉得这位小宁爷是个只会制造麻烦的废物，所以也没存着结交的心思。

后来几次，他眼睁睁看着对方的公司越做越大，甚至还给自己的父亲设过几次绊子，险些叫人招架不住。那之后，他开始正视这位小宁爷了。家里的长辈也都说这位小宁爷绝非池中之物，虽然不知道宁家为什么选了宁怀而弃他，但是最后宁家会掌握在谁手里，还是未知数。

家里的长辈都告诫徐行不要和宁野交恶，必要的时候，可以接触一下。

徐行一直是靠家族支持才走到现在，家里人的话他多数都会听。更何况就算长辈们不说，他自己也有和宁野深交的打算。

而那边，杨凡在听了徐行的话之后，赶紧摆摆手："哎，可不是我管用啊。"他意有所指地往苏桃那里看了一眼，"我们小宁爷今天纯属是想带着他家小朋友来凑热闹，单单是我的话，可没这么大面子。"

徐行立马会意，朝小姑娘那边看了过去。他只简单观察了两眼，就看出这个小姑娘在宁野心里的位置绝对不一般。于是他又笑着说："很少见小宁爷的身边有女伴啊，今天带着小嫂子过来和我们见面，看来是好事将近了？到时候我可一定要去讨一杯喜酒喝。"

杨凡听完这话，惊讶了，心想，这姓徐的男人看着普普通通，但这嘴皮子是真的厉害啊，简单两句话，听起来没什么，但是句句都在不经意地讨好啊。

宁野听完这话心情不错，脸上笑意多了些，说："我家小朋友年纪还小，先不急。不过后面定了日子，我会给你发喜帖的。"

徐行目的达到，语气中倒多了几分真诚："那我就等着了。"

后来徐行将几个人送去了走廊内的一个包厢，他提前做过准备，知道宁野平日里一般只和杨凡一起玩，而杨凡身边的那些朋友，他差不多都认识。所以这次他提前安排好了房间，将他们一个圈子的人安排在了一起。

他们推门进去时，里面已经聊得热火朝天了。

包厢里的设施很齐全，一眼望过去，人还不少。

有眼神好的瞧见了宁野他们，立马喊了一嗓子：“杨哥和小宁爷来了！”

在场的人闻声纷纷朝门口看了过去，见真是他们进来了，立马站起了身。

“之前徐行说你们会过来，我还不信呢！没想到真来了啊！”

“就是！”其中一个男人笑着搭话，“小宁爷，好久没见你了！最近忙什么呢，俱乐部也不去了？”

“对啊！上次打过几把牌，被你赢了之后还想找你翻盘呢，结果你再也不出现了！”

宁野揽着苏桃的肩膀走进去，听了他们的话，笑着回道：“最近都在家哄我们家小朋友，没空跟你们瞎闹。”说着，他扫了一眼牌桌，“你们已经玩上了？”

“没有没有！才开始，您要是想玩，我让位置！”说话的人边说边起身，把位置空了出来。

旁边的人也顺势说了一句：“对对，小宁爷你上吧，正好我们今天也玩了点儿新花样，他没带人过来，我们还不想和他玩呢！”

宁野挑了一下眉：“新花样？”

“谁输了就罚谁的女伴喝酒！”那人显然是个没眼力的，还以为苏桃只是宁野带过来的普通女伴，转头又对宁野说：“小宁爷，您不是带女伴过来了吗，正好！”

杨凡在旁边皱了皱眉，旁边有几个有眼力见的这会儿也倒吸一口凉气。

他们都不约而同地想着，这人还真是个棒槌，宁野什么时候正儿八经地带过女伴在身边？就算是以前传过绯闻的那些女人，又有谁是一路被他搂着肩护着进来的？

这小姑娘的地位显然不一样！怎么可能是普通女伴！

不过让大家意外的是，宁野听了他的话倒是没有生气，只是偏头看了小姑娘一眼，道："我们玩两把？"说完，也没管小姑娘的反应，又对着那人说，"玩两把可以，但是我不上了，叫我家小朋友替我玩吧，她输了，我喝酒。"

在场的人都惊呆了，谁都没想到宁野会做这种决定。就连苏桃也很意外。

她悄悄拽了拽男人的衣袖，靠近他小声说："我不行的，我玩得不好。"

"没事，你尽管玩，输了也不怕。"男人捏了捏她的脸颊，笑着道，"几杯酒我还是能喝的。"

在场的男人看到这一幕，都纷纷感叹，看样子小宁爷是真的栽了。而他们旁边的女人，脸上虽然还维持着笑，但心里无一不羡慕甚至妒忌苏桃。

以往这种场合，女人基本上只是陪衬，能说上话的机会都很少，更别提代替男人上桌打牌了。但是她们不能做的事，现在却被一个小姑娘轻而易举地做到了。

她们心里有些不服，眼神中带着的审视意味也越来越浓，想看看苏桃到底有什么魅力，能让那位小宁爷这么宠着。

苏桃的注意力全放在了牌桌上，她被男人半抱在腿上坐着，身子几乎都陷进了男人的怀里。摸牌的时候她能感觉到四周异样又好奇的目光，看得她脸热又不自在。她小声朝身后的男人说了句："你如果想坐沙发的话，我去找把椅子坐，不用这样的……"

"谁想坐沙发了，我就是想抱着你。"男人从后面微微探过头，下巴搁在了小姑娘肩头，"好了，出牌吧，到你了。"

杨凡在旁边简直没眼看，他找了个没人的角落坐下，没再注意这边，准备给他家宝贝发个微信。

苏桃本就是第一次玩，有些紧张，再加上男人一会儿碰碰她的腰，一会儿摸摸她的耳朵，老是在那儿捣乱，搞得她前面几把输得一塌糊涂。

眼瞧着宁野一杯一杯往嘴里灌酒，小姑娘实在过意不去。后来直了直身子，打起了精神。

她悄悄和身后抱着她的男人说了句："你别捣乱了，我们不能再输了！我得好好玩了。"

从男人的角度看，小姑娘的侧脸白皙透亮，睫毛卷翘浓密，扑扇着，像羽毛似的，脸上还带了一丝坚定。

宁野觉得新鲜，真的不再打扰她，安静地抱着她看她怎么玩。

小姑娘的适应能力很强，学习能力更强。前几把她已经差不多摸清了规则和套路，后面更是学会了如何算牌，所以后面几乎没再输过，也没有再让宁野多喝一杯酒。

一局结束时，宁野有些可惜地"啧"了一声："还以为你还要多输几次呢。"

苏桃疑惑地回头："你不希望我赢？"

"倒也不是，就是觉得你多输几次，我就能光明正大地多喝点儿了。"他趁着四周没人注意的时候，含笑亲了一下她的耳垂，"喝多了就能再趁着酒劲儿做点坏事了。"

牌局结束后，苏桃出来去上了个洗手间，没想到意外地碰见了郑甜。

郑甜今天是陪公司高层过来的，穿着不算华丽庄重，但举手投足间还是跟以往在网上看见的一样，漂亮妩媚。

两个人谁都没想到会遇见彼此，视线在镜子中撞上时，郑甜冲苏桃笑了笑，道："之前接到吩咐，需要我澄清绯闻的时候，我就在猜他是为了谁忽然这么大动干戈，没想到真的是你。"

苏桃不知道怎么回答，只能尴尬地笑了笑。

郑甜没太在意，从手包里面拿出口红，对着镜子开始补妆，笑道："你很幸运，既让一个浪子回了头，又被他捧在了手心里。好好珍惜吧，能被人这么珍视，也不是件容易的事情。"

郑甜这番莫名其妙的话让苏桃有些不自在，回去的路上她还在胡思乱想，推门进入包厢后也没太注意里面的情况。

忽然，包厢内响起一阵音乐，她愣了愣，抬起头，发现宁野正坐在一个吧台椅上，一脚踩地，一脚轻搭着吧台椅下面的踩脚位置，包厢内昏暗的光打在他身上，在地上拉出一道长长的模糊的影子。

墙上镶嵌着一面巨大的显示屏，屏幕上滚动着此刻正在放着的歌曲的歌词。宁野慵懒的声音响起："哪怕全世界与我为敌，我也不会放弃。"

男人唱到最后一句的时候，踩着地面使力转过身。看见小姑娘的那一瞬间，他的声音里明显多了一丝笑意。

那一刻，苏桃的脑袋里回响起郑甜的话："好好珍惜吧，被他爱上的人是幸运的。"

不知道是不是之前喝下的那几杯酒的后劲上来了，回去的路上宁野的兴致明显比来的时候还要高。把小姑娘送到家时，他还抱着她亲热，俊脸埋进她的颈窝，说："小朋友，苏叔那边，你准备什么时候说实话？"

苏桃愣了一下，半晌后，才迟疑着开口："是不是太快了……"

苏桃没有不公开的意思，但是爸爸那边她确实不知道怎么开口，之前取消婚约，现在突然又说他们在交往，她总觉得爸爸接受不了……

其实宁野也担心这个，更何况在苏国伟的心里他还是个"渣男"呢。但是出现问题逃避是不能解决的，想到这儿，他直起身子，双手揽住小姑娘的腰，对她说：“别的事情我来解决，你只要……”话没说完，苏桃忽然推了他一下，眼神慌乱地看着他身后。

他心里咯噔一下，转过头去，结果他们以为这个时间还没下班的苏国伟此刻正站在离他们只有几米远的地方。

他拿着垃圾袋的手，此刻握紧了拳头。片刻后，他朝两个人大喊一声：“跟我上楼！”

苏国伟真是要被气死了，他以前怎么就没发现宁野的异样呢？一直以来，他都觉得对方是一个有礼貌的晚辈，回国后宁野还主动接近他，又是跟他下棋，又是给他敬酒。

苏国伟现在想想都觉得后悔！

三个人先后进屋后，苏国伟没有再像之前那样给宁野好脸色，直接问道：“在一起多久了？”

苏桃有些急了，抢先回应道：“就年三十那天。”小姑娘脑子里瞬间冒出除夕那天机场外的场景，还有自己主动给的那枚“转正章”，想了想，她又小声补充道，“是我主动提的……”

苏国伟不相信苏桃的话是真的。

好在宁野的脸皮没有厚到这个程度，他听完小姑娘的话，立马否认：“不是的，苏叔，是我主动追的桃桃，她曾经拒绝过，是我一直求她再多给我一次追求她的机会。”

苏国伟见宁野这个态度，气倒是稍微顺了一些，但看着对方时，目光依旧不善，又道：“所以，你的意思是，我女儿拒绝过你，但是你死皮赖脸地缠着她，然后慢慢哄得她和你交往的？”

苏国伟这番话用词有点儿过火了，苏桃在旁边听不下去了。她看了宁野一眼，又碰了碰苏国伟的胳膊，小声说：“爸爸……您别这么说。”

“什么别这么说！这不是他自己承认的吗？”

苏国伟见苏桃维护这小子，心里就气。现在想来，之前苏桃说“补过童年”的那个人，应该也是宁野吧？

他怎么就这么糊涂呢！在那之前，他的宝贝女儿还问过他一次宁野家里的事情，他怎么就一点儿都没往那上面想呢！

还有后来，他以为桃桃遇到了“渣男”，还特意交代宁野，让他帮忙留意一下。

现在想想，自己真是蠢透了！

想到这里，苏国伟就想一股脑儿地把心里的疑问都问出来，看看宁野会怎么回应。可转念一想，刚刚他还没说什么，他们家桃桃就那么急着维护宁野，再问别的，她肯定不会坐视不管。

现在不是最佳“拷问”时机。

苏国伟意识到这个问题之后，稳了稳情绪，道：“行了，情况我差不多都了解了，今天太晚了，你先回去吧。”

苏桃看了看外面还没黑下去的天色，没多说话。

宁野知道现在苏国伟心里肯定有无数个问题要问，但碍于小姑娘在场不好问出来。所以，他顺着苏国伟的话道：“行，那苏叔我今天就先告辞了，改天再正式登门拜访您。”

苏国伟一脸不耐烦，看都没看他一眼，挥挥手，示意他赶紧走。

苏桃见宁野要离开，想起身送他。哪料步子还没迈开，苏国伟在旁边就突然出声：“桃桃，你干什么去？”

“我送送宁野哥。”

苏国伟实在忍不住了，再一次化身“暴躁老父亲”，喊道：“他又不是没长腿，你送什么送！”

宁野离开之后，苏国伟直接把苏桃叫到身边，问她：“桃桃啊，你跟爸爸好好说说，怎么忽然和他在一起了呢？”

虽然苏国伟原本有让苏桃和宁野订婚的打算，但后来还是取消了婚约。他常驻国外，那边内乱外忧不断，他生怕自己一不小心就丧命异国，永远回不来了。

那时候苏国伟满脑子就一个想法，他得先给女儿找个依靠。可是现在不一样了，他回国了，女儿有了他，至少不用着急找人托付下半辈子，他对女儿未来对象的要求自然就更高了。

他承认自己很自私，可是在自家宝贝的婚姻大事上，他没办法不自私。想到这儿，他又忍不住板起脸来道："是不是那个臭小子缠你缠得太厉害了？所以你没办法就只能顺着他妥协了？你如果只是因为他追你太久，不好意思拒绝的话，回头爸爸帮你去说。他如果再多说什么，爸爸就去找你宁奶奶。"

苏国伟觉得宁老太太还是讲道理的，而且她也是真心疼苏桃，肯定不会坐视不理的。

苏桃有些无奈，她以前只知道爸爸在有关她的事情上面格外较真儿，但没想过会像今天这样。

"不是的，爸爸。当初确实是宁野哥先追求的我，但是之前我也没说谎，决定在一起的事情，是我提出来的。"小姑娘不好意思说自己在机场外主动吻宁野的事，犹豫了一下，又道，"反正，爸爸，我没有被谁逼迫，也没有被谁哄骗，宁野哥在我俩的关系上面，一直都很有分寸。"

苏国伟心想：宁野要是有分寸的话就不会偷偷摸摸地骗你先交往，不敢和他这个老父亲说实话了！

苏国伟觉得自己这颗心都要碎了，越看苏桃这张脸，越觉得她像是傻乎乎被猪拱了的小白菜。

他觉得无论自己现在说什么，她也听不进去了，他叹了口气，决定不再继续。

"行了，这事儿咱们以后再说。这两天你就安心在家里待着吧，你还记得堂叔他们一家吗？就是住在国外的那家人。"

苏桃不知道苏国伟为何突然提到这个，迟疑着点了一下头，道：

“记得。”

倒不是苏桃记性好，而是因为堂哥英文特别好，小时候他来家里，还给她补习过英语呢，所以她印象特别深刻。

“他们今年过年回国了，原本是不想来北城的，但是爸爸之前在国外那段日子，蒙他们照顾，所以我就联系了他们，想让他们过来聚聚。最近爸爸白天要上班，他们要是来了，只能由你招待了。”

苏桃倒没拒绝，乖乖答应。

回房之后，苏桃第一时间掏出手机给宁野发了条微信。

苏桃：宁野哥，你到家了吗？

隔了两三秒，男人在那头直接回过来一通电话。

小姑娘立刻接了起来，像是怕在客厅的苏国伟听到似的，声音压得很低：“喂。”

“挨骂了吗？”

“没有。”小姑娘眼眸低垂着，睫毛扑扇了几下，说，“爸爸才舍不得骂我呢。”

男人在那头哼笑了几声，透过听筒传来时，还莫名夹杂着一丝风声。

苏桃迟疑了一下，又小声问他：“你还在外面吗？”

那边答非所问：“你开窗。”

苏桃立马反应了过来，跑过去小心地打开窗子，往外看了看。

男人果然还在楼下没走，他身后是平日里司机经常接送他时开着的那辆车，他随意地倚在那儿，没有上车的意思。

小姑娘看得直皱眉，问道：“你怎么还没回去呀？”

“我这不是怕你被骂嘛！”男人懒洋洋地倚在那儿，抬头隔着数米高空和他家小朋友对望，“苏叔真没说你什么？”

“真没有！”

小姑娘和他通话的时候，还一直担心他在楼下吹冷风会不会感冒，想了想，不再探头朝下面看了，抬手又把窗子关好。

“你快回家吧，我不和你说了，爸爸那边你别担心，我会好好和他解释的。”

小姑娘说完就率先挂了电话，没再给男人反驳的机会。

宁野在楼下意外挑了挑眉，刚要转身上车，又收到了小姑娘的微信消息。

苏桃：爸爸很讲道理的，刚刚估计只是关心则乱，等我找机会把事情和他说清楚，他肯定不会怪你。

苏桃：别被他今天凶巴巴的样子吓到，其实他平时很好说话的。

小姑娘尽量在微信里一边安慰宁野，一边维持苏国伟老父亲的形象。

宁野心里头明镜似的，忍不住勾了勾唇。他刚想给她回消息时，手机忽然又响了一声——

苏国伟：明天晚上空出来，和我见一面。

过了两秒，又一条消息发了过来——

苏国伟：不许和桃桃乱说！

宁野看着这条消息后面的感叹号，心里想着，自己这未来岳父……好像怎么看都不像是很好说话的样子！

第四章
他嫉妒得要疯了

苏国伟隔天把宁野约去了一家小酒馆。

酒馆面积不大，装潢也十分老旧，按理说苏国伟往日请客是绝对不会把客人往这种地方带的，但是他这次故意带着宁野去了那边。

两个男人掀帘进去的时候，苏国伟还特意看了宁野一眼，见他没有丝毫不适应，甚至连眉头都没皱一下，心里头不由得轻哼了一声，想着：这小子倒是很能装。

苏国伟只点了一盆花生米和一瓶烈酒，东西上齐后，率先拿起桌上的杯子，准备给宁野满上。

宁野也猜到了苏国伟的意思，赶紧起身，双手将酒杯接过。

“喝。”苏国伟面无表情地道。

宁野怎么可能拒绝，他看着自己手里还晃荡着的那杯白酒，眼睛一眨都没眨就一口喝了下去。

高粱酒味道辛辣，酒液从口腔滑进喉咙，又从喉咙流进胃里。这一路所经之处，都有一股灼热的感觉。

宁野眉头也没皱，安静地喝完了。

苏国伟看他这个样子，心里冷哼一声，又慢悠悠地给宁野倒满酒，这次没着急让他再继续喝，而是开口问了句：“有什么想对我说的吗？”

宁野收起了平日里那副吊儿郎当的样子，从带来的文件袋里拿出一沓文件朝苏国伟递了过去。

苏国伟随便扫了一眼，没什么耐心看，直接问：“这是什么？”

“苏叔，这是我名下的所有财产，其中还包括一些宁氏的股份，如果您同意的话，这些都是我给桃桃的聘礼。”

苏国伟一听这个，又忍不住抬高声调：“聘礼？什么聘礼？我同意你们在一起了吗？”

苏国伟根本不在乎这些，他觉得他们家桃桃也不可能在乎这些，所以这会儿完全没心思多看一眼，随手扔了回去。

“收回去，还没到这一步呢，用不着这些。我今天特意找同事问了一下，之前网上闹那些绯闻的，还有那个神秘的宁先生，都是你吧？”苏国伟抬起眼，目光里带着审视，“所以你之前绯闻一个接一个，娱乐圈里的女星、网红，你收割了一大半？”

那杯高粱酒似乎在胃里开始翻腾了，宁野忍着那股灼烧的感觉，面上依旧镇定地回：“苏叔，那些我都能解释，所有的绯闻都不是真的，前不久我也把狗仔拍的照片和视频源文件给桃桃看过了。网上那些东西，全都是经过剪辑的，实际上根本没什么。”

“没什么？那你怎么还放任那些狗仔乱写？”

宁野其实不太想多说，只是觉得今天如果不说清楚，很难过苏国伟这一关。迟疑了一下，他说：“以前很犟，喜欢和家里对着干，我们家宁董……不太喜欢我以宁家人的身份在圈子里张扬，但他越这么说，我就越想去做，所以……”

苏国伟一下子就联想到之前苏桃说过的那个童年很惨的朋友，心里不由得又有些不自在。但转念一想宁野之前做的那些事儿，他的火气又上来了："少在那里卖惨！酒别给我停！继续喝！"

苏国伟今天是有目的的，他想趁着这次机会多灌宁野几杯，看他酒后会不会说实话。

他这个计划倒是贯彻得很彻底，而宁野那边，酒一杯一杯地下肚，话也越来越多了。只不过有些意外的是，他在给宁野训话的时候，情绪一上来，也忍不住喝了两杯。

"我家宝贝女儿太命苦了，从小就没有妈妈，我又因为工作原因，不能陪在她身边，好不容易找到一个靠谱的人，想着能帮我照顾照顾她，结果呢……"苏国伟酒劲儿上头，眼神有些迷离，抬起头伸手指着对面的男人说，"结果那么水灵的一棵白菜，忽然被你这个'渣男'给拱了！"

苏国伟一边说一边给自己倒酒，嘴里嘟嘟囔囔，没停过："她现在长大了，也听不进去我的话了……我要是叫她和你分手，她肯定还会埋怨我……"

宁野也有些醉意，胃里火辣辣的，但是和苏国伟比起来，还算清醒。

见苏国伟还想继续喝，他赶紧拦了一把："苏叔，别喝了，这酒太烈了，喝多了对身体不好。"

"我不喝不行！"苏国伟醉得不轻，一副谁都拦不住的样子，"我心里难受啊……我一点儿也不想让桃桃跟你交往，以前就算了，我不知道什么时候回来，不得不给她找个依靠。但现在我能照顾她了，当然想给她最舒心的生活啊！你们宁家那个情况……"苏国伟重重地叹了口气："反正我觉得我的宝贝女儿该过简单幸福的日子，你们宁家太复杂了……太复杂了……"

他这番话让对面的男人酒醒了大半，宁野脸上原本带着的神色此刻滞住了，好半晌没出声。

后来司机过来接人时，宁野亲自把苏国伟扶上了车，吩咐司机把车开去苏家。之后他又拿起座椅旁的矿泉水，递给苏国伟。

“苏叔，您喝点水吧？喝点水应该会舒服点儿。”

苏国伟捂着胃部，头也没抬地朝他摆摆手：“不喝，我又没醉！”

苏国伟难受得紧，到了小区下车时，还捂着胃部，一副想吐的样子。

宁野扶着他往楼上走，每一步都十分小心，生怕把人摔着了。走到二楼台阶上时，也不知道苏国伟想到了什么，他忽然一个转身，醉醺醺地看向宁野，说：“你也别得意！别以为你比我家宝贝大了快十岁，又有点儿男女关系上的经验，就能牵着她的鼻子走了……你根本不是她第一个喜欢的人！她小时候还喜欢过救她的那位大哥哥呢，还曾经写了两本日记，全是和他相关的内容……真要论起来，那时候，我们桃桃可比和你在一起时还要用心！所以，你千万别得意……我现在虽然找不到办法不让她和你交往，但是说不准以后她自己就不喜欢你了呢！”

宁野动作滞了一下。

那头，苏国伟依旧絮絮叨叨的，借着酒劲儿把心里想说的话都说了出来。

“我真的不想让我们桃桃吃苦啊，我不想让她吃苦……”

敲门声响起时，苏桃刚刚洗过澡。

拍门声很急，小姑娘一个人在家，听见之后不由得有些害怕。她握紧手机，一步一步朝门口靠近，准备先通过猫眼看看外面是什么人。

好在小姑娘还没走到门口，门外的苏国伟就先出声了：“桃桃啊，是爸爸呀，桃桃……”

苏桃听见是苏国伟的声音，立马跑过去打开门。她原本以为只有爸爸一个人，哪想开了门之后还看见了宁野的身影。

小姑娘愣了一下：“宁野哥，你怎么……”

苏国伟根本没给两个人交流的机会，他带着一身酒气踉跄地往屋里走了两步，胡乱揉了一把苏桃半湿的头发。

“桃桃，爸爸的宝贝，我的宝贝女儿……”

苏国伟平日里都是温和有礼的形象，对着苏桃也是一个笑眯眯的慈父，很少情绪失控，像现在这样失态更是没有。

苏桃见到他这样，一时还有些不适应。

宁野原本站在外头，此刻有些看不下去了，从后面架住苏国伟，问了小姑娘一句：“苏叔还住之前那间卧室吗？”

苏桃点了点头，又怕他忘了位置，赶紧抬手指了指。

男人顺着她指的方向，一路架着苏国伟往卧室走去。

苏国伟一边走还一边念叨：“我家桃桃长大了呀，长大了……”

苏桃跟着他们一起进去后，搭了把手，将苏国伟扶上了床。

看着爸爸一副醉态地倒在那儿，苏桃终于忍不住问：“你们约着喝酒了？”

她一边说一边朝宁野那边凑了凑，鼻子皱了两下，使劲儿在他身上闻了闻。

宁野脸上没什么表情，也没回答她的问题，而是直接拽着她的手腕拉着她出了房间。

苏桃不知道他想干什么，心里还惦记着苏国伟，所以走到门口时，她还放心不下地回头张望了一眼。

“宁野哥，爸爸今天醉得太厉害了，我有点儿担心他，你如果没什么事的话……唔！”

小姑娘忽然被男人压在了柜子上，高大的身子牢牢压着她，带着淡淡酒香的双唇不容反抗地堵住了她的嘴。

过了好一会儿，在小姑娘受不住在他怀里气喘吁吁时，他才缓缓松开她。

他身子依旧倾着，薄唇沿着小姑娘娇嫩的唇瓣一路向旁边点着火，最后像是惩罚似的，咬了咬她的耳朵。

“那个救过你的大哥哥，你们还有联系吗？”

苏桃脑子一片混沌，愣了好一会儿才反应过来他在说什么，轻轻地“嗯”了一声。

宁野控制不住地咬了咬后槽牙：“近期安排我们见一面。”

“啊？”

“我说，”宁野说着又轻轻咬了一下小姑娘已经微肿的唇瓣，“近期安排我们见一面。”

他受不了了，尤其听到苏国伟说小姑娘曾经喜欢过那个人之后，他嫉妒得要疯了。

苏桃在心里犹豫了一会儿，接着，再次抬眼看过去。

“那就见吧。”小姑娘说话的时候笑弯了眼睛，像是想到了什么好笑的事情一样，“我可以让你们见面。”

宁野以为苏桃是因为想到了救她的那个人才忽然笑得那么开心，心里又是一阵烦闷，脸色也越来越臭。

“什么时候？”他面无表情地沉声问了一句。

“现在？”

男人一听，眉头狠狠一皱：“你们的关系这么亲密？这个时间点也能叫他出来？”

苏桃不知道该怎么说，她犹豫了一下，想着要不然直接摊牌好了。可是对面的男人根本不给她机会，问了问题似乎也不让她回答，又道：“今天不行。”

他刚陪苏国伟喝了那么多酒，衣服皱巴巴的，状态也不好，他不能这个时候去见那个“潜在情敌”。想到这儿，他说：“反正过了今天再说。”

“哦。”

苏国伟说的那家在国外的亲戚，隔天就到了北城。

苏国伟自然是在他们一家下了飞机后就热情款待。

苏桃一路陪着，面对堂叔和堂婶的热情，还真有些招架不住。

好在跟在他们身边的大男生看不下去了，无奈地笑了一下："爸妈，你们是不是职业病犯了？怎么一过来就冲着桃桃问东问西的，人家都快被你们问烦了。"

说话的是教过苏桃英文的堂哥，叫苏平生。

苏桃还没回话呢，苏国伟赶紧笑了笑，道："没什么没什么，我们家桃桃很乖的。"

"就是就是！"堂婶揉了揉苏桃的脑袋，"我们小桃子看着乖着呢，才不会像你一样，问两句就不耐烦！"

苏平生无奈地和苏桃对视了一眼，兄妹俩的目光一对上，倒忍不住笑了。

后面几天苏国伟一直让苏桃带着堂哥一家在北城四处游玩，晚上他下班回家，就亲自选好餐厅带他们过去吃饭。

苏桃原本还在纠结如果宁野这几天突然打电话联系她该怎么办。但让人意外的是，那晚他离开后就没再联系过她，电话也没有打，甚至微信……都没发一条消息。

苏桃偶尔会分心看看手机，但每次都没有看到自己想看的消息。

她也想过要不要主动打电话过去，但是又怕自己主动联系会打扰对方。

苏桃没谈过恋爱，偶尔听钟佳佳和室友们提起过，好像男生都不喜欢黏人的女孩子……

想到这些，她就开始犹豫，最后垂着眼，放下了手机。

初十那天，苏国伟难得休息。

他计划带堂哥一家三口去爬山，但是一提起这个，苏平生就直接拒绝，说对这项活动没兴趣，还不如留在市区和苏桃一块儿逛逛。

后来兄妹俩在商业街逛了逛，考虑到苏平生的体力，苏桃先选了吃午饭的地方。

两人吃过饭后，直奔电影院，等开场时，苏平生无聊地咬着吸管，看了小姑娘一眼，说道："奇怪，你爸爸不是说你谈恋爱了吗？怎么这些天从来没看你打过电话，或者发微信？"苏平生往前凑了凑，"吵架了？"

苏桃愣了一下，摇摇头，道："没有……"

"那为什么不联系？"

"他应该很忙吧……"

苏平生撇了撇嘴，没再多说。

看电影中间，苏桃去了趟洗手间，准备回去的时候，包里的手机响了。她原本以为是爸爸有什么事情要交代，也没太在意，没想到拿出来一看，居然是宁野打来了电话。

小姑娘站在那儿犹豫了一下，最后还是按了接听键。

"喂。"她软声开口。

男人那边很安静，好像在抽烟，只有绵长的呼吸声传来。隔了好一会儿，他才出声："这几天为什么不给我打电话？"

他声音很淡，语气里含着质问，又好像……带着一丝委屈？

苏桃有点儿不敢相信，觉得好像听错了。想了想，她小声回："你也没给我打电话呀。"

"所以我不主动联系你，你也不联系我了？"

宁野有些生气，他原本只是想试试看，如果他不主动去找小姑娘，她隔多久才会想他。

他以为最多也就一天，但是没想到隔天他手机里还是没有她一点儿消息。

宁大少爷本就为那个救过她命的大哥哥而怄着气，再一瞧小姑娘这样，就暗暗在那边较劲。可是他怎么也没想到，小姑娘真的一直没联系他！

宁野今天实在忍不住了，抽了好几根烟压了压心里的火气，才打了这通电话。

听她在那头没心没肺地回应，他深吸一口气，也不想再继续说了，直接转移话题："见面的事，你准备什么时候安排？"

苏桃知道他说的是谁，在这头犹豫了一会儿，说："今天晚上？"

"行。"宁野立刻答应，并且也不准备再给她反悔的机会，"那晚上我去接你。"

男人挂了电话后，就直接捞起外套下了楼。

老太太原本在楼下客厅随着电视做健身操，见他急匆匆下来，赶紧问了句："这是要走了？"

这几天，宁野老老实实地待在老宅，老太太以为他还能多待些日子呢。

"嗯，晚上约了人。"

老太太下意识看了一眼墙上的挂钟，再回头人已经出门了。

她"哎"了一声，见宁野没有再回来的意思，皱着眉嘟囔："晚上约了人走这么早干什么？这才三点多……"

从影院出来的时候，苏桃见时间还早，也没急着回家。她带着苏平生在商业街附近转了转，领他去吃了一顿北城的熏肉。

吃过饭后，苏平生终于想起自己是哥哥，主动和苏桃说要送她回家。

商业街附近能打到车的地方很少，两个人绕路过了地下人行道，特意去对面的站台等车。

等车的时候，苏平生还一直和小姑娘念叨着刚刚的熏肉好吃，等再回国外时他要买点儿给他的朋友们尝一尝。

苏桃笑着说好，心里默默把他的话记住了，想着等他们一家离开前，她去帮忙打包。

忽然，站台旁边停下了一辆车，不偏不倚地停在苏桃和苏平生跟前。

车子后排的车窗缓缓降下来，宁怀那张温和含笑的脸出现在小姑娘的视线里。

“好巧啊，小苏桃。”宁怀一边打招呼，一边不怀好意地笑着看了看她旁边的苏平生。但是他没多问什么，又道，“你们是要回家吗？现在这个时间点不好打车，需要我送你们一程吗？”

苏桃脸色有点儿冷，看都不想多看他一眼。

“不用。”

宁怀看着小姑娘，心里不自觉冷哼一声，但是面上不显，也丝毫没表现出来被拒绝后有什么不满。

“那好，我就不打扰你们了。”

宁怀开车离开后，苏平生明显感觉小姑娘的脸色变差了。他一路上都没再开口说什么，但时不时会看苏桃一眼，欲言又止。

到了苏家楼下时，他终于还是忍不住开口问了句：“你爸爸说的那个和你有过婚约的男人就是他？他还说你很喜欢那个男人，就是刚刚那个吗？”

苏平生虽然不太清楚宁家的事情，但是还挺会看人的。

苏国伟说过和苏桃交往的男人有自己的公司，且家里面的资产很可观。他刚刚仔细瞧了瞧车上的人，先不提对方坐的车多少钱，单说他那块手表就是全球限量款。而苏桃见了他之后，就一直是一副心神不宁的样子。虽然之前在电影院她否认了和对方吵架，可是这么久不联系，肯定是发生了什么。

前前后后一想，苏平生就认定宁怀是苏桃的男朋友了。

这么一想，苏平生就又纠结了。

那个男人明显就是一个笑面虎，看起来对苏桃不怀好意。

他之前还以为苏国伟是太古板了，觉得小姑娘和那个男人年龄差太多，才不想让她和对方交往。可是现在看来，那个男人根本不像是好人。

怪不得苏国伟不想让苏桃和那个男人在一起，他要是小姑娘的父亲，他也不愿意把女儿嫁给那种人啊！

苏桃还在想着宁怀的事，一边走路一边思考，后来后知后觉地感觉好像旁边的人说了什么时，她扭过头问了句："什么？"

苏平生有些无奈地又重复了一句："我说，刚刚那个人就是和你订婚的男人吗？你喜欢他？"

苏桃听到这里，急了，赶紧摇摇头："不是的！我们没有订婚，我也不喜欢他！"

苏桃上楼之后，换了一身衣服。看时间还早，她便又到卧室翻东西。

卧室床下有两个大的整理箱，里面放了许多对苏桃来说意义非凡的物件。苏国伟尊重宝贝女儿，所以从来没翻过这两个箱子，更不知道里面装了些什么。

小姑娘一样一样将东西翻出来，最后，在整理箱的最底部找到了一个装过饼干的铁盒子。

看得出来这个盒子已经有些年头了，边缘磨得都掉了漆。

小姑娘把盒盖打开，在里面翻出了一张折了几折的A4纸，展开之后只见上面写着"×××医院缴费清单"的字样，最下方的落款是潦草又不羁的"宁野"二字。

苏桃的回忆一瞬间被拉回到多年前。

那是在她小学三年级的时候，老师布置了课后作业，要求他们写一篇电影观后感。

老师的意思是让学生在家长的陪伴下观影，但那时陈念早就已经不在苏桃身边，苏国伟的工作非常忙。小姑娘自小就很懂事，想来想去，还是决定自己一个人去电影院。

买票的时候售票员还诧异这么小的孩子怎么一个人来影院，一再询问她有没有家长陪同。苏桃怕被不让她进就撒了个谎："姐姐，我爸爸去厕所了，您先把票卖给我吧，等他回来我就可以和他一起进去啦。"

小姑娘说完这话的时候，脸热得厉害。但好在她看起来很乖，看着也不像会撒谎的样子，所以售票员直接打了两张票给她。

进入影厅，里面黑漆漆的，人不算多。她乖乖地拿着票找到自己的座位，然后把小书包放在身前，和其余观影的人一样等着电影开场。

没一会儿，她旁边的位置忽然坐了一个人。小姑娘有点儿诧异，拿着手里的票又核对了一下，发现那人确实是坐在了她买的另一张票的位置上。

小姑娘当时支支吾吾的，不知道该不该提醒对方。但那会儿旁边的人已经坐稳，没有再起身的意思。小姑娘睁着大眼睛在旁边眨巴了几下，倒真引起那人的注意了。

那人原本懒洋洋地窝在椅子上剥糖纸，感觉到旁边有人在看自己时，随意地瞧了过去。

一大一小两个人，在影厅昏暗的光线下四目相对。男孩子目光中带着慵懒，睨了小姑娘两三秒后，出声问她："想吃糖？"

说完他就把手里还没拆开的薄荷糖往她怀里一扔，小姑娘措手不及，慌乱地伸出小手接过来，却不知道该说什么。

她当时看着手里的糖，只说了声"谢谢"。

不过那块糖她最终也没吃，爸爸教过她，陌生人给的东西，绝对不能入口。

苏桃看电影的时候，就模模糊糊地觉得旁边这位大哥哥有些眼熟。后来也不知道是电影太乏味还是她太困了，她看着看着就迷迷糊糊地睡着了。

她迷迷糊糊间听见电影情节好像进入高潮阶段了，隔了一会儿旁边好像有人站起来离开，但是她当时实在是太困了，也没睁开眼。

再后来，她就听见了惊呼声。

后排有人大喊着“着火了着火了”，她瞬间惊醒，可是睁开眼之后，周围就是浓烟滚滚，呛得她连呼吸都困难。

小姑娘当时坐的位置很偏，影院里的灯也没开，烟雾飘满了整个影厅。她被呛得眼泪直流，抱着小书包想往外面跑，但中途被没来得及合上的座椅绊了一跤。

她当时怕极了，眼前的浓烟越来越多，她感觉眼睛已经睁不开了，那一刻，恐惧感席卷了她全身。

她以为自己要被困在这火场里出不去了，脑海里乱七八糟想了很多事情。而奇怪的是，她忽然想起了刚刚那个大哥哥是谁。

苏桃彻底晕过去之前，感觉有人将自己抱了起来。她被对方抱着，艰难地睁开眼，只瞧见对方的喉结和紧绷的下颌线。

“宁野哥哥……”她小声嘟囔着，也不知道对方有没有听见，片刻后她的世界就彻底陷入了黑暗中。

再睁开眼时，她已经被人送进了医院。

苏国伟红着眼睛守在她床边，看见她醒过来，抱着她一个劲儿说着对不起。

她怕爸爸难受，所以没敢多说，只是安慰他自己没事。后来护士进来给她换药的时候，她拽着对方的衣袖小声问是谁把她送来医院的。

“好像是一个大学生？挺帅的一个男孩子，高高瘦瘦的。”护士说完像是想起了什么似的，从口袋里面掏出了一张缴费单，说道，“你刚被送来的时候是他帮你缴的费，然后他就走了。这单子我原本想给你爸爸的，但是一直忙着就给忘了，不然你转交给你爸爸？”

苏桃乖乖点头，护士走了之后，她小心地打开了那张缴费单。上面的字是机打的，合计一千多元钱。苏桃看了一眼最下面的落款，看见“宁野”二字的时候，她不自觉地笑了笑。

打那之后，宁野就变成了她的秘密。她没有跟任何人提起过，只在日记本上写过一些和他有关的文字。

思绪到这里便收了回来，苏桃看着那张有些发黄的缴费单，眼睛不自觉地弯了弯，溢出笑意。

晚上七点的时候，苏国伟给苏桃打来电话，说大雪封山，他们晚上要在山上的小客栈里住一晚。

苏国伟交代苏桃一个人在家注意安全，挂断电话后，苏桃忍不住去阳台上看了看。

外头的雪确实下得很大，虽然天色已经暗下去了，但是白茫茫的雪又把天空染了个半白。她看了看手机，上面还是没有消息。犹豫了片刻，她没忍住，发了条微信给宁野。

苏桃：宁野哥，雪太大了，要不今天你别来找我了，我们改天再见？

隔了好一会儿，那头都静悄悄的，没有回应。

苏桃有些犹豫，不知道该不该打电话过去。忽然，大门外传来了一阵急切的敲门声。苏桃吓了一跳，眉头不自觉地皱起。她小心地朝门口靠过去，捏着手机，有些紧张地问了句：“哪位？”

“是我，开门。”

这声音……

苏桃愣了一下，赶紧伸手把门打开。

男人就站在门外，眼神漆黑，安静地看着她。他身上穿着的黑色外套上落了不少雪，头发上也落了一层雪。

苏桃有些诧异，他为什么会这么狼狈，刚想开口问，就见他忽然朝自己压了过来。

男人进门后立刻就把她按进了自己怀里，一身的冷冽气息混杂着酒气朝小姑娘靠近，片刻后，又不容拒绝地压上了她的唇。

男人这次的吻比任何一次都强烈。他捧着小姑娘的脸将她压在墙边，唇上炙热滚烫的温度连带着喘息，铺天盖地地吞噬着她。

苏桃一点儿反抗的余地也没有，下意识的挣扎轻易就被男人挡了回去，她只能被迫仰着头，承受男人失控的热情。

好一会儿，宁野才喘着气放开她。他眼底像带着火焰一样，猩红着眼，咬牙问道："你再说一遍，你不喜欢谁？"

小姑娘这会儿被他吻得唇瓣像染了红色的果浆一样，红肿一片，眼底也湿漉漉的，带着光，一看就像是被欺负过。

"什么不喜欢谁？"

男人没理会她的话，自顾自又出了声，像是对着她说，又像是在低声呢喃："我不会让你走的，不管你喜不喜欢我……我都不会让你走的……"男人的声音越来越小，脸也埋进了小姑娘的颈窝里。再开口时，声音闷闷的，好像还带着一丝委屈，"小朋友，我不会放手的，绝对不会……"

苏桃第二天醒得很早，她睁开眼时，外头天才蒙蒙亮。原本她还想再睡一会儿，但是转念又想起还睡在客卧的男人，最后还是掀开被子下了床。

她先是洗漱一番，收拾好之后，就拿着手机查了查宿醉后该吃什么。

网页上提供了很多方案，她选了半天，又打开冰箱看了看家里剩下的食材，最后决定做一锅豆腐汤。

豆腐和小葱在咕嘟咕嘟冒着泡的锅里翻滚时，客卧的门开了。

苏桃听见了声响，但是她没回身也没抬头，依旧安静地站在厨房里忙着自己的事。

身后有脚步声传来，男人站在她身边，趁着她不注意的时候，一把握住她的手腕。

“这是什么？”男人在旁边出声，又递过来一张纸。

苏桃也没抬头，只闷闷地回了句：“医院的缴费单。”

宁野被小姑娘的话搞得噎住了，隔了两三秒才又道：“我知道是医院的缴费单，我的意思是为什么上面会有我的签名。”

苏桃彻底无语了。她回过头去看了他一眼，拉过他的手腕，一路将他带去了洗手间。

“你不是一直叫我带你和救过我的人见面吗？”

小姑娘边说边踮起脚，两只小手箍在男人的双颊上面，稍稍一用力，将他的头转向镜子那边。

“好了，你现在见到了。”

男人后知后觉地感到一丝意外，他愣了好一会儿，转头看向苏桃，道：“所以你真的是当年电影院里那个小孩？”

宁野真的忘了，刚刚醒来后看见床头放着的缴费清单时，压根儿没太在意。但是后来起身准备走出房间，他无意中又朝上面扫了一眼，忽然看见了最下方的签名。

他很少记这些无关紧要的小事，当初在电影院顺手救了一个小孩，对他来说抽几根烟就差不多忘到脑后了。

他也没想过，这件事会被人一直记着，并且记了这么多年。

这一刻，好像一开始很多不寻常的地方都变得顺理成章了。

为什么小姑娘一到宁家就和他亲近，为什么她努力地维护他，又为什么全心全意地相信他……

宁野形容不出来现在的心情，他一把将苏桃搂进怀里，含着笑埋进她的颈窝，深吸了一口气，道：“所以，那个你曾经喜欢过的大哥哥是我？”

“不是，我不喜欢他。”小姑娘声音闷闷的，显然被昨天的事情气得不轻，她推了他一下，见他一直不放手，气呼呼地又出声，“放开，我要去厨房看看锅里的汤！”

“生气了？”

宁野直起身子，稍稍离她远了些，但双臂还拦在她腰间。

小姑娘又推了他一下，见他还是不动，仰头软软地瞪了他一眼：“我不该生气吗？”

苏桃想到昨晚的事情就难受。

她知道宁野肯定是听见了自己和苏平生在楼下说的话，误会了。或者更严重的是，他直接把自己堂哥当成了之前日记本里的那个大哥哥。

苏桃觉得这些她都能理解，可是她完全没想到，对方竟然会真的觉得她不喜欢他了。

他昨晚抱着她一直说着醉话，嘴里不停地念叨着：“小朋友，我不会放手的……你就算不喜欢我了，我也不会放手的……”

想到这儿，她心里就堵得慌，说话时，声音中都带了一丝委屈：“你是觉得我会不声不响地喜欢上别人，还是觉得我会背着你和别的男人来往？”

宁野一听这话，也急了。他搂紧小姑娘，神情慌乱地哄着：“没有没有，是我的错，我胡思乱想，和你没关系。”说到这儿，他不自觉地将下巴搁在苏桃的头顶，隔了好一会儿，又轻声说，“我只是不自信，害怕你对我的喜欢其实没那么深。”

小姑娘在他怀里僵了一下，片刻后，缓缓伸出双臂回抱住他。

“我喜欢你。”

“很喜欢很喜欢。”

说到这儿，苏桃忽然想起之前宁野在微信上叫她发的那个红包口令，小脸热了下，抬起头，软乎乎地看着他说——

“全世界……我最喜欢你了。”

宁野的心被狠狠地一撞。

他捧起她的脸，用力在她嘴边啄了一下，片刻后，嗓音低哑地说：“再说一遍。”

说刚刚那句已经时已经很害羞了，小姑娘怎么可能再说第二遍。

她热着脸埋进他怀里，用力摇了摇头，在他怀里闷声说：“反正以后不要再有这种误会了，无论什么事，你都可以直接问我的。不要一个人喝酒，也不要一个人……生闷气。”

宁野听着小姑娘说的这些话，整颗心都被软化了。他刚想笑着再回应些什么，这时门口忽然传来一阵细碎的响动。

苏桃后知后觉反应过来，立马直起身子。

苏国伟的声音从外面传了进来：“门还反锁着呢，这孩子现在还没起床？”片刻后，敲门声响起，苏国伟在门外喊，“桃桃，醒了吗？快给爸爸开门，你堂叔堂婶来啦！”

第五章
遥遥相望

苏桃被苏国伟搞得措手不及，她想了想，最后决定把宁野安置在洗手间。

“不用慌，也不用害怕，待会儿不管出现什么情况，你把事情推到我身上就行了。”赶着她出去开门前，男人出了声，“大不了被你爸爸打一顿。”

小姑娘都要急死了，一点儿都不想搭理他，又瞪了他一眼之后，推开他就往外面走。

走到客厅的时候，敲门声已经慢了许多，依稀还能听见苏国伟在门口嘟囔：“这孩子怎么今天这么回事，还没醒，桃桃？”

她不敢再耽搁了，小声应了句：“来了。”

打开门之后，苏国伟率先走了进来，他身后跟着堂叔和堂姊。

苏国伟这边还没出声呢，堂姊先有些过意不去了：“桃桃，还没醒吧？我们本来不想回来这么早的，但你爸爸非要说带我们去冰钓，大早上非要回家来取渔具。你快回去再睡会儿吧，我们拿了渔具就走。”

苏国伟点点头，换了拖鞋后就往房间走，也没管苏桃，尽职尽责做热情的东道主。

“对，你要是没睡好就回去睡吧，你堂叔堂婶也不是外人。”

苏桃哪敢走啊，她赶紧摇摇头：“不用了，我也不太困，爸爸你还记得渔具放在哪里吗？需要我帮忙找找吗？”

“不用不用！我前几天还翻到来着，就在衣柜上面！”

苏桃的堂叔堂婶为了方便，也没换鞋换衣服，就一直在门口站着。小姑娘陪在那儿，心里高高悬着块石头，偶尔和堂婶对视，都心虚得暗暗脸热。

好在苏国伟找东西找得很顺利，没一会儿就从卧室出来了。

他随手关了门，视线无意中落在旁边的客卧间。

“客卧的门怎么开了？昨晚有人来家里住？”

苏国伟这话问得特别随意，压根儿没多想，但是传到苏桃耳朵里，小姑娘紧张得连呼吸都要停滞了。

她嗓子有点儿干，心跳也越来越快，站在那儿稳了几秒情绪，才勉强平静地开口：“没有，我昨天去客卧找了点儿东西，可能忘了关门。”

“哦。”苏国伟没太在意，转身直接往门口走去。

“行了，你要是还困就继续睡吧。”苏国伟把渔具都交给了苏桃堂叔拿着，他单手扶着墙在门口穿鞋，交代道，“我和你堂叔堂婶估计要晚上才回来，到时候……”

苏国伟也不知是想到了什么，还是看到了什么，他忽然收了声。

苏桃心提得更高了，她以为爸爸察觉到什么了，赶紧问：“怎么了爸爸？”

隔了两三秒，苏国伟才笑着说：“没什么，刚刚爸爸是想说到时候叫你出去吃饭，但是又忘了我还没订好餐厅。”他边说边跺了跺脚，把鞋子踩实，转身朝苏桃摆摆手，“好了，你继续睡吧，我们走了。”

苏桃礼貌地和几个长辈告别，大门开了又合上，听见“咔嗒”一声后，小姑娘高高悬着的心才稍稍落下了一些。

她没有急着去找宁野，而是在原地又站了两三分钟，见苏国伟他们没有去而复返的意思，才放心地往洗手间走去。

男人在洗手间里面倒是待得悠闲，像是一点儿也不慌张。

见小姑娘推门进来，他挑了下眉，问：“走了？”

苏桃点点头，没多说什么，拉着他就往外面走。

“不知道爸爸他们还会不会回来，你现在就走吧。”小姑娘拽着他走到客厅，忽然想起厨房里还煮着的豆腐汤，她迟疑了一下，放开他的手。

“你先整理一下自己的东西……”说着话，她急匆匆地跑去了厨房。

宁野在她身后慢悠悠地迈着步子，也没什么好整理的，跟着她一起往厨房去了。

豆腐汤不算浓郁，苏桃也没有放其他配料，所以煮出来上面只有淡淡的一层乳白色。

她踮脚从橱柜里拿出一个保温桶，打开盖子一勺一勺地把汤往里面盛，每一下都盛得格外小心，像是怕豆腐会碎掉似的。

保温桶被装满后，她直接合上盖子，拧了一下觉得不放心，又加力使劲拧严。

回过身，她发现应该早就穿好衣服等着离开的男人这会儿还站在厨房门口，倚在墙边，抱着双臂懒洋洋地盯着她看。

苏桃气呼呼地走过去，抬头看着他问：“你怎么还不收拾？”说完，她也不等他回应，直接伸出空着的那只手推他，想让他赶紧出去。

但宁野还像没事人似的，一步没动，只指了指保温桶说：“要给我带着的？”

小姑娘气他一直不紧不慢，一副不着急的样子，听完他的话，凶巴巴地回：“你如果再不走，就什么也没有了！”

宁野实在忍不住了，又捧着小姑娘的脸轻吻了下她的唇。

“我家小朋友原来这么贤惠啊？”

他看着她着急又气鼓鼓的样子，心里头痒得很，如果不是怕她真的生气，他想留下来再多逗她一会儿。

“行了，我不逗你了。”男人边说边顺手接过她手中的保温桶，“我没什么需要收拾的，套个外套就能走。”

小姑娘把他送到了门口，见他穿好了衣服和鞋子，就倾身替他开门。

宁野握住她的手，也没急，问道：“你家亲戚还要待几天？”

苏桃回忆了一下，爸爸好像提起过，堂叔堂婶他们要过了正月十五才走。

“应该还要待一周吧？”

宁野点了点头，说：“那这两天你在家好好招待客人，等人走了我再来找你。”说完，抬起一边手臂抱她入怀。片刻后，他又在她耳边轻声说，“我不来找你不代表你可以随便失联，如果再像前几天那样，电话也不打，微信也不发，看我回头怎么罚你。”

他像是想让她意识到事情的严重性似的，牙齿在她的耳垂上轻咬了一下。

小姑娘有点儿痒，身子缩了缩，红着脸推了他一把，小声回：“知道了……”

苏桃说完没再给男人唠叨的机会，从他身侧伸手打开了大门。

“你快走吧，待会儿……”小姑娘话说到一半，声音忽然一顿。

宁野原本背对着门口站在那儿，也不知怎么回事，莫名就感觉身后有些发凉。

他看了苏桃一眼，顺着她的目光转身看去。下一秒，他就见原本早就离开的苏国伟正面无表情地站在门外。而苏桃的堂叔堂婶此刻也站在他身后，并没有真的离开！

客厅里很安静。

苏桃和宁野坐在一侧沙发上，三位长辈则坐在他们对面。

苏国伟从进屋后脸上就没有什么表情，只是淡淡地看着他们。

苏桃心里七上八下的，又有些难受，总觉得苏国伟在发现自己撒谎之后肯定很伤心。

她不知道该说什么，她总觉得现在唯一还能补救的方法就是赶紧道歉，然后再好好和爸爸解释一下昨晚的事情，至少告诉他，她和宁野之间，什么也没发生。

小姑娘原本已经在心里打好腹稿了，结果刚准备开口，苏国伟就先出声了："桃桃，你先回房间待一会儿。"

苏桃愣了一下，半晌没动。

堂婶在那边看不下去，笑着起身拉了苏桃一把："走，带堂婶去你房间看看，之前我不是说想看看你以前得过的奖杯什么的吗？带我去看看，我拍些照片给你平生哥发过去！"

苏桃还是不想动，坐在原处喊叫了声："爸爸……"

苏国伟只深吸一口气，没再出声。而一旁的宁野见状，赶紧给小姑娘递了个眼色。

他朝她看过去，二人四目相对时，他像是在对她说："乖，先回屋吧，我没事。"

苏桃没有办法，只得缓缓起身，和堂婶一起往自己房间走去。

小姑娘房间的门轻轻合上之后，苏国伟抬眼朝宁野看去。

男人面上还算镇定，平静地和苏国伟对视："苏叔，我理解您的心情，您现在无论是打我骂我都可以，我绝对不反驳也不吭声。"

苏国伟表情略略带了些讥讽："我打你骂你的话，我女儿会不管？"他看了眼刚刚苏桃随手放在茶几上的保温桶，也不知道又想到了什么，隔了好一会儿才出声，"其实你和桃桃的事情，这几天我空闲的时候也一直在斟酌。我知道，我女儿是真的喜欢你，虽然我对你有一千个一万个不满，但是我也不忍心真的拆散你们。"

苏国伟的话让宁野的心猛地一跳，他眼底的神色稍稍亮了些："苏叔……"

苏国伟冲他摆了下手，示意他先别出声："我可以同意和你桃桃交往，但是，我有一个条件。"

苏桃和堂婶进了房间后，一直心不在焉。好不容易等到房间门在外头被人推开，她迅速站了起来。

苏国伟脸色还是很差，但是他对着自己的宝贝女儿，没有把情绪外露得那么明显。

"人走了，有什么话你们打电话说吧。我带你堂叔堂婶去钓鱼，晚上订好餐厅了再给你打电话。"

苏桃愣了一下，轻轻点了点头。

她不知道宁野刚刚经历了什么，也不知道苏国伟和他说过什么，这会儿特别着急。

等到苏国伟和两位长辈再次离开时，她迫不及待地拨通了宁野的电话。

那头接通得很快，苏桃着急地道："宁野哥，你怎么样？爸爸和你说什么了？"

"怎么了？"男人哼笑一声，"这么着急，怕我挨打啊？"

"别闹了！"苏桃发了脾气，"你们刚刚到底发生了什么！"

"没什么，苏叔没动我，也没骂我，而且……"男人顿了一下，接着道，"而且，他还同意了咱们继续交往。"

小姑娘一愣，完全没想到会是这个结果。

“你别骗人……”

“我骗你干什么？”宁野语气轻松，沉默了两三秒，再次开口，“你之前说家里的长辈过了正月十五离开是吧？”

小姑娘不知道他忽然问这个是什么意思，迟疑了一下，说道，“对呀……”

过了半晌，男人才在那头再次开口：“那空出一天时间，和我约会吧。”

过了正月十五，苏平生一家准时返程。

苏桃跟着苏国伟送他们一家去机场后，就想去赴宁野的约。

苏国伟将人送到了她说的位置，看着她要下车了，忽然又喊了一句：“桃桃！”

苏桃车门开到一半，迟疑着回身道：“怎么了，爸爸？”

苏国伟冲她笑笑，摇摇头：“没什么，就是想告诉你，结束了早点儿回家，爸爸给你炖甜梨水喝。”

苏桃抿着唇笑了下，轻声对他说：“好。”

苏桃目送苏国伟的车子离开后，就立刻拿出手机想给宁野打电话。但是号码还没拨完，忽然有人从后面把她抱住了。

小姑娘心猛地跳了一下，回头看了一眼，直接和男人四目相对。

宁野懒懒地勾勾唇，垂眸看她：“小朋友，自我防护意识有点儿差啊，别人在大街上忽然抱住你，你不应该先尖叫打人吗？”

苏桃不搭理他，轻声反问：“你到了多久啦？”

“没多久，正好看见苏叔开车把你送来。”

“然后你就躲起来了？”

小姑娘说到这里像是想起了什么似的，在男人怀里转了个身，仰着头认真地问他："爸爸之前到底和你说什么了？他真的同意咱们交往了吗？"

宁野抬手揉了揉小姑娘的眉间，道："苏叔是提了些条件，在我看来也都是该提的，别瞎想。"说完，他直起身子拉过苏桃的手放进口袋里，"好了，今天咱们是要约会的，别想那些乱七八糟的事情。"

他边说边往前走，苏桃在旁边小步地跟着，本来还在乱猜着爸爸会提什么条件，但是指尖忽然在男人的口袋里面碰到了一个冰凉的物件。

她有些好奇，伸手想往下再摸一摸，结果宁野原本就抓着她的大掌一下子将她的整个小手都包了起来，不给她乱动的机会。接着，还睨了她一眼。

"干什么？想摸我的腹肌耍流氓啊？我也不是不让你摸，"男人边说边倾身，脸上带着痞里痞气的神色，"但是得等几年，你现在还小。"

苏桃被他说得脸热，伸出旁边那只空着的小手使劲儿推了他的脸一下，没再说话。

司机就将车子停在了不远处，两个人过去的时候，司机下车恭敬地替他们开了车门。

"我们去哪儿？"苏桃问。

"京华高中知道吗？"

小姑娘有些意外，没记错的话，京华高中是北城最出名的一所私立学校。她没去看过，但是以前听钟佳佳提起过，说那边是有钱人家小孩的地盘，每次上学放学，校门口都会停满豪车，特别壮观。

"你要带我去那边？"

"嗯。"宁野漫不经心地窝在那儿，捏着小姑娘的手玩，"我高中在那儿读的，带你去看看。"说完，他脑袋一歪，又靠向了苏桃的肩头，“好了，我又晕车了，你乖一点，让我靠靠。”

苏桃无语。

京华高中还没开学，整座校园空荡荡的，放眼望去，只有矗立着的教学楼和一片被皑皑白雪覆盖着的操场，以及门口的两排顶着积雪的枯树。

苏桃下车之后，朝里面望了一眼，心里莫名有些落差。

宁野看出了她的小心思，忍不住笑了：“怎么？以为这种贵族学校大门都是镶金的？没那么夸张。”

小姑娘没出声，但也没再好奇下去。

他们牵着手往校门口走去，原本苏桃以为宁野会带着自己直接从大门进去，没想到，他拉着她直接从校门口路过，一眼都没多看，继续向前去。

小姑娘不解地转头看了他一眼，男人感觉到她的视线，也没在意，只随口回：“大门口有保安，我带你从后面进去。”

小姑娘一听他这话，有些担心：不安地问道：“后面进去……是跳墙吗？”

不过几分钟后，苏桃就发现自己的担心是多余的。她眼睁睁地看着宁野抬手从墙边的某块砖缝还是哪里，拿出了一把钥匙。他用钥匙打开了学校后面的小门，带着她堂而皇之地走了进去。

苏桃进去之后还有些没反应过来，像是生怕学校里面的保安发现他们似的，小心地前后看了一圈，最后拉着男人往旁边躲了躲，小声问他：“你怎么知道那里有钥匙啊？”

“因为当年是我配了一把钥匙放在那儿的。”宁野答得轻描淡写，“不过我原本以为这小门早就换了电子锁，之前路过的时候想碰碰运气，没想到锁居然还是原来那把，钥匙也还在。啧，老徐头果然还是一如既往小气。”

宁野口中的老徐头是京华高中的校长，他们上学的时候，一帮调皮捣蛋的大男生背后给他起了这么个外号。

男人后来没再浪费时间，牵着小姑娘的手一路向校区里面走。

每经过一处地方，他都会懒洋洋地出声和小姑娘说点儿什么："这栋多媒体教学楼是当初老太太捐建的，那时候我和杨凡爱玩闹，老太太怕我们学坏，给学校捐了钱，又建了一栋多媒体楼。里面的电脑设备也蛮先进的，不知道现在换没换。"

"这旗杆下面我当初没少站，每次升旗，老徐头都会点名几个典型，叫我们去念检讨。"

"啊，看见后面那片小树林没有？以前那些老师特别爱在那边瞎转悠，有一次老徐头蹲在草里逮人，差点儿被蛇咬……这事儿当初都传到校外去了。"

男人声音慵懒，小姑娘在旁边一边走一边听他说，脑海里时不时还想象着他说到的那些场景。

莫名的，她感觉两个人中间相差的那近十年的光景好像压缩了，和他并肩，一起经历了他的校园生活。

苏桃第一次感觉到男人想给她的特别的浪漫，小脸上的笑意越来越浓。

后来走到教学楼后方，她远远看见有一片被涂鸦过的墙面。她指了指那边，问宁野："那里是什么？"

男人漫不经心地朝那边看过去，似乎还想了一会儿，说道："留言墙？不记得了，应该是当初美术社那群学生搞出来的。"

他原本没有过去的意思，但是小姑娘听了他的话，像是非常有兴致的样子，拉着他的手就要往那边走。

确实是留言墙，墙面上密密麻麻都是过往学生写过的话，用的笔颜色不一，混搭在一起，居然有种别样的美感。

"还有五天就要高考了，虽然家里倾向让我出国，但是我还是想和他考同一所学校，求上帝保佑我心想事成！”

“敬不死的乐魂，敬永远的摇滚。”

“啊！我想当医生！不想继承家业！”

苏桃读的高中整体校风严谨正派，校内根本看不见这种涂鸦。所以她这会儿瞧见，心痒得不得了。她推了旁边的男人一把，也不看他，小声说：“你去旁边站一下。”

宁野挑了挑眉：“怎么？你也要写留言？”

小姑娘点点头。

“要写什么，我都不能看？”

小姑娘不想回他，软着声开口：“你快去那边站着啦！”

苏桃见宁野站得足够远之后，才从包里找出中性笔。

墙面又硬又不好上色，小姑娘蹲在那里涂涂画画好半天，过程中还一直用另一只手挡在旁边，时不时还往男人那边看一眼，像是防备他偷瞧似的。

大概过了五六分钟，苏桃才把想写的话都写完了。她一刻也没耽误，小跑过去拉着宁野就要走，眼神也躲闪着，看着很不好意思的样子。

男人被她弄得心痒，抬手捏了捏她脸颊上的软肉，问：“你是写了我的坏话还是怎么的？怎么这个反应？”

苏桃脸更红了，还是不看他，拉着他一直往前走。

涂鸦墙那边，一阵轻风挟着地面上的沉雪吹过，小姑娘刚刚写的话在最上方空白的位置，不算显眼——

“十八岁的宁野，你好呀，我是你十年后的女朋友。谢谢你平安健康地长大啦，也谢谢你喜欢上我。可以的话，希望我们以后永远永远不要说再见。”

从京华高中出来后，快到中午了，对面的小店这会儿都开始营业了。

苏桃拉着男人往校门口走着，远远就闻到了一阵糖炒栗子的香气。她往那边瞧了一眼，果然看见了卖栗子的小摊。

“我们去买包栗子吧！”

卖栗子的是个老大爷，机器在他旁边嗡嗡嗡地响着，栗子和砂糖在大黑锅里面翻滚，老人家则悠闲自在地抱着一壶热茶水，坐在那儿听广播。

“爷爷，我们想买包栗子。”苏桃眉眼弯弯，声音里也含着笑，“帮我们称一斤吧！”

老大爷手脚很利索，很熟练地拿着袋子把栗子装好称重，后来把栗子交给她的时候，笑着问了小姑娘一句：“这是跟我一起来学校这边啦？”

苏桃愣了下，宁野在旁边也挑了挑眉毛。

原本以为小姑娘会默认老人家的话，没想到片刻后，她主动拉住旁边男人的胳膊，回道：“不是的，他是我男朋友。”

小姑娘声音软软的，第一次这么坚定地和外人介绍宁野，他在旁边瞧着，眼里笑意越来越浓。

栗子很甜，苏桃边走边剥着吃，眼睛像月牙似的，一直笑眯眯地弯着。

宁野单手揽着她的肩，见她像小仓鼠似的只知道吃也不抬头，忍不住问了句：“好吃吗？”

“好吃！很甜！”小姑娘是真的心情很好，听见男人问，她回头看了他一眼，“你也尝一个？”

她一边说一边剥了一个栗子，抬起小手往他嘴边一递。

男人眸色深深地睨着她的小脸，忽然单手扣住她的下巴，一个倾身吻上她的唇。

宁野这个吻来得很突然。

在人来人往的街头，在飘满甜香的空气里，他的唇紧紧贴着她的唇瓣，在小姑娘不知所措忽闪着眼睛的时候，舌尖微微一探，撬开了她的齿缝。

半晌后，小姑娘嘴里的栗子被整颗勾了过去，男人微微放开她，坏笑着捧着她的脸，又吻了下她的红唇。

“嗯，确实很甜。”

苏桃觉得自己的双颊热得发烫，她双眸湿漉漉地看着抱着自己的男人，后知后觉地推了他一把。

小姑娘急匆匆朝前走，小小的一只在前面，从背影看，有些因害羞落荒而逃的模样。

宁野在后头一脸餍足，勾着唇懒洋洋地开口：“小朋友，别走那么快，等我一会儿。”

小姑娘在前面不仅没停，反而越走越快，甚至还用手捂住了耳朵，像是不想听见他的声音似的。

男人慢悠悠地跟在后面，脸上的笑越发肆意。

两个人吃过饭，宁野叫司机把他们送去了江边。

苏桃还记得，他们之前去那边放过烟花，当时宁野带着她和刘博两个小孩子，疯了大半夜才回老宅。

车子开上去之后，小姑娘有些意外，回过头问了问旁边的男人：“来这里干什么？”

宁野没太在意，还懒洋洋地靠在小姑娘的肩膀上装晕车，随口回答：“之前那次烟花不是看得很开心吗？我再给你放一场。”

年已经过完了，大家的生活基本上都回归以往的样子，所以到了晚上江边几乎没什么人。

宁野和司机两个人将烟花一摞摞从车上搬下来后，就把司机打发回去了。

司机听了小宁爷的吩咐，和他们告别离开。临走前，他还笑着对苏桃说了句：“祝您和小宁爷有一个愉快的夜晚。”

苏桃怎么听怎么觉得这话又怪又暧昧。

江边风很大，好在宁野之前就有准备，除了小姑娘身上本来就穿着的外套，给她多裹了件大号羽绒服。

羽绒服是粉色的，本就是不显身材臃肿的款式，这会儿套在小姑娘身上，愣是让她胖了一大圈。

男人忍不住笑了，双手捧起她软乎乎的小脸，重重地在她唇上吻了下：“圆滚滚的，还很甜，越看越觉得我家小朋友像棉花糖了。”

小姑娘被吻得红了脸，凶巴巴地瞪了他一眼，转身去拆那些烟花包装了。

这事苏桃做过，所以很熟练。

男人在旁边有一搭没一搭地跟她一起扯着包装纸，没一会儿，两个人就把所有烟花的外包装都拆掉了。

宁野拿着打火机，把那些烟花全部点燃。

烟花在黑暗的半空中炸裂，山顶被闪耀得亮如白昼，小姑娘仰着脑袋，很开心地望着天上，唇边的笑意越来越浓。

男人悄无声息地从身后抱住她，在她还一脸诧异的时候，变魔术似的，从手心里拿出了一枚精致的戒指。

“你别小瞧这个东西啊，我这些日子一直跟着一个老师傅学做戒指，废了不少材料才做出来这么一个还能看得过去的成品。”

苏桃一阵愣怔，还没反应过来，那枚戒指就被套在了左手无名指上。

这是一枚很普通的铂金戒指，干干净净的，没什么纹饰。

过了好一会儿，小姑娘看着铂金圈还在愣神，男人在身后又掏出枚略大两圈的同款戒指给她，道：“来吧，帮我也戴上。”说完，又怕小姑娘瞎想，他赶紧补充道，“放心，这绝对不是求婚的意思，我们家小朋友这么乖，我可不舍得给你这么简陋的求婚场面。”

苏桃压根没往这方面想，她只是一时没有反应过来。冷不丁听他这么说，她又开始脸热。她忍了忍，最后还是回过头看了他一眼，问：“为什么忽然弄这些？”

男人也不着急，手还那么伸着，说：“你先帮我戴上，我再告诉你。”

小姑娘只好乖乖把戒指替他戴好。

宁野在身后收了收双臂，抱她抱得更紧了。

半空中烟花仍旧在肆意地炸响，男人紧拥着怀里的小姑娘，漫不经心地转着她指间的戒指圈。

“这戒指呢，你要一直戴着，就算我不在你身边的时候，你也得时刻记得自己是有男朋友的人。你如果敢搭理那些小男生……”男人边说边发着狠凑到她耳边，轻咬了下她的耳垂，“等再见面，我一定会罚你。”

苏桃被他磨得耳朵直痒，听了他的话也忍不住想笑。

没等她出声，男人就忽然在后头将脸埋进了她的颈窝。

“小朋友……”

“嗯？”

他动了动脑袋，在她颈窝里蹭了两下：“我可能要暂时和你分开一阵子了。”

小姑娘原本挂在脸上的浅笑忽然一僵。

男人感受到了她的变化，心尖猛然一紧。

过了好一会儿，苏桃才缓缓出声：“所以……爸爸的条件是这个吗？”

“对。”宁野深吸了一口气，说道，“苏叔同意我们交往，但条件是，我们要先分开三年，这三年我们不能见面不能联系，直到你毕业的时候……”

如果站在旁观者的角度看，其实苏国伟提这个条件，宁野完全能理解。

在苏国伟看来，宁野曾经是个绯闻缠身的男人。即便他澄清了，也找了那些视频原件给他看，但是花心的形象已经在苏国伟心里根深蒂固了。

如果今天宁野身处小姑娘父亲的位置，他是绝对绝对不会给自己这种男人一点儿机会的。

三年时间，一是确定他是否真的没有乱七八糟的男女关系；二是苏国伟也想用这几年来试试宁野对小姑娘的感情到底有多深。

如果三年时间过去了，宁野和苏桃依旧喜欢彼此，那苏国伟也便放心了。

看似是考验，其实也是给他们一条退路，一个多出来的选择空间。不过最重要的，苏国伟那天也提到了——“小宁啊，叔叔就这么一个女儿，我希望她后半辈子无忧无虑，哪怕不是大富大贵，没有很优越的物质生活，但只要桃桃开心，我就替她开心。叔叔知道你们现在彼此喜欢，我也知道桃桃有多在乎你。我现在提出这个条件，很可能会让我的女儿怨恨我，但是……我也不能不说。

“你们宁家的情况，你应该比我了解。桃桃太单纯了，我不觉得她以后能应付你们宁家的复杂情况。所以，叔叔提出这个条件，除了让你们彼此多条退路，也是想让你用这段时间处理一下家里的事情。

“我不知道你和你父亲以及你那位堂哥到底有什么恩怨，我也不想了解你这些年经历了什么，我只希望我的女儿选择的另一半能在后半辈子让她心无挂碍。你明白叔叔的意思吗？所以在桃桃毕业前，你们还是别再见面了。当然，这是君子之约，你完全可以偷偷去见她，估计我也不会发现。但是，一旦我知道了什么，那咱们这个约定，就当不存在了。”

苏国伟的言下之意再明显不过，宁野怎么可能听不出来——如果他背着苏国伟偷偷跟苏桃见面，那他和苏桃可能就不只是要分开三年了。

回去的路上，小姑娘一直沉默不语。

快到家门口时，宁野实在忍不住了，快走了两步，对她说："回去不要和苏叔吵架，我就是不想让你为难，才答应他的。"他见小姑娘一直低着头不出声，抬手揉了揉她的小脑袋，"听见了吗？"

苏桃点点头，又向前走了两步，最后终于忍不住了，回身狠狠撞进他怀里，抱住了他："爸爸说一面也不能见吗？微信和电话联系都不行吗？"

小姑娘的声音明显带了哭腔，宁野一颗心都快碎了，他喉结滚了一下，压下所有情绪。

"嗯，都不行。但是时间过得很快的，我们家小朋友只要乖乖在学校待三年就好了。"

男人也有些哽咽，小姑娘听得分明，鼻酸的感觉更明显了，她在他怀里狠狠咬着唇，努力让自己不落泪。

片刻后，她轻轻点点头，算是对他的回应。

下一秒，宁野在她额上轻轻落下一吻，无比认真，无比虔诚。

"好好吃饭，好好睡觉，等你毕业那天，我一定去找你。"

苏桃回家时，苏国伟还在客厅等着她。

见她开门进来，他立马起身迎过去，道："回来了？冷了吧？爸爸给你炖的甜梨汤还在火上热着呢，我替你盛一碗？"

小姑娘明显哭过，眼睛红红的，苏国伟见她朝自己看过来，其实心里已经做好了她和自己哭闹甚至争吵的准备。但是她只是沉默地站在那里，什么多余的动作也没有，乖巧地点点头，回道："好，麻烦爸爸了。”

苏国伟带着小姑娘去了厨房，让她坐下后，从锅里盛了好大一碗甜梨汤给她。

小姑娘拿起勺子盛了一口甜水递到嘴边，腾腾热气和梨子香甜的味道在空气中弥漫。甜水进到嘴里，但苏桃觉得一点儿也不甜。

苏国伟在旁边看得难受，他知道自己的宝贝女儿现在一定很伤心，他不知道该做什么，索性直接开口：“桃桃，我知道你怪爸爸，你想说什么或者想发火都可以，不用憋着。”

苏国伟虽然是站在一个父亲的角度对宁野提出了那种要求，但是他也明白，两个孩子现在处于热恋期，此时让他们分开，无疑是对他们最大的打击。

哪想小姑娘听了他的话，轻轻地摇摇头，哑声回：“我没事，爸爸……”

她说着，眼泪却控制不住地往碗里掉。她手忙脚乱地擦了擦，像是怕苏国伟发现自己哭难受似的，还哽咽着解释：“我没有怪你，爸爸，宁野哥也说了不想让我为难，才答应你的。我就是……我就是有点儿难受，但没事的，我过几天就好了，我真没事……”

苏国伟受不了了，绕到桌子另一边，一把将小姑娘抱住，心疼地说道：“不用说这些，桃桃，你想哭就哭，不要再说‘没事’了。”苏国伟心里难受得很，眼睛也有些湿润，“你越这样，爸爸越心疼。”

小姑娘太懂事了，就是在这种伤心的时候，还在考虑苏国伟的感受。可她越是这样，苏国伟越是难受。

那晚苏桃窝在爸爸怀里，放声哭了好久。

后来回忆起那天的事，她只记得那天的梨子很甜，烟花很美，月亮很圆。

三年时间说短不短，说长也不算长。

苏桃从北城回到 S 市后，就专心投入学业当中。

大玲她们原本还没太注意，后来看她每天都忙得跟个陀螺似的，几乎没有空闲，开始察觉到不对劲。

她们委婉地问苏桃是不是发生了什么，但是小姑娘只是笑笑。

她们私底下也讨论过是不是因为她家那位宁野哥哥，甚至有一次她们还故意把苏桃灌醉，想问问她到底怎么了，是不是姓宁的刚把人追到手就又搞出别的什么事了。

当时小姑娘醉醺醺的，不哭也不闹，听了她们的话，木讷地摇摇头，说：“没有，不是分手，没有分手……”

几个室友互相看了一眼，心里差不多都有数了，自那之后，也没再问过她什么。

临近毕业时，苏桃变得异常忙碌。她去了 S 市的一家知名游戏公司实习。除去周一到周五上班，周末两天也从不闲着，她被校方推选为优秀毕业生代表，要在毕业典礼上发言，同时她还答应了学生会帮忙参与组织毕业舞会的活动。

又是忙碌的一天过去，苏桃晚上洗过澡后，发现几个室友还没回来，她一边擦着头发一边往自己书桌边走，准备开灯再修改一下演讲稿。

苏桃这三年几乎没怎么剪过头发，白天一直梳着丸子头，看不出什么特别，可冲了澡把头发放下来之后，那一头快及腰的漆黑长发就无比显眼了。

擦着头发走到书桌前，她原本想直接坐下的，但不经意间看见了桌上放着的那罐糖，她擦头发的动作滞了滞。

罐子里面装的全是薄荷糖，国外的牌子，方方正正的糖块外头包裹着深蓝色的糖纸，一个个整齐地码在里面。而糖罐旁边，是一个不大不小的卡通储蓄罐。

小姑娘安静地站在那儿半晌，最后无声地从糖罐里取出一块糖放进嘴里，又顺手把糖纸塞到了储蓄罐中。

隔天，苏桃早早地就起床准备上班。

室友们都还在睡，她洗漱时格外小心。她还特意去学校食堂买了三份早餐给她们带回来，又给她们留了字条。

苏桃踩点到了公司，同事都到了，她和大家打招呼，似乎还有些不好意思。

她旁边坐着的是美术组的一位大姐，见她过来，椅子朝她这边一滑，拍了她一下，对她说："桃桃，去主策划办公室一趟，他好像要找你聊聊。"

苏桃有些意外，小声问："主策划说什么事了吗？"

美术组的大姐撇撇嘴，摇了摇头："他没说，不过我们刚刚猜啊，估计是想劝你毕业之后留在公司吧。你快去看看吧。"

苏桃闻言点点头，简单整理了一下工装，便起身朝主策划办公室走去。

她走之后，办公区几个爱八卦的人凑到一起小声嘀咕了起来。

"小姑娘确实厉害，虽然现在只是个小助理，但我看主策划那态度，估计转正后让她直接上手带项目都说不准。"

"就是啊，你说这孩子怎么就非得回老家呢？咱们公司的待遇在业界应该算很好了吧，她又那么被老大看重，就这么走了也太可惜了。"

刚刚和苏桃说话的那个美术组大姐也叹了口气，说："其实我也劝过小姑娘好几次了，但是她一直听不进去。算了，看看这次主策划说话管不管用吧，要是桃桃还不想留下，那咱们今晚就聚餐吧。我听说今天北城那边有个大公司的老板来和咱们公司谈合作，过几天肯定又要忙起来了。小姑娘的实习期就到这周五，咱们怎么说也共事了两三个月呢，走之前一起吃顿饭，热闹热闹！”

“对对！赶紧安排一下！”

办公区大家热热闹闹聊天的时候，苏桃上楼敲响了主策划办公室的门。

听到里面传来一声“进”，苏桃推门走了进去。

和那位美术组的大姐想的一样，主策划叫小姑娘来，确实是想和她聊聊她毕业后转正的事情。

“苏桃啊，你的能力我想组里的同事有目共睹，我一向惜才，也不和你假客气了。我最后问你一次，你确定实习期结束不留在公司了吗？”

小姑娘点点头，礼貌地回了一句：“这段时间我在公司学到很多东西，您和各位同事对我也很照顾，我一直很感激。但是我毕业后想回老家，确实没办法继续留在公司了。”

主策划有点儿头疼，他第一次找她谈话后，就叫人看了一下她的资料。他原本的想法是，如果小姑娘的老家是个名不见经传的小城市，那他绝对有信心留住她。毕竟他们[illegible]一数二，但也绝对[illegible]业又是计算机，小城市很少有专业对口的公[illegible]资源厉害的公司就更少了。可是偏偏她是北城的人，那边的互联网企业特别多，做游戏的开发公司更是比比皆是，甚至行业翘楚宁氏集团就在北城。

想到这儿，主策划叹了口气，说：“该说的话我也说过好几遍了，既然你依然坚持，那我也没办法了。回头我叫人事和你对接，你这几天做好交接吧。”

苏桃礼貌地点头应声：“好。”

回到办公区，美术组那位大姐第一时间凑过来问道：“怎么样怎么样？我猜对了吗？是不是又想留你啊？”

苏桃笑了笑，点了点头。

美术组大姐看她那神情，“啧”了一声：“然后你又拒绝了？”

“嗯，可能最近几天就会有新人来和我交接了。”

“你这孩子也太轴了，也不知道你老家那边有什么，非得回去！”美术组大姐见木已成舟，也不再动，道，“那晚上和我们去聚餐吧，来了好几个月了，咱们还没一起吃过饭呢。这次你要走了，咱们下班后聚聚，就当给你饯行了。”

其实苏桃也想过请组里的同事吃饭，这两个月她作为新人来到组里，没有受到任何排挤和刁难，大家对她都很好。所以这会儿听美术组那位大姐提起来，苏桃没怎么犹豫就答应了，并暗暗在心里计划着，这一餐她来请。

到了傍晚下班时间，大家纷纷起身打卡进电梯。

苏桃被他们围在最中间，一直被问着想吃烤肉还是想吃火锅，一群人在电梯里热热闹闹地讨论了好一会儿，电梯“叮”的一声响，平稳地停在了一楼。

折射着大伙儿影子的电梯门缓缓在他们眼前打开。

电梯外，主策划正站在公司老总身边陪着一个男人聊天，他们身后还跟着不少人，队伍看着很壮观。

电梯里的同事们都小心翼翼地互相看了一眼，苏桃原本一直歪着头在和旁边的人说话，这会儿见大家忽然安静下来，她也缓缓回过头，朝电梯外看了过去。

下一秒，她愣住了——几年未见的男人此刻就站在离她不到两米的地方，侧着头，侧脸线条更加明晰，棱角分明。

他看着比以前瘦了很多，原本那副常年挂在脸上的漫不经心的模样找不到了，取而代之的是平静肃冷的神色。

旁边站着的公司老总见电梯门打开，里面的人却都没有下电梯的意思，一时皱起眉头，喊了一句："想什么呢？都给我出来！"说完，他客气地朝着旁边的男人说道，"宁总，咱们上楼再聊吧。"

男人原本神情淡然地垂着眼，闻言缓缓转过头，视线扫到这边的一瞬间，他眼底的神色变了变。

周围一片嘈杂，小姑娘就安静地站在那儿，像过往无数次那样，抬着头，和他遥遥相望。

第六章
会遇到坏人的

两个人就那么安静地站在那儿。

周围的人都在匆匆忙忙地往电梯外面走，只有苏桃像被定住了一样，站在那儿一动不动。

美术组那个大姐低着头自顾自出了电梯，她原本也没多想，走到公司老总身后时，她暗暗松了一口气，回过身想拉着小姑娘一起走，这才发现，苏桃还站在电梯里没动。

她吓了一跳，不停地朝苏桃挤眉弄眼，想让苏桃赶紧出来。就连站在老总身边的主策划在看见苏桃的反应时，都不自觉地皱了皱眉头。

那边，有个同事实在看不下去了，轻咳了一声，然后小声朝苏桃喊了句：“苏桃，干什么呢？出来啊！”

同事的声音终于让小姑娘回过了神，苏桃又抬眼看了一眼男人，回了句“来了”，便朝外面走。

男人站在右侧，旁边空出来的位置很大。苏桃低着头匆匆从他身边走过，二人擦肩而过。

男人的手在这一刻微微动了一下，白皙修长的手指向旁边抬了抬，像是想抓住小姑娘的手臂。可是下一秒，他的动作滞住了。

他眼睁睁地看着小姑娘从自己身边走了过去，身侧的手也下意识地狠狠握紧。

旁边站着的公司老总见电梯空了，微微侧身，对着男人客气地做了个“请”的手势，道：“宁总，咱们上去吧。”

一行人浩浩荡荡地上了电梯，苏桃能感觉到身后有嘈杂的脚步声，不一会儿，就听到“叮”的一声响，电梯门关上了。

美术组那位大姐还在小姑娘耳边絮絮叨叨地嘟囔：“你刚刚真是……平时挺机灵的小孩儿，刚刚怎么就走神了呢？吓死我了！”

苏桃安静地回身看了电梯那边的方向一秒，接着笑着转过头，冲身边的同事说：“没事了，我们走吧。”

一行人选在一家火锅店吃饭，进去后纷纷落了坐，苏桃选了一个角落坐下，安安静静地盯着面前的杯子出神。

美术组的大姐见她一直不出声，开口喊了她一句：“桃桃！”

苏桃好像没听见似的，依然在发呆。

美术组大姐有些无奈，声音又提高了些，再次开口：“桃桃！”

小姑娘顿时回过神，迷茫地看了那边一眼。

美术组大姐有些忍不住了，问道：“不是，你这孩子今天到底怎么啦？怎么从公司出来就魂不守舍的？”

旁边的同事听了，笑嘻嘻地调侃：“估计是我们小苏桃看见那位北城来的大佬被迷住了！不过有一说一，我一直以为宁氏的老总是个大叔，没想到这么年轻这么帅啊！”

“其实之前是这位小宁总的父亲掌权，但是不知道这位小宁总用了什么手段，半年前忽然成了新的掌权人！”

“对对，我也听说了！而且奇怪的是，这位小宁总之前对宁氏没什么兴趣，还成立了自己的公司。业内很多人都觉得他那家公司的发展前景也很好，再过几年，很有可能就会超越宁氏。也不知道怎么会这样。”

小姑娘一直在旁边默默听着那些同事的交谈，见美术组大姐还在瞧着自己，便尴尬地笑了笑。

“我吃什么都可以的，没关系。”

当晚的聚会大概晚上八点左右结束了，苏桃喝得有点儿多，但好在提前联系了室友们过来接她。

结账出来的时候，外面的灯已亮起一大片，耀眼的霓虹从远到近地发着光，夜色被点亮了。

夏夜的晚风微微吹着，苏桃捂着因为醉酒而发烫的双颊，迷迷糊糊地蹲在路边。

同事们陆续打车走了，每个人走的时候，小姑娘都会乖乖地抬头和人家说再见，说话时还笑眯眯的，特别像醉了酒的小动物。

美术组大姐原本想让老公来接的，但是她放心不下小姑娘，想送苏桃回学校。可是小姑娘一直说待会儿有同学来接自己，叫她先回家。

美术组大姐没办法，临走前还特别交代了店员帮忙照顾苏桃，虽然现在时间不算晚，步行街这边也很热闹，街头街尾都有巡逻车守着，可是总归还是小心些好。

就这样，小姑娘傻乎乎地和最后一个同事说了再见，接着，她又像刚刚那样缩着身子蹲在路边的台阶上，有一下没一下地摇晃着脑袋。

车里，张助理小心翼翼地坐在前方驾驶位上，他几乎隔几秒钟就忍不住往后排瞄一眼，实在忍不住了，开口喊了一声：“宁总？”

宁野还是没有什么反应，只安静地坐在后排，一张棱角分明的脸庞一半隐在黑暗里，一半映着街边闪亮的霓虹。

他一动不动地看着窗外的苏桃。

小姑娘这会儿身子缩成一团，远远瞧着，比几年前消瘦许多。

她的头发长了，脸颊上的软肉也没有了，双臂环在胸前，手腕看着更加纤细。

男人整颗心这会儿像是被什么东西狠狠攥住了一样，喉结在黑暗中滚了滚，情绪反反复复被他强压下去。

这时，外头的小姑娘也不知道看见了什么，忽然抬头冲那边摆了摆手，下一秒，小身子一个不稳，猛地向前倾了过去。

宁野一惊，立即打开车门想下车去扶她。

但是他才迈出去一条腿，就看到小姑娘的舍友们匆匆从那边跑了过来——

“桃桃！”

先喊苏桃的是大玲，她也是第一个朝苏桃快速冲过来的人。

她扶起苏桃之后，皱着眉闻了闻她身上的酒气。

“什么情况啊？一杯倒的小朋友今天居然喝了这么多？”

苏桃强睁开迷离的双眼看清了大玲的脸，一把搂住她的脖子，傻笑着与她亲近：“嘿嘿，玲妈……”

孟佳和许文静也气喘吁吁地跑了过来，看见苏桃醉成这样，都吓了一大跳。

“好啦，大玲，你先别黏她了，我们先带她回宿舍吧！待会儿不好打车了！”

苏桃就这么被几个室友捡了回去。

这边，男人的一条腿还在车外。张助理看着那边几个姑娘乘坐的出租车越走越远，忍不住又问了句：“宁总，咱们……”

片刻后，宁野安静地收回腿，关好车门，淡淡地吩咐了一句：“跟着。”

几个姑娘带着醉醺醺的苏桃回到宿舍后，直接按着她让她先在门口的椅子上坐好。

最近大四的宿舍楼陆陆续续搬出去不少人，查寝的阿姨也不像以前管得那么严了，看到有人大晚上醉酒回来，也睁一只眼闭一只眼放过去了。

小姑娘坐稳后，依旧傻乎乎地在那儿低着头笑。

大玲无奈地看了她一眼，对孟佳和许文静说："这家伙的酒量还真是一点没长进啊，要么一直不喝，喝了保准醉得不行。"

"哎呀，行啦，桃桃不是说了，今天同事聚餐，她在那家公司实习那么久，马上要走了，和同事们喝点也是应该的！"

孟佳边说边往自己书桌那边走，想拿瓶矿泉水给苏桃。

许文静有些担心，她看了苏桃一眼，说："桃桃醉成这样，肯定不能洗澡了吧……那待会儿……"

她想说的是待会儿她们替苏桃擦一擦脸算了，没想到大玲会错了意，直接喊道："你不会是想说，咱们三个帮桃桃洗澡吧！不是我说啊，我们要是真这么干了，桃桃明天早上起来一定会'杀'了咱们的！"

苏桃原本坐在椅子上迷迷糊糊要睡着了，大玲却突然吼了这么一嗓子，她被吓得一个激灵。

她醉醺醺地抬起眼，意识后知后觉地有点儿回归。她往那头看了一眼，正巧看见了自己的书桌。

那罐糖还安安静静地摆在书桌上，小姑娘看着那头眨巴了两下眼，扶着墙忽然站起身。

孟佳被她吓了一跳——

"桃桃，你怎么了？要拿什么？我帮你啊……"

苏桃像是没听见她的话似的，直接走到自己书桌前，把那罐糖打开，一股脑儿地倒在了桌子上。

她先是取了一颗，剥开糖纸塞进嘴里，接着蹲在那儿，一颗一颗数着桌子上的薄荷糖。

“一，二，三……十一，十二……”

数到十二时，苏桃脸上傻乎乎的笑更明显了。

她回过头，像是和室友们分享什么天大的喜事一样，眉眼弯弯，眼底带着细碎的光亮。

“只剩十二颗了，只剩十二颗了！”

大玲她们不明所以，互相看了一眼，朝那边走了过去。像哄小孩子似的，她们纷纷走到苏桃跟前。

大玲轻轻拍了拍她的肩膀，“好好好，我们知道了，只剩十二颗糖了，只剩十二颗糖了！”说完，她看向孟佳，想让她继续接话哄人。

孟佳有些为难，道：“只剩下十二颗了，桃桃真棒！”

苏桃像是压根没听见她们在说什么似的，见她们过来，就近拉住许文静的手，一把抱住对方，将脸深埋进她胸前。

“只剩十二颗了，只剩十二颗了……”

许文静还是不太明白苏桃突如其来的情绪是为了什么，她伸出手轻轻地拍苏桃的背。半晌，忽然察觉到有一阵湿润的感觉，吓了一跳——

“桃桃？”

苏桃将她搂得更紧，小脸也埋得更深。

好久好久，她都没抬头。

楼下，张助理开着的那辆车一直在停在那里，直到凌晨时分。

后排的男人盯着三楼小姑娘的宿舍窗口，直到窗户里面的灯光暗下去，他才静着一张脸，安静地将指间的烟按灭。

“走吧。”他淡淡地说。

隔天苏桃醒过来的时候，头非常疼。但是她今天要进行工作交接，所以无论多难受她也没敢耽误时间。

到公司时，主策划就向她介绍了和她交接工作的新人。

新人和苏桃一样也是应届毕业生，性格看上去比苏桃还要腼腆，头两天还不好意思直接和苏桃交流，等熟悉了两天后，便什么都敢问了。

周五晚上，苏桃和新人交接完手头所有工作，抱着一个纸箱准备离开公司。

她一路都在和同事们告别，心里五味杂陈。到了公司门口，身边再没有熟悉的人了，她的情绪才平静了一些。

远处，有人从街边停着的车上下来，朝着她喊了句："桃桃！"

苏桃望过去，有些意外地喊了声："爸爸……"

苏国伟刚结束近两个月的外派，回到北城。一落地，他就申请了年假，跟领导说宝贝女儿马上就要毕业了，他得去 S 市陪陪她。

年假申请下来后，他又马不停蹄地飞到了 S 市，来到了苏桃的实习公司。

他等了差不多两个小时，终于等到宝贝女儿从公司里出来。苏国伟立马兴奋地边朝这边走边喊了小姑娘一声。

他走近后立马接过苏桃手里捧着的纸箱，单手拿着，另一只手摸摸小姑娘的脑袋，道："我们桃桃这几个月实习辛苦啦，走，爸爸带你去吃好吃的！"

苏国伟带着小姑娘去了市中心最好的私房菜餐厅，他来的时候特意上网查了，这家餐厅好几样特色菜都是苏桃爱吃的。

到达餐厅后，他先把特色菜点全了，又问苏桃还想吃什么。

苏桃摇摇头，轻声说："不用了，爸爸，我不是很饿，这些就够了。"

“那好，就先点这些吧。”苏国伟把菜单交给服务生，片刻后，又想到了什么似的，说道，“啊，对了，再上一扎玉米汁，外加两罐啤酒吧。”

服务员离开后，苏国伟朝苏桃笑笑，道：“为了庆祝我们桃桃实习结束，爸爸喝点儿酒。”

苏桃抿唇笑笑，没出声。

之后的大部分时间都是苏国伟在说话，苏桃边吃边听。听见苏国伟问起什么，她会简单回两句。

渐渐地，苏国伟也有些安静了。他不知想到了什么，隔了好一会儿，忽然问苏桃：“之前我和你宁奶奶吃了顿饭，她说宁野最近也来 S 市了，你们见过吗？”

苏桃垂着眼，夹菜的动作一滞，片刻后，她缓缓出声：“见到了，但是是无意间在公司碰到的，他好像和我们公司有项目合作，当时没说话就走了。”

苏国伟愣了一下，喝了一口酒，隔了几秒钟，再次出声：“你宁奶奶都和我说了，宁野现在是宁氏的掌权人。也不知道他用了什么法子，不仅让他爸爸退居二线，还把宁怀赶出了宁家。”

苏桃听到苏国伟的话，没有意外，表情依旧平静。

“嗯，那挺好的。”

苏国伟没想到提起宁野时女儿的反应这么平淡。

他暗暗叹了口气，又说：“当初我提的条件，他基本都做到了。现在最大的隐患也解决了，你们也还惦记着彼此……”

苏国伟话没说完，苏桃突然打断他：“没事的爸爸，你们之前不是约定好了时间吗？只差几天了，没关系的。”

苏国伟听完苏桃的话，愣了好一会儿，后来他没再出声，默默地喝酒。

当天，苏国伟醉得一塌糊涂，苏桃把他送去酒店的时候，他嘟嚷着：“你还是怪爸爸……你还是怪爸爸……”

苏桃鼻子发酸，不知道该接什么话，只能一声不响地替他脱外套和鞋子。

苏国伟迷迷糊糊地抓住小姑娘的手，说着醉话：“去见他吧，桃桃，你去见他吧……爸爸知道他是什么样的人了，不会再拦着你们了……去见他吧……”

苏桃还是什么也没说，沉默着替苏国伟擦了擦脸和手。

从洗手间出来时，见他已经睡过去，她便轻轻给他盖好被子。

她调好空调，临走前又把房间里面大部分的灯熄灭，只留下床头的一盏夜灯。

出了房间，她在走廊里无声地朝电梯那边走着。

小姑娘一直低着头，不知道在想什么，片刻后，她的脚步忽然变得很急，像是有十万火急的事情要去做一样。

她疯了似的跑到电梯口，拍按着下楼键。电梯缓缓升上来，她进去后立刻按了一层，又从包里掏出了手机。

电梯里面信号太差，她试着拨号但是次次都自动挂断。

没办法，她只能攥着手机，眼睛一眨不眨地盯着楼层数字跳动变化。

那是苏桃过得最漫长的十五秒，当电梯平稳地停在一楼后，她疯了一样拿着手机飞奔出去。

屏幕上，那个近三年未拨过的电话号码停留着，她一边朝酒店外跑，一边将手机贴到耳边。

外面夜色渐浓，街道上车水马龙，她跑下酒店台阶后，耳边忽然响起了电话接通的声音。

她停在原地，气喘吁吁地冲听筒那边的人说：“你在哪儿？”

那头的人沉默数秒，接着，熟悉的声音响起：“回头。”

苏桃猛地回过身。

离她差不多十米的地方，出现了男人高大挺拔的身躯。

他身后是茫茫夜色，路灯昏暗的光线从他头顶压下去，他就那么安静地站在那里。

那感觉就和几年前一样，仿佛他一分一秒也没离开过。

夏夜的风格外温柔，轻轻从人身边拂过。

两个人隔着近十米远的距离相望，夜色散在他们周围。

小姑娘在这边举着手机看着对面的男人，好半晌都没有出声。

大概过了一分钟，苏桃缓步朝他走了过去。

她的步子迈得不大，可是每一步都很坚定。片刻后，她站在男人跟前，仰着头问："你为什么会在这里？"

他安静地垂眼看着她，好半晌才回："巧合。"

小姑娘几乎立即就反驳道："说谎！"

她回应的时候，眼睛红红的，表情中带着以前很少见的步步紧逼的意味。

过了好一会儿，宁野才忽然笑了一下："既然知道我会撒谎，你还问？"语调慵懒，一如当年。

苏桃忽然有些错觉，她总觉得刚刚这个人和之前在电梯外遇见的那个男人，都不是他，眼前这个人才是。

小姑娘再也忍不住，不管不顾地向前一撞，伸出两条纤细的手臂，紧紧抱住了他。

男人周身的气息还是她熟悉的，胸膛也如以前那般温暖。

苏桃的脸紧贴着宁野的衬衫，蓄在眼眶里面的泪在这一刻汹涌而出。

"你寄给我的那些糖，我每天都在吃，没有一天忘记。可是好多啊，真的太多了，我一直都吃不完，怎么努力也吃不完。"

小姑娘一边哭一边说话，搂在男人腰间的手臂越箍越紧。

男人听着她的哭声，心像被人狠狠扎了一下似的，又疼又难受。

“小朋友……”

“你怎么寄那么多啊，太多了，我根本吃不完……”

男人忍着鼻酸，低头吻了吻苏桃的发顶。

“嗯，都是我的错。”

苏桃在宁野怀里哭了好久，他们就站在酒店大门口，过往的行人经过他们身边时，都会诧异地看他们一眼。

小姑娘埋在男人胸前，内心又全部被崩溃的情绪占领，所以压根没意识到这些。

宁野呢，则压根不在乎。他甚至在别人经过的时候，还贴在小姑娘耳边轻声说着哄人的话。

苏桃哭够了，情绪渐渐平复，才发觉有些丢人。

她松开宁野，甚至避嫌似的，一边低着头擦着眼泪，一边后退两步。

男人看见她的小动作，都快被气笑了。

“不是，小朋友，你这过河拆桥的本领跟谁学的？我的衬衫都被你的眼泪湿透了，不准备负责？”

不负责就算了，她后退的动作是什么意思？感觉刚刚抱着他哭太丢人了？

小姑娘低着头站在那儿，声音闷闷的，还带着一丝哭后的沙哑，“那你待会儿把衬衫给我，我替你洗干净。”

“算了吧，我可舍不得。”

宁野边说边蹭了蹭她的脸，指尖碰到湿润泪痕后，问她：“哭够了吗？”

苏桃仰起脸，睫毛湿漉漉的，就那么看着他。

“哭够了就跟我走。”宁野边说边拽住她的手腕，带着她往那边走，“衬衫洗不洗无所谓，但是你的脸得洗洗了。”

宁野过来这边，是张助理开的车。

他原本以为今天他们家小宁总又要和往常一样，安安静静做个“望妻石”呢，他甚至已经猜测今天这块石头要待多久才回酒店，谁承想忽然就峰回路转了。

说实话，那位苏小姐出现并且跑过来抱住他们家小宁总的时候，张助理险些尖叫出声。

这几年他一直跟在宁野身边，比任何人都更了解他是什么样的状态。

初期要在宁氏站稳脚跟的时候，他拼了命地去应酬，好几次在酒桌上喝到胃出血，被120拉走。

那时候他不止一次想劝他家小宁总稳一些，不要太糟蹋自己的身子，反正宁氏早晚也是他的。但是他不敢说，他也不敢真的管老板的事，更不知道老板到底在想什么。

后来有一次，宁野因为胃病再次进了医院，杨先生去探望他的时候，把他的想法说了出来。

“我说你这么着急是为了什么？你是怕自己死得太慢还是怎么的啊？”

张助理当时在病房外听得心惊肉颤，生怕自家老板被刺激到。但是没想到，宁野没什么反应，过了一会儿无奈地出声：“不急不行啊，我家小朋友等着我呢。”

张助理当时就想到了苏桃，只不过不确定。

后来宁野在宁氏渐渐站稳脚跟，甚至开始和老宁董以及那位宁怀少爷打擂台的时候，他的私人时间也慢慢多了起来。

大概是两年前，张助理第一次陪宁野来S市，那天没有任何公务，他也不知道他家小宁总要做什么，下了飞机就叫他直接把车开到了D大。

时隔一年，张助理再次见到了苏桃，小姑娘在人群里还是很好看的，但是远远地望着，总觉得和以前不太一样了……

张助理记得之前每次见苏桃时，她都是温和地抿着唇，含着笑。

现在，她似乎不那么爱笑了。

不过当时张助理也没太在意，他看见小姑娘后便下意识地以为宁野是特意来与苏桃见面的，还回头问了一句："宁总，要把人叫住吗？"

宁野当时坐在后排，好半晌都没动，过了好一会儿，见小姑娘走远，渐渐消失在视线里，才淡淡地说了句："回酒店吧。"

打那之后，几乎每个月张助理都要给宁野空出一天时间，陪着他来S市。

他是眼睁睁看着那个曾经不羁傲气的小宁爷，如何一点点熬成"望妻石"的。

所以这次看两个人终于见面了说话了抱在一起了，他怎么能不激动！

见宁野带着人走过来，张助理迅速下车，真诚地冲苏桃笑了笑，道："苏小姐，好久不见！"

苏桃刚刚哭完，眼睛还有些肿，看见许久未见的熟人，她还有些不自在。

不过她还是礼貌地抿唇冲对方笑了笑，回了句："好久不见。"

张助理特别擅长察言观色，宁野带着小姑娘上车后，整个人的状态和神色明显与平常不一样，脸上的表情虽然依然淡淡的，但是眉宇间又见他以往最常出现的慵懒姿态，眼底也多了一丝往日里少有的笑意。

他顿时就明白是怎么回事儿了，于是也不管会不会被训，笑眯眯地一边开着车一边问后排的宁野："小宁总，我是不是快有老板娘了？”

宁野和苏桃在后头皆一愣，不过和他比起来，小姑娘的反应要大一些。

她眼神躲闪，转头看向窗外，动作和表情和以前害羞的时候一模一样。

男人唇边勾起笑，懒懒地回了句：“应该快了吧。”

宁野在S市的一家六星级酒店包了一间套房。

他几乎每个月都要来这边一趟，所以那房间就算平常不住，他也包着空在那儿。

带着小姑娘下车后，他直接握着她的手一路进了酒店。

套房在最顶楼，电梯“叮”的一声打开后，两人并肩走了出去。

顶楼的客人不多，他们上来的时候走廊里没有一个人，鞋子踩在走廊铺着的地毯上，每一步几乎都没有声音。

“嘀”的一声响，套房的门应声打开，男人紧握着小姑娘的手腕，带着她走了进去。

套房很大，房间内看着微微有些凌乱，宁野去冰箱里找冰块的时候，苏桃安静地打量了四周。

茶几上摆了两个酒瓶，上面还有一个烟灰缸，里面有不少烟蒂。沙发上散落着几份文件，最里侧还有一台笔记本电脑。

苏桃缓缓朝里面走了两步，视线向下，也不知道看见了什么，她眼神忽然一滞。

宁野这会儿正巧拿着包好冰块的毛巾过来，看着小姑娘在那傻愣着，问了句：“怎么了？”

苏桃抬手指了指角落里放着的一个深蓝色玩偶，问：“这是你什么时候买的？”

宁野随意朝那边扫了一眼，没太在意，随口回：“两年前吧。”

他边说边拉着小姑娘坐下，想替她敷一下哭肿了的双眼。

哪想他抬起手，就被小姑娘挡了一下。

“所以我之前在那家饰品店外面看见的真的是你？”

苏桃特别意外。

这个玩偶是一个创意设计师做的独立设计，全国只有S市这一家店卖，她当初和室友逛街的时候偶然看见和这个深蓝同系列的粉色款很喜欢就买下了。

出来的时候她老觉得好像有人跟着自己，好几次回头，都看到一辆黑色的私家车。

她怕是坏人，就急匆匆地和室友打车离开了，回到学校后才松了口气。

这件事本来已经快被她忘干净了，没想到这会儿忽然又被这个玩偶勾起了记忆。

男人听完她的话，一点儿也不心虚，他按住小姑娘那两只不安分的小手，试探着将裹着冰块的毛巾贴到她的眼皮上。

“我知道那次你起疑心了，所以后来有段时间没再过来。”他轻轻握着小姑娘的手，后面的话有些不着调了，“不过我走之前，也去了那家店。店员说你买的那个和这个蓝色的是情侣关系，我怕她孤单，就把她的男朋友带回来了。”

男人手上的动作很温柔，像是怕刺激到她一样，毛巾没有紧贴在她的眼皮上。

苏桃轻轻闭着眼，小脸微仰着，过了一会儿，又出声问：“你早就知道我在那家公司实习吗？”

宁野手上的动作一滞，片刻后回道：“知道。”

“不过那天确实是意外，我以为你早下班了。”

“啊……因为是意料之外的遇见，所以就装作不认识了？”小姑娘声音低低软软的，像是随口一说，但是听在宁野耳朵里，又差点儿把他气笑。

“小朋友，这几年我不在你身边，你不仅学会了过河拆桥，现在还会倒打一耙了？”

男人把手放了下来，随手将毛巾往茶几上一扔，接着双手捧住小姑娘的脸，额头与她的相抵。

“当初明明是你装作没看见我的，一脸和陌生人擦肩而过的样子，现在却念起我了？”

苏桃眼睛微微睁大，近距离和男人四目相对。两个人看了彼此一会儿，原本轻松的气氛渐渐变得暧昧。

宁野轻吮了下小姑娘的唇瓣，比任何时候都要温柔。

“所以刚刚怎么回事？和苏叔吵架了？”

苏桃摇了摇头：“没有。”

“那怎么突然联系我了？我以为你还要再等几天。”

苏桃在那头顿了片刻，接着轻声回：“是爸爸说的，他叫我去找你。”

宁野愣了一下，完全没想到会得到这个答案。好半晌，他才出声问道：“所以我这次真的‘成功转正’了？”

苏桃眯眼笑了笑，小脸主动往前一凑，在男人的唇上落下一吻。

“对。”

她说完便想后退，可是男人根本没给她机会，捧着她双颊的手用力将她的小脑袋箍住，双唇火热地贴了过去。

这个吻炽烈、虔诚，也饱含着三年的思念。

一吻结束，他像以前那样将一张俊脸埋进了她的颈窝，说：“小朋友，我真的很想你。”

大玲的电话打过来的时候，宁野还紧紧抱着小姑娘没放手。

他的脑袋一直搁在她肩上，脸埋在她的颈窝里，偶尔双唇不老实地亲一下小姑娘脖颈上的皮肤，怀里的人立马敏感得轻颤。

宁野觉得自己全身的血液都升温沸腾了，他明明把人抱在怀里，可还是觉得不够，一点儿都不够。

电话在小姑娘的包里面嗡嗡响着，苏桃微微挣扎了下，见男人还是没有放开她的意思，她软声说："你先放开我，这个时间点应该是舍友给我打的电话，我先给她们报个平安。"

现在已经晚上八点钟了，舍友打电话过来肯定是想问苏桃在哪里，什么时候回去。

宁野想到这里，心思一转，赖在小姑娘身上不肯起来。

"今天别回学校了，陪我待一晚。"他边说边吻着小姑娘的耳垂，不经意地呵着气，"我保证什么也不做。"

小姑娘被他折磨得脊背微微发麻，浑身上下像带着电流似的。

电话自动挂断，宁野还抱着苏桃轻轻吻着，小姑娘颤得厉害，两只小手下意识地搭在了他的胸膛上，仰着脖子被迫承受着，没有反抗。

可后来也不知怎么的，原本一直诱惑着小姑娘一起沉沦的男人忽然停了手。他微微直起身子，看样子平静了一些后，捧着苏桃的脸又亲了一下。

"算了，我还是送你回学校吧，你如果留下来，我不可能什么也不做的。"

他说话的时候，身上比平日里多了几分滚烫气息，苏桃明显能感觉到他之前带着的，男人独有的强势侵略性。

她被那气息熏得双颊发烫，所以后来男人说要送她回去时，她直接默认。

苏桃回到宿舍的时候，脸上的灼烫感还未消散。

她本身皮肤就白，情绪波动大的时候眼底也会染上一层蒙蒙的水汽。

这会儿一进门，湿漉漉的眼睛再加上双颊两团淡淡的红晕，看得几个舍友都愣住了。

“桃桃……我没看错吧？你这怎么好像一脸春风桃花开的样子？什么情况啊？”说话的是孟佳，她边说边从椅子上起身，两步跑到苏桃跟前，围着她打量了一圈，“桃桃今天遇到好事了。”

苏桃的心绪渐渐稳下去，听见孟佳的话后，她笑眯眯地弯起眼，扬着唇，双颊上的梨涡若隐若现，说道：“是有好事。”

她拿着包朝自己的椅子走去，身后几个舍友互相看了一眼，彼此都在对方的眼神里读出了问号。

“什么情况？前几天不还抱着我们哭吗？怎么今天又这么高兴了？咱们桃桃情绪起伏这么大吗？”

“而且你看她今天那张脸，红扑扑的！一看就是有情况啊！”

“难道那个姓宁的男人回来了？”

“有可能！”

苏桃完全没注意到她们在后面嘀嘀咕咕说了什么，她走到自己的书桌前，原本想放好背包去洗手间洗漱的，但是，视线立刻被糖罐吸引住了。

她数了一下，还剩六颗，正好每个人分两颗。想到这儿，她直接打开糖罐，将六颗糖都倒在手心里。

接着，她把糖给了三个舍友。

三个姑娘都愣住了，那天苏桃喝醉了之后数着这罐糖大哭的样子还在脑海里呢，她们都以为这对于她来说是特别重要的东西，现在是什么情况？

大玲第一个反应过来，她捏了捏手里那两颗薄荷糖，问道：“桃桃，这糖……你不吃了？”

苏桃笑眯眯地看着她们，点点头，道：“嗯，不吃了，以后都不吃了。”

苏桃去洗手间冲了个凉出来时，舍友们都已经各自干起各自的事情，没再像刚刚那样聚在一起一副想“拷问”她的样子。

苏桃也没打扰她们，一边擦着头发一边往自己的床位走去。

走近时，她忽然发现刚刚放着糖罐的位置多了两个苹果，红彤彤的，看着就很脆甜的样子。

“谁买的呀？”

大玲没抬头，看着平板里面放着的韩剧，随意咬了一口手里的苹果。

“我之前去超市买的，本来就要分着吃的……”大玲说着，像想到了什么似的，意有所指地冲着苏桃笑笑，“不过现在给你，就当还你刚刚那两颗糖啦！”

苏桃听完忍不住弯弯唇。

大玲刚刚去外面公共区域的水槽里洗过，苹果上面还带着水珠。

苏桃笑眯眯地拿起来咬了一口。

大玲见她吃了，问了句：“怎么样？是不是很甜？”

苏桃笑着点点头：“嗯！”

苹果吃到一半，苏桃的电话响了。她拿起看了一眼，发现是宁野打来的。

小姑娘莫名其妙有些心虚脸热，朝几个室友看了一眼，拿着手机悄悄地去了阳台上。

夏夜的晚风很柔和，小姑娘站在阳台上，睡裙的裙摆微微在腿边晃动着，纤细白净的小腿映着月色，散发着莹莹的光。

“喂？”她声音很软很轻，不自觉地含着笑。

“要睡了？”

“还没有……”小姑娘手里还拿着苹果，说话的时候视线不自觉地就落在了上面，“才洗了澡，大玲和孟佳她们还在忙自己的事情，估计还要等一会儿。”

“哦。”男人顿了下，隔了两三秒，又问，“手里拿着什么？”

“苹果呀。”

小姑娘下意识地回了句，立马感觉到不对劲，目光向下扫了扫。

“你还没走？”

男人从暗处缓步走出来，他举着手机，仰着头，微笑着望着上方的苏桃。

“回去也没什么事，就待在楼下抽了几根烟。”

小姑娘眉头微微皱了下，小声嘟囔：“抽烟不好的……”

男人笑得更开心了，带着痞痞的语气：“这不是等着我家小朋友来管我嘛。”

他的声音伴着晚风，低低沉沉的，有着平日里少有的磁性。

小姑娘耳朵贴着听筒，小脸又红了。

见她不说话，宁野也不在意，笑着又开始没话找话：“苹果哪儿来的？”

“大玲给的。”

“甜吗？”

“甜。”

男人停了下，再开口时像故意逗她似的，说道：“怎么办？我也馋了，也想吃。”

小姑娘愣了下，问：“现在？”

“嗯，现在。”

其实宁野说这话完全没当真，他就是闲得无聊，想逗逗他家小朋友，可没想到，小姑娘在阳台上犹豫了一两秒，回身朝里面看了一眼，小声对他说：“那你等等。”

宁野愣住了，问：“你要下来？”

“对啊……”苏桃迟疑了下，说，“你不是想吃吗？我这边还有一个。”

小姑娘软乎乎的语气从听筒那边传来，宁野听得失笑了。

“行，那你下来吧，我等着。”

挂了电话，苏桃直接转身回了寝室。

几个舍友还在忙各自的事情，没人注意苏桃。

她原本想披上外套拿着东西悄悄出门的，但是碰巧这时许文静忽然抬头瞧了她一眼。

“桃桃，”许文静有点儿意外，“你要出去？”

她这话一出口，大玲和孟佳也抬头朝这边看过来。

苏桃一下成了焦点，她想了想，也没多说，趁舍友还没反应过来，说了句“楼下有人找我”就匆匆跑了出去。

见状，三个姑娘齐齐往阳台上跑去。

楼下的男人正巧往宿舍楼门口走，楼上的人仅仅能瞧见个背影和后脑。

好半天，孟佳才如梦初醒似的说：“我们刚刚没猜错，确实是桃桃家那位宁野哥哥。”

又过了一会儿，后面响起大玲的一声尖叫：“天啊！”

苏桃没有察觉到楼上的动静，她手里紧紧抓着苹果，急匆匆地跑到楼下。

这会儿人不多，她刚出宿舍楼，下一秒，手腕就忽然被角落里的人抓住，用力一拽，她踉跄着倒了过去。

角落里的人将她按在了墙边，身子微微前倾，以不容反抗的姿态直接压在她身前。

下一秒，苏桃的双唇也被堵住了。

那人全身都贴着她，胸膛带着如火的炙热温度。小姑娘身后的墙面微微泛凉，她夹在中间，冰火两重天。

苏桃被吻得头昏脑涨，男人扣在她细腰间的手臂像锁链一样，牢牢地将她固定在身前。待宁野放过她时，苏桃险些腿软得站不住。

男人的气息，在小姑娘颈间拂过。

“大人没教过你吗？女孩子晚上不能一个人出门。”他的声音响起，含着笑，“会遇到坏人的。”

第七章
嫁给我吗

苏桃的两只小手轻抵在男人胸前，小口小口地喘气。

男人暧昧的呵气声还在耳边，她小脸一红，推了他一下，道：“苹果都掉了……”

“待会儿捡。”他轻轻吻了一下她白嫩的耳垂，“我回去再吃。”

小姑娘全身热得厉害，听他说完，咬了咬唇，道：“那你下次再这样，我就不下来了。”

男人哼笑一声，明白小姑娘说的话是什么意思，身子稍稍直起来一些，暂时放过了她：“行了，我不和你闹了。”他拨了拨她额前的刘海，眼里带着笑意问道，“明天有安排吗？”

小姑娘迟疑地点了点头：“有的，这几天都要去协助学生会组织毕业舞会，然后还要再顺一下毕业典礼上用的演讲稿。”

宁野挑了挑眉毛：“这么说，我家小朋友比我还忙？”

苏桃也觉得抱歉，她之所以答应这么多事完全是想让自己忙碌起来，好让生活充实一些，但是没想到现在……

此时，她的眼睛湿漉漉的，带着歉意对他说：“五点之后就有空了……”

宁野见她当真了，赶紧解释道：“没事，我不急。再说了，这么多年都等了，不差这两天。”说到这儿，他像是想到什么似的，又道，“不过我本来想这几天找个时间请你室友吃顿饭的。”

他知道这几年那几个姑娘一直都很照顾他家小朋友，他之前什么都做不了，现在好不容易有了正经身份，他想把之前三年没做的事情全都补回来。

苏桃听了他的话有些为难：“她们好像还不知道你来了……”

忽然，旁边传来大玲的声音，她小声说道：“咳，我们现在知道了。”

苏桃吓了一跳，推开宁野，往那边看了一眼，就见原本在宿舍里的室友这会儿一个挨着一个、偷偷摸摸地躲在墙角往他们这边看。

宁野此刻也慵懒地回过身，朝她们看过去，几个女孩子莫名有些心虚。

孟佳赶紧解释道：“那个，我们才过来，刚刚什么也没有看见。”

大玲在心里都快把孟佳捅成马蜂窝了，但是面上还要强装镇定。以一副娘家人的姿态冲宁野抬了抬下巴，说：“桃桃，不给我们重新介绍一下这位先生吗？”

苏桃还没反应过来，宁野却先出了声：“你们好，我是苏桃的男朋友。”说话时，他直接当着苏桃室友的面握紧了小姑娘的手，“这几年谢谢大家帮我照顾她，等你们都有空的时候，我请你们吃饭。”

几个女孩子惊讶到不行，但是平静下来，又想到了这几年中他一次都没出现过。

她们都心疼苏桃，尤其是大玲，她总觉得这些年桃桃从不给自己休息的时间，就是因为这个男人。所以这会儿，她隐忍着情绪，不像之前那么热情：“再说吧，临近毕业，我们都很忙。”说完，也没看男人的反应，她朝苏桃摆摆手，“走了桃桃，待会儿宿管阿姨要锁门了，咱们得回去了。”

苏桃不用回头都能猜到宁野一脸吃瘪的表情，她忍不住笑了，然后抽出手，小声对他说：“那我先上去啦。”

小姑娘说完，又想到了什么似的，踮着脚将小嘴凑到他耳边。

宁野本来想着她是有什么悄悄话要对他说，碍于室友在跟前不好开口，结果她说：“苹果还在地上，你待会儿记得带走。”

后来几个姑娘齐齐走进宿舍楼后，隐约还能听见大玲的声音：“桃桃，你也太软了，谈恋爱也是要有点儿小脾气的，那个男人这么多年没回来，你怎么也要好好和他算算账啊！”

“没有。”苏桃说，“不是他的错，这些年他没来是有原因的，他……”

“完了完了，我们桃桃的小脑袋瓜已经被洗得干干净净了。”

宁野一直目送她们上楼，随后看着还在地上躺着的苹果，笑了。

行吧，有这么多人护着他家小朋友，挺好的。

后来的几天里，苏桃每天都去学生会帮忙。偶尔有空闲，她就坐在角落里整理演讲稿。

好在宁野知道她忙，只在晚上才来找她。

不过也不知道他是不是故意的，每次来的时候他都大摇大摆地叫司机把车停在学校大门口或者苏桃宿舍楼的楼下。几次三番下来，学校论坛上出现了一个帖子。

帖子的内容大概是，苏桃这几年一直拿有男朋友来拒绝别人其实是真的！她真的有男朋友！甚至，还有人查到了宁野的身份。

校友一：所以，计算机系的小仙女是在和校外人士谈恋爱？背景还是这么厉害的？

校友二：怪不得苏桃一直拒绝别的男生，要是我，我也拒绝呀，好羡慕她！

校友三：这位大佬可是科技行业的新贵，游戏领域也有涉足，之前还接管了家族企业，啧啧啧，果然配得上天才美少女的男人都不简单。

这些都算理性讨论，语气也比较友好。

不过也会有一些人，故意带节奏："谁知道是不是正牌男朋友啊，现在的女生在上流圈子……"

不过这话根本不需要苏桃去回复，已经有别的同学回呛过去："之前没有富二代追过苏桃吗？我记得之前追苏桃的那个金融系的学长就是个富二代吧？苏桃不是直接拒绝了吗？这位同学要是眼睛红了就去医院看看，别在这里恶心人。"

这些事情苏桃是从来不关注的，但是几个室友替她操心，几乎每天都给她实时播报论坛留言。

小姑娘每次听完只是笑笑，然后便去给宁野打电话了。

毕业典礼前一天，苏国伟给苏桃打来电话。

这些日子他一直和苏桃保持联系，原本他应该天天去学校看女儿的，但是那天父女俩吃过饭后，他心里多多少少有些难受。

他怕苏桃见到他会觉得烦，索性就在酒店里待了几天。

这几天他和苏桃电话联系时，小姑娘也都乖乖地回应他，可她越是乖巧懂事，苏国伟心里就越难受。

当然，他的心情，苏桃是一概不知的，小姑娘接到爸爸的电话，依旧和往常一样，声音轻软地喊道："爸爸。"

"桃桃啊……"苏国伟听见宝贝女儿的声音，心里莫名有些紧张，"今晚有时间吗？爸爸想带你出去吃饭。"

"有的。"苏桃微微一顿，"不过宁野哥晚上应该会来找我，我可以带他一起去吗？"

苏国伟愣了一下，发现沉默的时间太长了，怕苏桃误会，赶紧道："当然可以！爸爸刚刚只是在想，他要是和你一起来的话，爸爸可能就要换餐厅了。那你们晚上出发前给爸爸打电话吧，我待会儿订好餐厅就把位置发给你。"

苏桃乖乖应了声"好"。

苏国伟把餐厅订在了离苏桃学校不远的地方。他是第一个到的，为了节省时间，进去之后就先点了餐。

他清楚苏桃的口味，所以先给苏桃点了两道菜。随后苏国伟像是想到了什么，跟服务生说"稍等一下"之后拿出手机给苏桃发了一条微信。

苏国伟：桃桃，爸爸已经到餐厅了，想先点餐。你问问宁野想吃什么？

苏桃收到这条微信的时候，已经和宁野在去餐厅的路上了。

男人在后排一边接着工作电话，一边握着小姑娘白嫩的小手。

微信提示音传来，苏桃翻开包包，拿出手机。看到发消息的是苏国伟时，苏桃原本以为他是问他们还要多久才到，仔细一看，发现苏国伟问的是宁野想吃什么。

她心里一暖，爸爸醉酒后的几天时间里，一直对宁野避而不谈，她以为这次见面还会尴尬的，没想到……

宁野打完电话回过头时，就见旁边的小姑娘捧着手机笑眯眯地在回消息。

他碰了碰小姑娘白嫩的脸，并没凑过去看，像是被她感染了似的，也好心情地舒展着眉眼。

"给谁发消息呢？"宁野问道。

"爸爸！"苏桃脸上写满了开心，匆匆发完消息，然后主动把手机递到男人跟前，"你看！"

宁野扫了一眼，看见上面的内容时，眼底闪过一丝意外。他没有表露出来，反而有些好笑地看着苏桃，说道："不就是问我喜欢吃什么吗，你至于开心成这样吗？"

"当然啦！"苏桃有些不好意思地看了看前排的司机，接着往宁野身旁凑了凑，贴在他耳边压低声音说，"如果爸爸主动关心你的喜好，那就说明他真的认可你啦！"

宁野勾了勾嘴角，道："嗯，那确实是天大的好事。"

当天，苏国伟的态度确实很好，除了刚见面时有些尴尬，吃饭的时候还算自在。

其间，苏国伟问了宁野宁家的事情，宁野没有任何隐瞒："我父亲已经退居二线了，宁怀也离开了宁家，他们不会给我或者给桃桃造成任何困扰，这一点苏叔不需要再担心。"

苏国伟点点头，然后又问："那宁怀离开宁氏……你父亲和老太太没意见吗？"

宁怀毕竟是宁家的血脉，老人家应该不会希望宁野把事情做得太绝吧？

宁野替苏国伟的空杯续了柠檬水，表情坦然，且丝毫没有遮掩地回答："他们没意见，因为宁怀根本不是宁家人。"

他这话一出口，不仅苏国伟被吓到了，就连旁边的小姑娘也诧异地看了宁野一眼。

宁野依旧从容，也没过多解释，继续说："总之，他以后和宁家没有任何关系，苏叔你不必因他而担心。"

此时，苏桃胡思乱想着。其实一开始她察觉到宁野父亲对侄子比亲儿子还要好时，就感觉不对劲。

后来，从杨凡那里听到宁野小时候的那些事，她就隐隐有过不好的猜想。她总觉得……宁怀的身世可能没那么简单，只是她万万没想到，这事最后居然还有反转。

“那你爸爸那边……”

宁野勾着嘴角，带着淡淡的讥讽，说道：“他确实有点儿失望，不过我后来没怎么和他见面，不太清楚。”

苏国伟点点头，唏嘘不已，考虑到话题的敏感度，也没再继续问下去。

快吃完饭的时候，苏国伟故意把手机给了苏桃，让她去结账。

苏桃明白爸爸是想故意支开她，一下变得紧张起来，倒是旁边的男人在桌子下轻轻捏了捏她的手，暗示她放心。

苏桃来去匆匆，到楼下前台结账后，又立马快步跑回来。

包厢的门她离开前没有关严，快走到门口时，就听苏国伟的声音从里面传了出来——

“桃桃小时候特别喜欢吃一个牌子的蛋糕，但是那时候我刚和她妈妈离婚，家里的钱大部分钱都给了我前妻。桃桃懂事，心里喜欢也不说，我每次看见都心疼得不得了。后来，那个月我故意赶着发工资那天给她买了好几个蛋糕回去，还骗她说，台里给我发了奖金，这些蛋糕都是用奖金买来的。她当时眼睛亮晶晶的，看着就很开心的样子。只不过当晚因为吃了太多蛋糕，她拉肚子了……

“还有一次啊，桃桃半夜突然发烧。大冬天的，我家住得偏僻，根本没有出租车，我就背着她往最近的医院跑。她当时难受到不行，还帮我捂着耳朵，怕我冻到。后来可能觉得我太着急了，她还安慰我说‘爸爸，你看我的手像不像暖水袋，把你的耳朵暖得热乎乎的’。她那时候烧得迷迷糊糊的，但还是想转移我的注意力……”

后来，苏国伟絮絮叨叨地说了很多，大到苏桃入学，小到她因为买了一支新钢笔而开心一整天。说到最后，苏国伟的眼眶渐渐红了：“小宁啊，桃桃以前的事情，我刚刚说得差不多了。她以后再发生什么事，喜欢什么口味的蛋糕，什么时候生了病，因为什么开心或者难过……可能就要由你告诉我啦。叔叔只有一个女儿，以后，就把她交给你啦。”

一墙之外，苏桃垂着头盯着地板，不觉红了眼眶。

当晚，宁野和苏桃先送苏国伟回了酒店。出来的时候，宁野看了看外头，问苏桃：“累吗？不累咱们走走？”

苏桃点点头，宁野向前两步，半蹲到她身前：“我背你。”

小姑娘愣了一下，说：“不用啊，我又不累。”

“刚刚苏叔不是说你喜欢被人背着吗？”

“那是小时候的事啦！”

刚才，苏桃回到包厢后，苏国伟确实又当着两个人的面说了不少她的习惯，也说了她小时候很喜欢被人背着。但是那都是小时候的事情了，谁能想到这个男人居然当真了。

“小时候怎么了？你在苏叔眼里永远是宝贝。”宁野依旧维持着屈膝的姿势，说道，“在我心里，也永远是小朋友。快上来。”

苏桃拗不过他，红着脸爬上了他的背。

男人走得很慢，小姑娘双臂轻搂着他的脖颈，害羞地垂着眼，问道：“我是不是很重？放我下来吧。”

宁野笑着，双臂紧扣着她的腿弯：“重什么？跟棉花糖似的。”

小姑娘趴在他背上，睫毛轻颤了一下，眼睛垂得更低了。

两个人都没说话，安静地走着。

男人像是想起了什么，忽然出声：“说实话，之前我偶尔喝得烂醉，回到酒店的时候，心里也怨过苏叔。觉得他不近人情，不懂变通，觉得他不信任我，更埋怨他不看好我们的感情。可是今天听了他的话，我突然觉得什么也不怨了。如果我是他，可能我会提出更加荒唐更加无理的要求。”说到这里，宁野停了下来，颠了颠背上的苏桃，将她抱得更紧。

“所以之前的事，我不记得了，我们家小朋友也忘了吧。”

小姑娘闻言，无声地将他搂紧。

晚风轻柔，路边柳枝低垂，月光像轻纱一样温柔地笼着大地。

过了好一会儿，只听小姑娘轻声说了一个“好”字。

D大毕业典礼如期举行。

典礼开始前，苏桃和几个室友先去校外取租用的学士服。几个姑娘都很开心，回寝室换好衣服后，大玲建议先拍一张照片。

“这衣服咱们应该是人生第一次也是最后一次穿吧，该留个纪念的！”

四个姑娘都没有读研的打算，所以这套学士服对于她们来说确实是第一次也是最后一次穿。

大玲拿出自拍杆，先拍了几张合照，之后又急匆匆地叫孟佳给她拍两张单人照。

“胳膊！胳膊放下一点儿！你那个腿也伸得太靠前了吧？玲妈，你穿的是学士服，不是超短裙，用不着摆这种姿势！”

大玲在那头折腾半天，闷出一身汗来，孟佳还在絮叨。她忍无可忍，起身就朝孟佳扑过去，说：“来来来，你告诉我什么姿势最好！你告诉我！”

两个人在寝室里闹得鸡飞狗跳，苏桃和许文静在旁边笑。

手机在这时忽然响了，是宁野发来的微信。

宁野：起来了？

小姑娘抿起唇，不自觉地笑了一下。

苏桃：早就起啦，和大玲她们把学士服取回来了。

苏桃：你要去忙了吗？

宁野昨天就和小姑娘说了，今天上午可能有些重要的事情要办，不能第一时间赶去观看她的毕业典礼。

苏桃也没太遗憾，就算他不来，也还有爸爸，她没什么想法。

宁野：嗯，已经到这边了。

宁野：学士服换好了？拍张照片给我看。

苏桃看着不远处还在打闹的室友，犹豫了一下，朝许文静走了过去："静静，你帮我拍张照片吧。"

许文静笑着答应。

过了几分钟，男人就收到了苏桃发来的照片。

照片上，小姑娘手里抱着一本书站在寝室阳台上，身后是金色的晨阳，她整个人被镀上了一层淡淡的光，头发半扎着，脸上带着甜美的笑。

这和当初第一次见到她时的样子，天差地别。

男人不自觉地勾着嘴角，指尖在屏幕上敲敲打打，回了一行字过去——

宁野：我家小朋友长大了。

苏桃看见那条微信时，笑眯眯地弯了弯眼睛。片刻后，那边又发来一条微信。

宁野：可以和我一起做点儿成年人做的事了。

苏桃无语。

微信对话框上一直显示"对方正在输入……"，小姑娘脸热得不行，生怕他再说些乱七八糟的话，直接回了一条消息过去。

苏桃：不许再乱说了！

又过了几秒，男人的信息再次发过来。

宁野：你想什么呢？我说的是你可以陪我和苏叔喝两杯了。

宁野：小朋友，反应这么大，脑子里想的是什么呢？

宁野：不过你如果需要什么特殊服务，我也可以。怎么样，需要吗？

苏桃脸热得快自燃了，迅速把手机屏幕关闭，不再回复他。

一转眼就八点半了。苏桃是优秀毕业生代表，要上台发言，所以比孟佳她们更早一点儿到达礼堂。

到礼堂时，校方负责人看见了苏桃，笑着朝她招了招手："苏同学，校长叫你去一趟他办公室。"

苏桃有些意外，因为之前已经对过几遍流程了，她想不出校长叫她过去还有什么事。

"老师，您知道校长找我有什么事吗？"

"校长找了校外成功人士给你们这届毕业生做演讲，这事儿有些突然，可能需要和你们重新对一下流程。"

苏桃感觉有些意外，但依然礼貌地点了点头，便朝校长办公室走去。

校长办公室离礼堂不远，苏桃走了不到五分钟就到了。

她抬手敲门，校长办公室里传出一声"进"。

苏桃推门进去，迎面就看见校长坐在办公桌里侧，而他对面则坐着一个男人。

苏桃看着男人的背影，那熟悉感让她的心剧烈地跳了一下。

"校长，您找我。"

苏桃先和校长打了一声招呼，心里的猜测也越来越笃定，刚想回头看一眼，这时校长在对面出声了。

"啊，苏同学，我跟你介绍一下，这位是待会儿要给你们做演讲的宁先生，你是学计算机的，应该很了解他吧？"

"不用介绍了，李校长，我们认识。"男人笑着起身，当着校长的面抓住了苏桃的手，"我刚刚跟您说的那个小朋友，就是她。"

李校长完全没反应过来。其实这也不怪他，虽然宁野和苏桃的事情在学校论坛上传得沸沸扬扬，但是身为校长，一般是不看那些校内八卦的……

"啊，啊……挺好！"李校长目光温和地在二人身上打量一圈，"怪不得你奶奶一直说你别的事情做得不算好，但是给她找了一个优秀的孙媳妇。苏同学在这届毕业生里，各方面都是拔尖的。"

宁野笑而不语，只不过握着小姑娘的手紧了紧。

校长和他们又对了一遍毕业典礼的演讲流程，结束后看了看时间，感觉差不多该出发了，便带着他们往礼堂走去。

两个人跟在后头，小姑娘实在忍不住了，趁着校长没注意，轻轻掐了男人的手臂一下。

"你不是说有重要的事情要做，不能来吗？"

男人眼角含笑，眉眼轻松舒展着："来你们学校演讲这件事不算重要？"

"你明明知道我什么意思！"小姑娘气呼呼地瞪了他一眼，"到底是怎么回事！"

"这事儿早就定了，李校长是老太太前不久认识的，好像一起参加过几次活动，然后就熟识了。"

他之前来 S 市，以老太太的名义给 D 大捐过款，老太太和李校长的关系越来越好，校长听她提起过宁野几次。

宁野的公司在业内已经小有名气，李校长本就关注已久，知道宁野是宁老太太的孙子，更是热情地邀请他来学校做演讲。

说到这里，宁野还怕小姑娘不信，又凑过去小声说："这件事老太太早就替我答应了，本来我还想给你一个惊喜呢，没想到苏叔那边提前松口了。"

苏桃这边还没来得及回应呢，走在前面的李校长忽然接了通电话。他应了两声，接着抱歉地回过身，说："小宁啊，我这边忽然有点儿事，你们……"

"没事，李校长，您忙，我跟苏桃一起过去就可以了。"宁野顿了一下，又怕他担心别的事情，补充道，"流程我大概都了解过了，到现场我会听负责人安排的，您放心。”

李校长点点头，又朝苏桃看了一眼，小姑娘也冲他点点头。

李校长走后，苏桃闷头向前走，不再搭理旁边的男人。但来也不知道想到了什么，才走了两步，她便微微一顿，问：“你的演讲稿……准备得可以吗？需不需要再顺一遍？”

男人笑了笑，勾着苏桃的腰往树荫下一带，直接将她圈在怀里。“这些事情不用你操心，只要你别和我生气就行。”

苏桃听了他的话，心里不自在，问他：“那你前两天为什么没跟我说？”

“真忘了，我看见你就想不起别的事了。”他一边说，一边捏苏桃的脸颊，“我也挺好奇的，你说你也没多大，瘦得跟个豆芽似的，怎么我每次见你，一颗心都被填得满满当当的呢。”

苏桃的脸颊又有点儿热，抬头瞪了他一眼：“别闹了。”

宁野低头亲了一下苏桃的嘴唇，没再逗她，拉着她继续往礼堂走去。

上午九点半，毕业典礼正式开始。

苏桃跟着负责现场的老师乖乖待在后台，校长发言快结束时，老师就叫苏桃去幕布后边做准备。

“下面有请本届优秀毕业生——计算机系的苏桃同学，代表全体毕业生上台发言。”

主持人说完，苏桃在幕布后深吸了一口气，缓缓地朝舞台中央走去。

全场最亮的灯光都洒在了她身上，小姑娘一步一步向前，最后站定在麦克风前，面对着台下所有人的注视。她提了一口气，看着下方黑压压的人头，开始演讲：“尊敬的各位领导、老师，亲爱的同学们……”

小姑娘的声音柔软中带着力量，眼神坚定地看着台下。

发言时，她脑海里闪过这些年求学的画面，小学、初中时的稚嫩懵懂，高中时的拼尽全力，最后是大学。

从稚嫩到成熟，从迷茫到坚定，仿佛以往经过的路和时间，都变成了今天的答卷。

“最后，祝福大家都能活出自我，在选择的道路上一直坚定、无畏地走下去。谢谢大家。”

苏桃在台上深深地鞠了一躬，与此同时，台下爆发出了雷鸣般的掌声。

重新回到后台，小姑娘感觉手脚还有些发软。

男人朝她的方向走过去，看了她片刻，抬手揉了揉她的发顶，说：“我家小朋友真厉害。”

他的赞美毫不遮掩，后台很多人都朝这边瞅，一脸想看八卦的表情。

她有点儿害羞，伸手推了他一把，说：“你快去准备吧，马上到你了！”

男人笑了笑，没再逗她，说：“那你去台下等着我。”

苏桃从舞台旁边的小路悄悄走到了自己的位置。她坐在第一排，这是负责典礼的老特意给她留的位置，坐稳后，就见宁野缓步走到了台上。

台下计算机系的男生看到他出现，都兴奋得不得了，自发地开始鼓掌，气氛比刚刚还要热烈。

宁野今天穿了一身西装，十分得体。

本身他的样貌和身材就很拔尖，往台上一站，便自成风景。

“应该有很多人不认识我吧？我先自我介绍一下……”

话未说完，计算机系的男生就大声嚷嚷道：“认识！认识！”

宁野朝那边看了一眼，笑了笑，继续说道：“我是宁野，宁氏现任总裁，同时也是……”

宁野今天的发言走的是幽默风趣的路线，台上台下都被他逗得大笑。

“总之，大家可以以我为经验，无论以往的人生过得如何，无论你身在何处，青春是否尚在，都可以随时随地走出泥沼，重新开始。深渊只是暂时的，只要你们愿意，随时可以变得优秀、强大。”

两个人站在同一个位置上，相继发着光。

苏桃从未像现在这样激动过，为了自己，也为了台上的男人。

“恭喜在座的同学顺利毕业，祝你们前程似锦。”男人说到这里停顿了一下，接着，就见他脸上的笑意更浓了，直接往苏桃的方向看过去，“也祝我们家小朋友，毕业快乐。”

低谷相遇，高处重逢。

谢谢你还在，也谢谢你一直都在。

毕业典礼结束，苏桃他们系还有其他安排，小姑娘身为这届毕业生中的焦点人物，不好推辞。

她趁着大家不注意时，悄悄把宁野拉到礼堂角落里。

“我们系应该还有聚餐，不知道晚上会不会有别的活动，如果你有事就先去忙吧，不用再等我啦。”

最近天气热，小姑娘身上还穿着一套学士服，仰起小脸冲男人说话时，双颊白里透着红，鼻尖上也蒙了些汗。

“我自己看着办，你别管了。”宁野抬手刮了刮她的鼻尖，“倒是你，回去换一下衣服，这两天气温太高了，再这么闷下去待会儿要中暑了。”说完，又像是想到了什么似的，补充道，“晚上聚餐结束了就直接给我打电话，我去接你。苏叔应该也眼巴巴地等着他的宝贝女儿呢，到时候我们去找他。”

苏桃乖乖地点头。

身后几个室友已经等了好一会儿了，小姑娘不好意思再耽搁，挥挥手和宁野告别。

聚餐定在下午三点，时间还早，几个小姑娘先回寝室换了衣服，舒服地往床上一躺。

没多久，就听孟佳啧啧出声："咱们桃桃和她家宁野哥哥又在学校论坛上火了一把。啧，咱学校的人真八卦啊，毕业典礼才结束，论坛上就有新帖子了。"

大玲早就习惯了，没什么兴趣，随口说道："肯定又是一顿夸赞呗，之前的帖子翻来覆去讨论的都是些'霸道总裁和天才计算机少女'，再不然就是夸他们郎才女貌，早就听腻了。"

孟佳笑了笑，没有回应，过了一会儿，她突然出声："怎么又有人在那里嫉妒啊！"

苏桃原本没在意，哪料孟佳忽然起身，下床开了电脑，气愤地说道："不行，什么叫'这种成功人士对大学生肯定只是玩玩而已'，还揪着你家宁野哥哥之前的绯闻说事，我要把那些女星和网红的澄清微博，都甩过去砸到她脸上！"

苏桃听了她的话，有些哭笑不得："好啦，我不在意那些回帖的，你们也别看了，咱们都毕业了，没必要因为一些无关紧要的事情把自己搞得不痛快。"

当天下午，苏桃和几个室友一起去参加了系里的聚餐。

离别的场面挺伤感的，系主任说了一番话，搞得同学们都红了眼眶。

后来气氛活跃了，大家暂时放下了悲伤情绪，男同学开始喝酒，女同学开始聊未来聊发展，一顿饭吃下来，倒也算热闹。

到散场时，陆陆续续走了很多同学。也不知道是谁看到那些空位，下楼喊了金融系的同学上来，想拼个桌。

苏桃不想凑热闹，准备走人，奈何大玲和孟佳都喜欢金融系的系草，一副不想走的模样。她只能和许文静无奈地相互看了一眼，耐着性子，留下来陪她们。

金融系的学生上来得很快，浩浩荡荡一大帮人，场面再度热闹起来。

大玲和孟佳早就手挽着手过去看男神了，苏桃和许文静一起留在座位上，实在无聊，她便拿出手机给宁野发了一条微信。

小姑娘先发了一个表情包过去。

宁野立刻回复：结束了？

苏桃：还没有，不过应该快了。

宁野：那我现在往你们那边去，到楼下了给你打电话？

想了想，她又发信息过去：也不着急，大玲和孟佳她们想等一会儿再走。

宁野：行。

苏桃没再回复，按灭手机后原本想起身去洗手间，不想身边的空位忽然有人坐了过来。她转身看了一眼，发现是楚阳阳。

楚阳阳似乎喝了不少酒，脸上泛着醉醺醺的红晕，身上酒气很重，眼神迷离。

苏桃不由得皱了一下眉，身子向旁边侧了侧。

楚阳阳像是特意来找她的，坐稳之后又不开口。她拿起桌上的空酒杯，倒了半杯啤酒，几口入肚后，阴阳怪气地说道："我以前还真是小看你了，以为你也就只能勾引勾引陈安北那种小男生，没想到啊，原来你手段还不止那些……"她侧着身子撑着脑袋，嘴角淡淡勾着，带着讥讽，"那位小宁爷你是怎么勾到手的？教教我，回头我也找个有家族企业的公子哥去试试。"

楚阳阳觉得她从高中开始就一直活在苏桃的阴影之下，学习成绩不如她，在班里的人缘不如她，甚至长这么大，第一次喜欢上的男生偏偏喜欢上了苏桃。

楚阳阳的家庭条件优渥，没怎么受过挫折，所以情况突然逆转成这样，她咽不下心中那口气。

只不过她没想到，上了大学，居然还是这样！

苏桃随便穿了一套新裙子，论坛上就有人发帖子，没一会儿帖子热度就起来了。苏桃参加了社团活动，身边的男生也会传开，一个两个的，叫她女神、天才少女。

楚阳阳小时候的光环，在苏桃身边磨得一点儿也不剩。后来有个男生对她表白，在她考虑期间，听见了特别恶心的话——

“楚阳阳一般吧，我其实最喜欢苏桃那样的，不仅长得漂亮，头脑也好使。啧，但是那么多富二代、系草追她都被拒绝了，我有自知之明，也就不凑那个热闹了。退而求其次，不然就楚阳阳那样的……我才不花心思去追。反正还剩两年，就当找个伴儿玩玩，我看她也玩得挺开心的。”

那人不怀好意的猥琐笑声让她觉得恶心，楚阳阳根本没耐心再听了，她当时踹门进去，甩了那人一巴掌。

那男生被打愣了，楚阳阳也没给对方辩解的机会，恶狠狠地说了句：“想拿我当备胎也不照照镜子，你算个什么东西！”

打那之后，一直被刻意忽略的情绪再次翻涌出来，她处处看苏桃不顺眼，也无可奈何。除了偶尔在论坛上多酸两句，她真的不知道该怎么做。

而前几天论坛上曝光苏桃那位神秘男友就是小宁爷的事情，更是让她眼睛红得快滴血了。

她只在微博上看过那位小宁爷，后来姐姐和她传了一次绯闻，她还暗暗羡慕过。但是她也知道，那种男人对女生不可能付出真心，就连姐姐当初也对家里人说不要太当真，能蹭些热度就很好了。

谁能料到，这种浪子，竟然为了她最讨厌的那个女生回头了！

楚阳阳一想到这里，牙不由自主地咬起来。她对苏桃说："你也不用太得意，像小宁爷那样的男人，绝对不可能栽在一个女人身上的，更何况，还是你这种才出了校门的女大学生！"

苏桃听完，脸色平静。她对楚阳阳说："嗯，你的话我听见了，还有别的事吗？"

楚阳阳一愣，完全没想到她会是这种云淡风轻的反应，冷笑道："你不信？呵，我姐姐是谁，你知道吧？她曾经和那位小宁爷有过一段！她方方面面都比你优秀，长得比你漂亮，身材也比你性感，还去国外留过学！她那么好，都不能和那个男人长久，你觉得你可以吗？"

她边说边掏出手机，想给苏桃看自己曾经故意截图保留过的，那位小宁爷和自己姐姐的绯闻。

苏桃像是料到了她想做什么，表情淡淡地出声："你不用拿任何东西给我看，我不感兴趣。我男朋友对我真心与否，我们的关系是否能够长久，都不是你可以指手画脚的事情。第一，我和你不熟；第二，我男朋友和你也不熟。"

楚阳阳咬着牙，还想再反驳些什么，但是苏桃的手机忽然响了起来。

片刻后，就见苏桃直接起身，连看都没再看楚阳阳一眼，只转身朝许文静说了一声："静静，有人来接我了，我先走了。回头大玲和孟佳那边，你替我说一声吧。"

许文静点点头，也没拦她，目送她下了楼。

楚阳阳被彻底忽略，瞬间又回想起以往很多次和苏桃对上的画面。貌似对方次次都是这样，无论她怎么恨怎么步步相逼，她都能轻描淡写地回上两句，然后及时抽身。

仿佛自己连做她的对手、敌人，都不配。

下楼的时候，宁野已经等在外头了。

他正在打电话，见苏桃出来，长腿迈开往这头迎了两步。他应该才从应酬里抽身出来，身上穿着的还是一套正装，黑西裤白衬衫，最上面的纽扣解开了两颗。

待走到小姑娘身旁后，他的电话也没挂："嗯，就按之前说的，合同内容不变……"

他一边说一边伸出一只手，想牵她的手。

但是也不知怎么了，苏桃抬手按了下手机，碰巧和男人的大掌错开了。

宁野一开始也没在意，看小姑娘闷头往前走，就跟在她身后。几次想牵她的手未果，他后知后觉地发现苏桃有点儿不对劲。

他脚步一顿，看着小姑娘的身影，随意地对手机那边的人说："行了，有事明天再说。"说完，便挂了电话。

他大步向前，重新走到小姑娘身旁，直接抬手拽住了她。

"怎么了？"他垂眼观察了一下她的脸色，眉梢轻挑，问道，"我好不容易转正，怎么现在连手都不让牵了？"

小姑娘听了他的话，缓缓地抬头看向他。

昏黄的路灯在两个人头顶倾泻下柔光，两人头顶镀了一层金色光晕。

两个人对视了好一会儿，苏桃才有了动作。她抬起小手，手心朝上，往男人身前一递。

男人不明所以，依旧一动不动地看着她。

隔了两秒，小姑娘终于对他开口了："手。"

明白她的意思后，宁野直接将大掌往她手心里一放。

原本以为他家小朋友是想牵着他，可没想到，下一秒，就见小姑娘身子忽然前倾，拉着他的手咬住了他虎口的位置。

苏桃用尽了全力似的，睫毛低垂，小脸上也是一副生气想发泄的样子。

宁野眼底闪过一丝诧异，看着他家小朋友这个样子，莫名有些想笑。他连躲都没躲，就那么站在原地任由她咬着。

几秒钟之后，苏桃那边就平静了下去，她松开嘴缓缓抬起头。

男人的虎口处已经被她咬出了一排浅浅的牙印，整整齐齐的。

宁野原本就在等着她发泄完，这会儿见她没了动作也不出声了，抬起另一只手，捏了下她的脸颊，问："怎么了？谁惹我家小朋友不高兴了？"

苏桃抬眼静静地看向他，好一会儿才低声开口："你还记得我刚去宁家时的事情吗？"

"嗯，记得。"

"那我去宁家没几天，就给你发信息说爸爸寄来了一些特产，想给你送过去尝尝的事情，你还记得吗？"

宁野回想起那天的事情，有些心虚，但面色没改，依旧从容地回了一句："记得。"

苏桃顿了几秒，再次开口："那你还记得，那个时候和你传绯闻的女生吗？"

宁野一时之间没反应过来。好一会儿，他才像是被气笑了似的，问："谁？你说谁？"

苏桃犹豫了一下，最后低下头，摇了摇小脑袋："算了，没什么。"说完，她就想继续往前走，但宁野根本不给她机会，一把拉过她，说："算什么算，不能这么算了。"宁野抬手捧起她的脸，"你咬也咬了，我该答的也都答了，不能什么也不和我说吧？"说着，他倾身向前，额头和小姑娘的额头相抵，"到底怎么了？跟我说说。"

苏桃其实不知道怎么开口，她知道不应该不痛快，但是听完楚阳阳的话，出来看见宁野，瞬间想到了那晚的事情，所以不满的情绪一下子就涌了出来。

想到这儿，她没再忍着，低垂着眼睛把之前在餐厅里的事情和宁野讲了。但是她模糊了楚阳阳的身份，只说了有同学记得他之前的绯闻。

苏桃本以为宁野听完会觉得烦，她之前在网上看到过，男人谈恋爱的时候，其实最讨厌女朋友翻旧账。

可是没想到，宁野听完非但眉头没皱一下，反而憋着笑，盯着她看。

小姑娘被看得有些不自在，忍了一会儿，见他还是似笑非笑，也不说话，终于忍不住了，抬起头气呼呼地瞪过去："你笑什么？"

"笑我家小朋友学会吃醋了啊。"宁野眼底笑意渐浓，"也笑我家小朋友终于学会和我发脾气了。"

小姑娘先是愣了一下，片刻后，小声嘟囔："这有什么可高兴的，这不是无理取闹吗……"

"无理取闹怎么了？我不是说过吗？你永远可以随心所欲想干什么干什么。"宁野懒懒地抬了下手，在她发顶轻轻揉了下，"就算你变成八十岁的老太太，在我这里也不需要懂事。"

苏桃原本闷着的情绪一瞬间被抚平，她忍不住翘了翘嘴角，又怕表现得太明显，赶紧躲闪了下视线，嘟囔了一句："那你就是九十岁的老头子……"

男人见她像是不难过了，眉眼舒展开，屈起一条腿半蹲在小姑娘身前，道："行吧，那你帮我锻炼一下体力，免得到九十岁了背不动你。"

小姑娘这次没有表现出之前的害羞，只犹豫了一下便爬上了他的背。

夏夜的风很温和，圆月高悬在夜幕中，月光混着路灯光，一起洒下来。

苏桃今天忙了一天，其实早就有些疲惫了，这会儿也没什么顾虑，双臂轻搂着男人的脖颈，小脑袋歪着趴在他肩头。

男人背着她向前走，低声在前面开口："你刚刚说的那个女人是谁，我不记得了。但是其实关于那天的事情，我一直很后悔。要是重来一次，都不需要你过来，我肯定第一时间冲过去找你了。"

小姑娘听到他的话，扬起嘴角，趴在他背上偷笑。

片刻后，男人的声音再次响起："小朋友，你可能不知道，我们分开的这几年，很多次我都在想，如果能重来就好了，所有的事情都重来一次。"

苏桃紧了紧搂着他的双臂，小声问了句："怎么重来？"

"从第一次见面开始吧。在医院见到你，看见你哭就上去哄哄你，就算苏叔带着你搬家，我也会拽着老太太厚脸皮地追到你的新家去。如果我们一直相处的话，咱们应该没几个月就会熟悉的。到时候我上学听课也认真些，然后等到暑假的时候，去你家给你补习功课。"

小姑娘在后面抿了抿唇，眉眼弯弯像月牙儿，又软又甜地道："我那时候学习很好，不需要补习。"

男人挑了下眉，拖着调子懒懒地回了句："行吧，那我学习不太好，你给我补习。"

她没理会他不正经胡乱说的话，隔了两秒，软着声音又问："然后呢？"

"然后？然后应该会一直陪着你长大，等你高考结束，就马上向你告白。"

小姑娘有些惊讶，还没来得及反应，就听男人忽然轻咳了一声："小朋友，我喜欢你，不然你考虑一下，和我谈个恋爱？"

苏桃在他背上偷偷笑了，片刻后，轻声回应："不好意思，宁野哥哥，我们可能不太合适，后面我还想以学业为主，所以……"

她话没说完呢，就被男人打断了。

“不行，”他皱着眉，“你不能拒绝。”

小姑娘有些不满地嘟囔：“你这是强买强卖……”

“我都重新来一次了，强买强卖怎么了？”

苏桃撇撇嘴，不太情愿地说：“行吧。”

“行吧？”男人脚步顿住，挑着眉微微侧过头，侧脸几乎要贴上她的脸，“怎么？你还挺不情愿？”

也不是不情愿，她只是想再听听，如果被拒绝了他还会怎么追自己。

不过她不准备说下去了，对着他摇摇小脑袋，岔开话题：“然后呢？”

“然后，我们就谈恋爱了。高考结束那个暑假，我们确定关系后，我会直接带你去国外找苏叔，得到他的认可。”也不知是想到了什么，宁野忽然又道，“啊，忘了你之前给我送东西的事了。那时间线向后挪一挪吧，苏叔同意我们在一起了，对我这个未来女婿还算满意，所以后来有什么事都先和我联系，那些特产也都寄到了我那里，叫我转交。”

苏桃听见“未来女婿”四个字后，脸颊莫名发热，小声嘟囔了一句：“你脸皮怎么这么厚……”

宁野装作没听见，继续懒洋洋笑着说：“快递到我这边后，我会马上给你送到学校去。”

“然而我要上课，你去了我也没空见你，你就在外头等了好几个小时……”

小姑娘这话是意有所指，宁野当然听得出来。不过他没在意，抿唇笑了笑：“行，我等着。”

“后来咱们没有分开三年，我应该会暂时把公司重心转移到S市，到时候再在你们学校附近买一套两居室的公寓，周一到周五你住学校宿舍，周六周日来公寓陪我。”

一听到这话，苏桃不由自主就想多了，回话的时候有些不好意思：“我才不会那么早就和你同居。”

“什么同居？没听见我说的两居室吗？咱们一人一个房间。”说到这儿，男人在前面勾勾唇，笑得有点儿不正经，“小朋友，我发现你的思想很危险啊，小脑袋里面装的都是什么东西啊？”

苏桃一阵脸热，匆匆抬手捂住了宁野的嘴巴：“好了，不许再说了！”

宁野脸上的笑意更深了。

过了好一会儿，苏桃才放开他，小声问：“那等我毕业了呢？”

男人在前面安静了好半晌，接着开口：“等你毕业之后，我会和现在一样，马上向你求婚吧。”

苏桃愣住了，完全没想到他会说这个。

一时间，两个人都没有言语，宁野脚步未停，一路顺着人行道走到了交通岗。

前方亮着红灯，他停在斑马线这侧。

前面是来来往往的车流，夜幕低垂着，上方挂着几颗星星和一轮皎洁圆月。片刻后，就听男人低沉的声音伴着晚风一道传来：“所以，小朋友，要嫁给我吗？”

第八章
我们有家了

男人的声音传到小姑娘耳朵里时，语气听着很平常，可如果仔细听，又能感觉到他声音中带了一丝紧绷和不自然。

四周嘈杂的声响仿佛渐渐远了，苏桃趴在男人的背上，清楚地感觉到自己的心跳越跳越快，越来越强烈。

“我这些年过得其实挺浑的，尤其是遇到你之前，没有未来规划，日子过得浑浑噩噩，过一天算一天。”

他也不在乎能不能活得久一点儿，老太太因为这些事情冲他发了好多次脾气，但是他不在意。

“可是现在不一样了，我在和你分开的三年里，想了无数以后要做的事情，每一件里都有你参与……所以，好好考虑考虑，要不要给我一个和你共度余生的机会？”

前方绿灯亮起，小姑娘趴在男人的背上还是一直没出声，也不知道是在认真考虑还是在想别的事情。

宁野也不急，背着她慢悠悠地往前走。

又走了两条街，两个人到了苏国伟住着的那家酒店。

走到门口时，宁野缓缓将小姑娘放了下来。他也没急着进去，转身对着苏桃看了一眼，抬手捏了捏她的鼻尖，问：“嗯？考虑好了吗？”

苏桃抿抿唇，忽然朝他抬起头，问：“我以后管着你戒烟，你会对我发火吗？”

男人挑眉笑了：“你说呢？”

“那如果有些事情我们产生分歧的话……”

他直接打断她的话：“听你的。”

小姑娘愣了一下，神色有些不自在，嘟囔道：“我不是那个意思，我是想说就算有分歧也不要吵架。”

“不会吵架，我舍不得和你吵。”

“那……”

宁野一把拽住小姑娘的手臂，将她按进自己怀里：“好了，小朋友，别再折磨我了。我保证你担心的事情都不会发生。”

小姑娘被他搂着，侧脸紧贴在他的胸前，耳边除了他说话时胸腔震动的声音，就只剩下他一下强过一下的心跳声。半晌，她缓缓伸出手臂，回抱住男人的腰。接着，她像只柔软的小动物在他怀里轻轻蹭了下，点点头。

男人勾起嘴角，笑意怎么也压不住。

他抬手捧起了她的脸，低头亲了下她的嘴角，一双狭长漆黑的眼眸里带着细碎的光：“这次真的要变成我家小朋友了。”

苏桃回到宿舍的时候，已经晚上九点多。几个舍友还没回来，屋子里比往常安静许多。

她开了灯，先把背包放好，坐到书桌前时，还有些没回过神。

过了好一会儿，她终于忍不下去了，拿出手机，翻了一圈微信里面的好友通讯录。

几个室友应该还在和系里的同学一起吃着玩着，小姑娘的指尖依次从她们的昵称上滑过，最后，翻到了钟佳佳的微信。她犹豫了一下，最后还是发了一个表情包过去。

钟佳佳隔了十几秒回复过来。

钟佳佳：桃桃，我正巧要找你来着！快来！给你看看我男神的腹肌！

钟佳佳发了一张图片过去，又问道：是不是超性感？这豆腐块和人鱼线太诱人了！

苏桃心里装着事，根本看不进去这些东西，只随便扫了一眼，就简单地回复她。

苏桃：嗯嗯，很性感。

钟佳佳花痴得差不多了，才后知后觉反应过来。

钟佳佳：好了，我好了，你说吧！怎么啦！大晚上突然找我有什么事？

苏桃又迟疑了一下，发过去一条语音。她简单地说了一下今天发生的事，最后又说了宁野和自己求婚的事情。

发送过去之后，小姑娘耳畔莫名又响起了男人的声音："这次真的要变成我家小朋友了。"

她脸颊发烫，眼睛雾蒙蒙的像挂了一层水汽，脸上的笑意压制不住，不由得弯起嘴角。

也不知道钟佳佳是没反应过来，还是有别的事情，反正过了好一会儿，她才回了一句过来。

钟佳佳：所以他求婚你就答应了？

苏桃：嗯……

钟佳佳：没有鲜花和烛光晚餐就算了！为什么连戒指也没有啊！桃桃，你也太好骗了吧！哪有求婚不拿戒指的！

钟佳佳这话虽然带着情绪，却一下子让苏桃醒了醒神。她后知后觉地反应过来，想了想，下意识抬手摸了摸脖颈上的链子。

这条链子是三年前戴上的，就是普通的银质项链，但上面挂着的是宁野当初离开前送给她的那枚铂金戒指。

那枚戒指苏桃一直戴着，原本是套在手指上，后来怕弄丢，就想了个办法，做成锁骨链戴在了脖子上。

和宁野分开的这几年，她一天都没摘下来过。想到这儿，她给钟佳佳回过去一条信息。

苏桃：当初分开的时候，他送我的那枚戒指应该可以当成求婚戒指吧……

钟佳佳：那枚戒指太不吉利了！绝对不行！

钟佳佳：你快去问问，戒指可是个大事儿！

苏桃其实原本也没在意，但是听钟佳佳说完，心里也有点儿小别扭。她想了想，直接把聊天记录截屏给宁野发了过去。

发完之后她将手机按灭，拿了毛巾和睡衣就往洗手间里走，准备洗澡换衣服。

她洗完澡出来的时候，宁野已经回消息了。

宁野：什么腹肌？

宁野：谁的腹肌？

宁野：你看见什么了？

这几个问题搞得苏桃一阵无语，她看了一眼刚刚的截图，发现内容正好是从钟佳佳发的又是腹肌又是感叹号开始的。

想了想，她回复过去。

苏桃：这个……貌似不是重点？

苏桃：你的求婚戒指呢？

消息发过去之后，那边好半晌都没有动静。小姑娘还以为男人心虚了，还在猜他最后会怎么办。

哪想，又过了一会儿，宁老太太忽然和她联系了。

宁岚：桃桃，听说你马上要变成奶奶的孙媳妇了？

宁岚发了张图片过去，又道：宁野那臭小子说这次求婚太匆忙了，都没把之前准备的戒指带过去。大晚上的非要我拍个照片给你看看，你待会儿把图片放大了看看喜欢哪个啊！

苏桃愣了一下，随后点开宁老太太发过来的照片。

照片上面是两层抽屉，每层都装着方方正正的绒面首饰盒，一个紧挨着一个。

首饰盒里都嵌着一枚戒指，戒指款式不同，有铂金素圈的，也有镶嵌钻石鸽子蛋的，大大小小的铺着两层，每一枚，都在照片里面微微发着光。

小姑娘有点儿吃惊，过了好一会儿才回了信息。

苏桃：宁奶奶，这些都是宁野哥买的？

宁岚：对啊，不过也有他自己动手跟老师傅学着做的。那些丑的，就是他自己弄出来的。

宁岚：这几年他确实很想你。有一次我趁他喝多了问他，买这么多戒指干什么？你猜那臭小子说什么？他说："我赚钱不就是为了给我家小朋友花吗？现在见不着，那就替她攒着……等以后见到了，再拿这些哄她……"

宁岚：这几年他也不容易。我其实也怪过你爸爸，觉得他太古板了，不懂变通。不过好在都过去了。

苏桃看完宁老太太的回复，说不出心里是什么滋味。过了好一会儿，才回复：好，宁奶奶，我知道了。

没一会儿，宁野又发来一条微信。

宁野：老太太把照片都给你发过去了？

苏桃：嗯……

宁野：那戒指的事儿，咱们就算过去了？

苏桃抿抿唇，情绪有些复杂。

苏桃：嗯……

下一秒，宁野直接打了电话过来，他说："戒指的问题解决了，咱们是不是继续聊聊腹肌的问题？以前是我疏忽了，不知道我们家小朋友还有这种爱好。不过以后其他男人的腹肌就不要看了，他们有的，我也有。"

"你别说了。"

男人在那边慵懒地低笑，却不打算放过她。

"所以，什么时候赏个脸，来看看我的腹肌？"

六月末，苏桃和几位室友都拿到了毕业证和学位证。离开学校的前一晚，几个姑娘像刚入学的时候一样买了零食和啤酒，简单地吃了顿"离别餐"。

那天晚上，气氛比往常压抑，苏桃看着室友们一罐一罐喝着啤酒，怕后面没人照顾她们，所以就默默地停了下来。

许文静的酒量只比苏桃好一点儿，所以她已经有些醉了。

醉酒之后的许文静话比平常要多，双手撑着脸，眼眶红红的，说道："其实我上大学之前一直很自卑，在家里的时候，父母整天说我不如谁家的孩子，上学的时候，学习成绩也不够拔尖，偶尔被老师发现想让我起来答题，好几回都想不起来我叫什么名字。高考应该是我人生中最辉煌的一次了，身边的人没一个相信我考了那么高的分。后来我父母高兴坏了，挨个给亲戚打电话，就连升学宴的酒楼也临时换成了市里最好的那家。但其实那时候我根本不开心，我好怕以后所有人都会对我有更高的期望，我害怕别人又像以前那样对我满怀期待，却一次一次落空。"

许文静说到这儿，带着泪光的双眼眯了眯，嘴也扯出一个笑。

"不过好在大学这四年因为有你们，我过得很开心。以前我以为就我这种性格不会交到知心朋友，志愿填好后还担心我的宿舍生活会不会跟高中时候一样，每天都在寝室当一个透明人。所以真的很感谢你们，让我有了一个连想都不敢想的大学四年的美好记忆。”

她的话让另外几个姑娘直接落泪，苏桃就坐在她旁边，抿着唇一直按压着情绪，不想哭出声，但是根本控制不住。

后来几个姑娘哭成一团，平日里大玲是最活泼爱闹的一个，这会儿哭得最凶。

“呜呜呜，以后我们一定不要像他们说的那样，毕业就失联！我们至少每年要见两次面，到时候谁结婚了，也要做彼此的伴娘！”

孟佳附和着点头，抽噎着流着泪，肩膀一耸一耸的：“生了宝宝也要认我们做干妈……”

“干妈不行，我妈说干妈太多不吉利，会影响小孩子运势的。”

她们哭着笑着，闹到了半夜，苏桃将几个姑娘一一扶上床后，叹了口气。

寝室里堆满了打包的箱子，每个人的书桌旁还立着早就收拾好的行李箱。

苏桃只收拾了一些衣服和书本，其余的零零碎碎的东西，前些日子全都处理掉了。

她四下扫了一眼，心里头空落落的，很闷很难受。

苏桃没急着上床，她简单收拾了一下小桌上的零食袋和啤酒罐，拿了扫帚和拖把，扫地拖地。

其间大玲在头顶床铺上翻了个身，眼睛也没睁，忽然喊了句：“嗯……桃桃……”

苏桃以为自己扫地的声音太大，吵醒了她，一时手上的动作都停止了。

哪想下一秒，大玲嘟嘟囔囔地说道：“你别喝那个……那个酒精度数高，你会醉的……”

苏桃听出来她是在说梦话，一时间有些哭笑不得。将寝室收拾干净后，苏桃还是没有睡意。她拿起手机看了一眼，十一点三十八分。犹豫了一下，她还是给宁野发了一个表情包过去。

过了一会儿，宁野直接打了电话过来。

苏桃不敢在房间里接，怕影响室友睡觉。所以她先把电话挂断，蹑手蹑脚地去了阳台上。

重新拨回去之后，男人直接接通。

“想我了？”

苏桃撇撇嘴，小声嘟囔：“不是，我只是睡不着……”

男人在那头笑了下，语气慵懒：“那是想我想得睡不着了？”

小姑娘原本心里还有些难受，这会儿被他逗了两句，一时倒忘了离别的忧愁，气呼呼地反驳回去：“都说了不是！”

“真不是啊？”男人“啧”了一声，慢悠悠地出声，“那你可太没良心了，我都想你一晚上了。”

小姑娘平时最怕这个男人没脸没皮，要是随口说点儿什么，她还能回两句，但像现在这样，她压根不知道该怎么回。后来见她沉默不语，宁野也没再为难她，问：“和室友喝完酒了？”

“嗯。”小姑娘声音低低软软的，“大玲她们都睡了。”

宁野有些意外：“难得啊，我家小朋友喝了酒还能清醒着和我打电话。”

苏桃听完，瞬间想到之前自己几次醉酒的样子，不由得抿唇笑了笑。

宁野在那头顿了下，又问她：“是单纯睡不着，还是难受得睡不着？”

小姑娘抬头朝外头望了望，隔了好一会儿，才低声开口：“是有点儿难受……”

“那跟我说说，今晚和那几个姑娘都聊什么了？”

今晚她们聊的话题没什么值得保密的，所以苏桃也没瞒着，几乎把聊到的事情都和宁野说了。最后，小姑娘双肘撑在阳台栏杆上，迎着微凉的晚风，小声说："虽然离别是生活的常态，但是有时候还是觉得好难过呀。"

宁野在那头沉默了片刻，接着开口道："那不如换个角度想？你们之前不也说了结婚要彼此做伴娘吗？我们回北城后，老太太肯定要替我们准备婚礼了，顶多分开半年时间，你们又能见面了。"

苏桃语塞。

"要是真舍不得她们，我可以在公司安排几个职位，她们专业对口，如果不介意离家远的话，可以来北城。公司薪资按正常应届毕业生的对待，咱们私底下再添一些，就当高薪聘她们。"

小姑娘在这边眨眨眼："咱们私底下添一些？"

"对啊，公司那边别搞特殊化，公平一点儿比较好。不过既然想让她们背井离乡来北城，咱们肯定也要拿出点儿诚意来。不过你别担心其他的，给她们添的薪资，我拿，用不着你来补。"

"那也不是咱们的呀，"小姑娘忍不住笑了，"那就是你自己的钱啊。"

"咱们马上结婚，婚后我的就是你的，所以那钱也是你的份。"

知道他是故意在找话题逗自己开心，苏桃脸上笑意更深。

男人在那头像是忽然又想到了什么似的，说："不过生宝宝认干妈这件事，还是先别想了。你太小了，我最近几年可能要花很多时间扑在公司发展上，余下的时间暂时只够陪你。到时候如果宝宝出生，只让你带着的话，我也舍不得。"

其实还有别的原因，只不过宁野不想在这时候多说，怕小姑娘瞎想。

他小的时候就是由妈妈一个人带大的，他渴望父亲的关注和爱护，他明白一个健全的家庭、父母共同的陪伴对一个孩子有多大的影响。他自己没有得到过的东西，不希望他的孩子也得不到。

苏桃显然没想到他会忽然提起这个，瞬间又想到之前他说的要她看腹肌的问题。

苏桃一听到宝宝的问题，控制不住想歪了。她脸颊发热，在这头安静了两秒，接着匆匆扔下一句："好啦我困啦，你也早点儿睡吧，明天见！"然后就挂了电话。

男人在这头听着听筒里的忙音，脸上的笑意渐深。

隔天，苏桃和几个室友都醒得很早。

她们三个都是本地人，不着急回家，所以早早就商量过，苏桃离开的时候，她们一起去送她。

苏桃怕不方便，直接给宁野打了电话，叫他去机场等她。

男人大概猜到了她的意思，倒也没多问，只叮嘱她来的路上注意安全。

机场来来往往全是送别的人，尤其现在是毕业季，抬眼一瞧，一大半都是学生。

宁野换好了登机牌后也没去 VIP 室等，而是留在了机场入口大厅里。

苏桃和室友过来的时候，男人正站在角落里打电话。

按理说，他站的位置极其不显眼，来来往往的人又很多，她们不应该那么容易就发现他才对。但那个男人就是极其有存在感，即使站在人群当中也很难被淹没。

苏桃朝他招了招手，他看见后，直接迈开长腿朝苏桃走了过来。

宁野挂断电话后站定在几个姑娘跟前，微笑着，主动和她们打了招呼。

室友听苏桃讲了他们之前为什么分开，也知道宁野不是故意晾了苏桃几年不来找她，所以这会儿对宁野也没了之前的敌意。但是她们态度也不算热情，只礼貌地和宁野打过招呼就又把注意力放在了苏桃身上。

离登机的时间已经很近了，几个姑娘依次和苏桃拥抱告别……

苏桃上了飞机后，一直强忍着的情绪终于崩不住了。

宁野就坐在她旁边，看着她垂着小脑袋一直无声落泪，什么也没说，叫来了乘务员，要了一包纸巾。隔一会儿，他就替小姑娘擦擦脸，再隔一会儿又替她擦擦鼻涕。

临起飞前，小姑娘终于哭够了，一双眼睛像兔子似的，红红的。她看向宁野，说："我没事了，你不用一直照顾我……"

宁野还是什么也没多说，大掌抬起来按住她的小脑袋，让她靠上了自己的肩膀："哭够了就睡一会儿，我的肩膀借你靠，醒了就到家了。"

然后苏桃就在飞机上睡了一觉，恍惚间她好像还做了个梦，但是梦的内容她不记得了。下飞机的时候，她还沉浸在之前的情绪里没跳出来。

接机口那边，宁老太太和苏国伟带着宁薇刘博母子俩，早早地就等在了那里，见宁野牵着苏桃出来时，几个大人都兴奋地挥着手。

小姑娘明显感到了他们的热情，一颗心起起落落，莫名涌出了一股复杂的、难以言说的情绪。

那感觉好像在告诉她：人生一向如此，一边分别，一边重逢。

回到宁家老宅的时候，大家的兴致都很高。

他们先是齐齐围观了苏桃的毕业证和学位证，苏国伟虽然没有发表意见，却一直抿唇笑着，后来还趁大家不注意的时候偷偷拍了两张照片。

宁岚和宁薇对苏桃毕业证上的照片讨论更多。

"哎，我还记得之前我们小桃桃高中毕业证上的照片瞧着还像个小孩儿，一转眼几年过去，现在这大学毕业证上面的已经像个大人了。”

宁岚照顾了苏桃一年，所以这会儿感慨最多。不过也确实，和高中时相比，苏桃现在成熟了很多，眉眼间隐约含着温柔的笑，眼底闪着细碎的光，看着也更加坚定成熟。

“别再叫小桃桃了，我们桃桃现在可不小了。”宁薇没附和宁岚，反倒开起了玩笑，“转眼都要和宁野结婚，变成我们宁家的媳妇儿了。”

苏国伟那边，除了苏桃简单和他提过一次，这些日子宁老太太没少和他念叨。所以宁薇的话倒没引起众人太大反应，除了苏桃有些脸热外，也就只是刘博一个人有些惊讶。

“表哥，你真要和她……”刘博话说一半，忽然看见宁野瞥了他一眼，顿时头皮一紧，赶紧改口，“表哥，你真要和苏桃姐姐结婚了？”

“你有意见？”

刘博顿时不敢出声。

宁薇看不下去了，又像往常一样，拿手拍了一下他的脑袋。

“这有什么意外的！你表哥和你苏桃姐姐看着就是天生一对，我们几个大人都没有意见，你在那儿瞎问什么呢！”宁薇说完还满脸歉意地朝苏桃看了一眼，“桃桃，你别介意啊，这小子一向说话不经大脑，最近我一直和老太太忙着别的事，也没来得及告诉他这件事。”

苏桃知道刘博一向情绪外露，且说话办事没什么遮掩，所以压根没多想。听了宁薇的话，她只笑着摇摇头：“没事的，宁薇姑姑。”

刘博听了她的话，撇了撇嘴，心想，她是没事了，可他有事啊！

她如果真和表哥结了婚，那他岂不是就要叫她……表嫂？

喊一个只比自己大四岁，且这两年还一直活在她的阴影下的人表嫂……

刘博怎么想都觉得崩溃。

保姆的动作很快，他们一行人回到老宅没多久，她就笑眯眯地喊开饭了。她也算是照顾了苏桃一年，当初小姑娘离开的时候，还给她送了礼物，这次苏桃回来，还是以宁野未婚妻的身份，她见了格外开心。

一桌子的饭菜做得极其用心，除了几个人各自喜好的那些，阿姨还特意加了两道状元菜，庆祝苏桃顺利毕业。

吃饭的时候，几个人都有说有笑的，后来甚至还讨论起两个人的婚期。

苏桃有点儿不好意思，倒是她旁边的男人一直在发表意见。

他吃得差不多了，姿态和平日里在公司相比极为放松，窝在椅子上，还特别不老实地抓着小姑娘的手，像是玩着特别心爱的玩具，爱不释手。

宁老太太提议他们年底结婚，这样时间充足一些，方方面面也能准备得更充分一些。

但她这话一出口就直接被宁野否决了，他说："我和桃桃商量了，婚礼就在北城这边办，一是年底的气温太低了，她穿着婚纱来回走肯定要冻着。还有就是苏叔电台那边，年底工作肯定会很忙，到时候年假请不请得下来还不好说。"

苏国伟一听这话，赶紧摆摆手，说道："不用考虑我！你们决定就行，我到时候想办法腾出时间。"

宁老太太赶紧跟着点头："就是就是！你苏叔台里再忙，他们领导也不能不通情达理吧！到时候如果真的扣着人不给假，我就亲自上门去问问！"

宁野不为所动，手指一下一下抚着小姑娘手背上软软的肉。

“反正冬天不行，”他想了想，又说，“不然就三个月后吧，季节、温度都合适，时间不早不晚，刚刚好。”

宁老太太皱眉，说：“可是三个月会不会太赶了啊，我们现在还什么都没准备，到时候……”

宁薇听到这儿赶紧碰了碰老太太的手臂，一脸深意地笑道：“哎呀，宁野说三个月就三个月呗，咱们到时候多找点儿人帮忙，也不会太赶。”她笑意渐浓，脸上还带了些调侃，“你这还看不出来啊？你大孙子这是想赶紧把桃桃娶回家，等不及了！”

宁老太太愣了一下，接着看了眼对面的两个孩子，瞬间笑了起来：“我就说这臭小子今天怎么句句反驳我，原来是等不及了啊！”

宁野笑了，脸上一点儿也没有被拆穿的尴尬。

倒是一旁的苏桃有些不自在，桌下的小手也不停地挣着想抽出来，但是男人根本不放。

几个人说说闹闹，又过了一会儿，客厅忽然响起一阵电话声。

保姆阿姨很快就接通了电话，又隔了一会儿，就见她挂断电话走到饭厅这边来，表情有些为难。

宁老太太像是猜到了什么事似的，原本愉悦的神色瞬间沉了下去，问道：“又是医院的电话？”

保姆阿姨点了点头。

“你跟他们说一声，就说我晚上再过去，让他们先把人照顾好。”

保姆阿姨不知道在想着什么，犹豫了一会儿才说：“不是的，老太太，这次医院那边要找的不是你，而是……”她为难地看向宁野和苏桃的方向，“那边说想见见宁野少爷和苏小姐。”

宁野微微抬了抬眉，没出声。

苏桃在旁边听得有些迷糊，她轻轻拽了拽男人的衣袖，小声问他：“家里有谁住院了吗？”

宁野垂着头，一副不太在意的样子，依旧把玩着小姑娘的手。

她开口问时声音有点儿淡然："那位宁董。"

苏桃一滞，瞬间安静下去，没再多问什么。

吃过了饭，宁老太太见苏国伟那边一直有电话在催，也没多留他，安排了车准备送他回去。

宁野则和苏桃上了另一辆车，直接去了宁野爸爸所住的医院。

小姑娘一直乖乖地待在宁野旁边，但视线时不时往他那边瞟。

男人被她的小动作逗笑了，抬手捏了下她的脸："有话就说，跟我有什么好避讳的。"

"不是……"苏桃有些为难，倒不是避讳，她只是不知道该不该问，想了想，她最后还是出了声，"宁董……为什么住院了？"

而且听宁奶奶刚刚那语气，好像病了已经有一阵子了？

宁野微微勾了勾唇，面带讥讽。

"宁怀不是宁家人这件事，给咱们宁董的打击很大，他气得中风，醒过来之后半边身子瘫痪了。"

苏桃愣了愣，完全没想到得到的会是这么一个答案。

她没再出声，宁野也没再多说什么。

到了医院门口，小姑娘没像往常一样等着男人来拉住她，反而主动地牵起了他的手。她手心温热，牵住他手的时候，一张小脸仰着看向他。

眼底藏着的意思，男人一看就懂。

宁野一时之间觉得有些好笑，他抬手揉了揉小姑娘的发顶。

"小朋友，你怎么回事啊？平时不见你这么担心我，怎么一遇到和里面那位有关的事，你反应就这么大？"

那是因为你真的在意这一件事情呀。

苏桃在心里想着，却没有说出口。

她握着他的手，晃了晃他的胳膊，一双杏眼一眨不眨地看着他，眼底全是柔软专注的光。

“走吧，我们一起进去，我陪你。”

宁野低低笑了一声，大掌握紧了她的手。

“好，你陪着我。”

医院的VIP病房在顶楼，电梯缓缓升上去的时候，苏桃的心情一直很复杂。反观宁野，倒是一脸的平静。

宁野显然是来过这边，对这里很熟悉。他带着苏桃一路朝里面走，最后向右拐了个弯，在尽头处倒数第三个病房前停下。

病房门此时是关着的，但里面的人叫嚷发怒的声音还是传了出来：“我不想吃东西！我不是说了叫那个畜生来见我，他为什么还不来！”

这声音显然是那位宁董发出的，带着暴躁和恼怒。

苏桃在外头听着，心里有些不舒服。

宁野依旧面色平静，像是早就习惯了似的。他转头看了看小姑娘，说：“他今天可能又有点儿不正常，你在外头等着，我一个人进去。”

“不要！”苏桃摇了摇头，表情十分坚定，“我要陪你一起进去。”

“他待会儿可能还会发疯，”宁野眸色深沉，一动不动地看着她，“不害怕？”

“不害怕。”小姑娘漆黑的眸子里全是细碎的光亮，“有你在我身边，我不害怕。”

男人听了，眉眼比刚刚舒展了一些。

“行吧，那一会儿有情况你就往我身后躲。”

小姑娘很乖 巧地点了点头。

这时，里面的护工恰巧开门出来，她看见宁野过来，像见到救星一样，眼睛都亮了。

“宁总，您终于来了！”

照顾宁董的护工是个中年女人，原本是开朗爱笑的性格，这半年却被里面的人磨得满面愁容。

如果不是家里太困难，宁野这边给的工资又高，她绝对不会再在这里受这个罪了。

她前面的衣襟有大片菜汤污渍，脸侧垂下来的碎发此时也湿成了一缕一缕的，看着特别狼狈。

她的话音才落，宁野这边还未来得及回应，就听里面的人忽然又吼出了声："那个畜生来了？你让他赶紧给我进来！"

这声音洪亮得很，护工一脸为难地看了看宁野。

"您先去处理一下吧。"宁野侧身让开，说道，"我们先进去看看。"

护工"哎"了一声，赶紧往外走。

苏桃跟着宁野进了病房，房间里面各处都十分整洁，只有地上有些还没来得及收拾的菜汤和摔碎的碗，而那位宁董，此时就躺在病床上。

苏桃以往见过他几次，在不知道宁野小时候的事情时，对他的印象一直是一位儒雅深沉的商人。

后来虽然心中对他有些厌恶，觉得他没有以往那般形象正派，但至少对方的外形从未像如今这般憔悴苍老——以前乌黑浓密的头发，早已白了大半，眼角和眉头中间也印下了几道深深的皱纹。

他眼底不复以前的平静与精明，此刻见到宁野，像是见到了敌人，拖着半边身子，不顾形象是否狼狈，在床上爬着想下来。

"你终于想起你爸来了，啊？我给你打了那么多电话，你为什么不接？"

宁野一脸处变不惊的模样，平静地回道："我现在来了，有什么事你可以说了。"

"我还能有什么事？我被你这个畜生安置在这儿，董事长的身份也没了，身体也不行了！每天除了护工谁都见不着，除了想让你把我接回家，我还能有什么事？！”

仿佛这个问题宁野早就听他提起过一样，一点儿也不意外，说道：“老太太年纪大了，受不了刺激，也没精力照顾你。”宁野声音淡淡的，“而且以你现在的身体状况，待在医院最合适。”

不提这个还好，一提这个，宁董显然火气更盛了，大吼道：“我现在的身体是拜谁所赐？还不都是你把我气成这样的！”

他永远都记得，宁野把宁怀和他的亲子鉴定报告拿来的时候，是怎样的场面。

那时候他已经被宁野逼得步步后退，每天在公司忙乱得焦头烂额。不过好在宁怀一直陪在他身边，他还算有些许安慰。

他一直以为宁怀是他的儿子，这还是宁怀的母亲蒋媛告诉他的。直到东窗事发，蒋媛被送出国。离开前，她还抱着他痛哭，说她没有别的所求，只求自己的牺牲能让宁怀有一个好的未来。

他心疼到不行，对她发誓绝对不会抛弃宁怀，只要有他在一天，宁氏就是宁怀的。

那时候他心里根本没有宁野母子，即便宁野的妈妈刚因为他自杀，即便宁野开始对他不再像以往那般亲近。

他的关爱放在宁怀身上，一直将他带在身边，当未来的接班人培养着，他也从来没质疑过这个孩子的身份，认定他就是蒋媛给他生的儿子。

换个角度说，宁怀身上承载了他小半辈子的心血和父爱，他没给过宁野的东西，几乎全给了他。

可是有一天，忽然有人告诉他，宁怀根本不是他的儿子，甚至都不是他大哥的孩子，这让他怎么接受！

不过现在说什么都晚了，他身子被气成了这个样子，宁氏也早已“改朝换代”，他再生气再愤怒也没用，他也不能再做什么，所以只能寄希望于这个……他从未关心过的儿子。

想到这里，往日高高在上的宁董，难得有了低头的模样。

“爸爸知道，以前是我忽略了你，以后不会了！我当初也是被蒋媛那个女人蒙骗，被迷了心智才会做出那些事的！我不是有意的！都说父子没有隔夜仇，宁怀已经被你赶跑了，我以后绝对不会再把精力放在别人身上了！你刚到宁氏，根基还不稳，爸爸虽然身体不行了，但是在一些公事上面，还是能为你提供帮助的！宁野，你听话，你把爸爸接回去，到时候我们父子俩一起管理宁氏，我会像当初带宁怀一样用心带你的！”

“不需要你操心，宁氏在我接管之后，各方面都在稳步提升。”宁野像是没有耐心再听下去，面无表情地问，“还有别的事吗？没有的话，我们先走了。”

他说完带着苏桃转身就要走，宁父见状急了，赶紧喊了一句：“等等！”

宁父半边身子瘫着，挪动极不方便，一个姿势维持久了也非常难受，需要别人替他翻身。但这会儿护工不在身边，他刚刚又有些着急，一个用力往前一扑，险些摔下床。

他顾不上姿势是不是狼狈，也顾不上面子了，急急地说：“不回公司也行，那你把我接回家，我不想再在这里待着了！”

医院他待够了，每天除护工，几乎见不到别的人。偶尔老太太心情好还会来看看他，但也基本都是在数落他这些年做的蠢事。

他也试过，想让老太太做主把他接回去。他知道宁野从小就亲近他奶奶，如果老太太发话，这小子应该不会多说什么。可是他完全没想到，老太太根本不愿意让他回去，甚至态度还不如宁野。

他没办法，只好又求宁野。

“你现在的身体状况不适合待在家里，而且刚刚我也说了，家里并没有能照顾你的人。”

“怎么没有！”宁父颤颤巍巍地抬起那只能动的手臂，指向苏桃，“她不是要和你结婚了吗？女人结婚之后就要待在家里，她嫁入咱们宁家，享受了富太太的生活，付出一点儿也是应该的！况且也没让她照顾外人，我是她公公！于情于理她都该伺候我！”

苏桃没有太大的反应，她早就意识到宁董的思维不同于常人。

宁野在旁边忽然被气笑了，说：“她凭什么？你以为谁都和你一样，娶了妻子之后，就只能让她围着你的家庭转，把你当成世界的中心？”他声音低沉，带着嘲讽，“别做梦了，苏桃嫁过来是要被宠着的，不是来给你做保姆的。”

宁野说完就带着苏桃头也不回地离开，宁父在后面依旧急得不行，扯着嗓子喊：“你就这么恨我吗？”他单手撑着床，身上的重量几乎都压在了一侧，一张脸憋得通红，“虽然我不是那么关心你，但至少这些年我没有限制你花钱！你吃的穿的用的，从小大到哪样不是我给你的？况且我也是被那对母子蒙骗了！我以为宁怀真的是我的孩子，所以才……我都说了我现在后悔了，知道错了，想重新开始，你为什么就不肯给我这个机会呢！”

宁野神色不惊，一点儿不为所动。他牵着苏桃想继续向前走，可小姑娘在旁边忽然停住了。她微微转过身，看向宁父，问道：“他不该恨你吗？你所谓的那些不算重要的小事，却像噩梦一样困扰了他的前半生。凭什么你说想重新开始就重新开始？以前觉得有别的孩子，宁野在你这里就不重要，他存不存在都无所谓。现在你发现自己被人蒙骗了，才想起他来了，想让你和他父慈子孝？”

小姑娘声音冷静，但字字像刀子一样，往宁父心窝子里面戳。

“您是个商人，应该最明白投资与回报的道理。感情也是一样，你从来没付出过，却想在他身上收取回报，您不觉得这个想法太无耻了吗？还有，您刚刚说的对宁野没有金钱上的束缚……这件事我也无法认同。第一，宁野手里有他母亲给他的宁氏股份，这就代表就算没有你，他也不会缺钱。第二，宁氏从来不是你一个人的，宁奶奶尚在，您也只是继承了父母为自己留下的产业而已，从这个角度看，您的钱也是宁氏的一部分，并不是您独有的。”苏桃说到这里，和宁野相握的手不由得握紧，心里的情绪翻涌得更猛烈，“第三，您可能忘了最重要的一件事，宁野的母亲，是因你而死。”

小姑娘没把话说透，但也足以让宁父哑口无言。

她没多留，这次主动拉着宁野走出了病房，没再回头。

走出医院的时候，苏桃的心情久久不能平静。其实那些话她憋在心里已经很久了，以前不说，是想着宁父毕竟是长辈，她作为一个和宁家没有关系的人，没有资格去替宁野说这些。但是现在不同了，她已经决定和宁野携手并肩走完后半生，她不能再任由别人伤害他。

哪怕是他的父亲，也不行。

小姑娘还沉浸在自己的情绪里，没注意到旁边男人是什么表情。后来忽然听见他蓦然笑了一声，她疑惑地抬起头。

宁野此时早已没了刚刚在病房里面的冰冷神态，眉眼间满是慵懒的笑意，见他家小朋友一脸迷糊地看着他，不由得笑意更深了。

“我是觉得，我们家小朋友真的长大了。”他回身搂住她的腰，低头在她的唇上轻吻了下，表情慵懒，“我记得你刚来的时候，有一次也在维护我，但那会儿你说两句话眼睛就红得跟兔子似的。我当时还在想，这小姑娘估计是个哭包，以后肯定有的烦。没想到，才几年而已，兔子也变得这么厉害了，能捅软刀子替我出气了。”

宁野忍不住，又捧起她的小脸亲了一下：“我笑是因为开心，真的开心。”

苏桃听了他的话，忽然想到自己以前做过的傻事，一时之间有些脸热。

男人见她不出声了，也不急，慢条斯理地转移话题：“时间还早，你要是不累，我带你去个地方？”

苏桃乖乖点头：“好。”

男人带着她上车后，直接将小姑娘抱到自己腿上坐好。

苏桃被迫窝在他怀里，前排还有司机，她实在不自在，不由得挣扎了两下。

男人没有放手，反而越搂越紧，还将脸埋进了小姑娘的颈窝里。

“别动，让我靠会儿，我有点儿难受。”

小姑娘身子一滞，过了好一会儿，悄悄伸出小手回抱住他。

一路上，两个人都没有再说话。

到了目的地，宁野才缓缓抬起头。他放下小姑娘，先下了车，接着朝里面伸过手。

“走吧。”

司机按照宁野的吩咐，将他们送到了市中心一处高档小区。男人一路熟练地刷卡进门，拉着小姑娘上了电梯后，她才问：“我们要去哪儿？”

男人表情慵懒，姿态散漫：“带你去看看咱们的婚房。”

苏桃的眼睛一瞬间睁大了。她没太多反应的时间，电梯便缓缓停在了顶楼。

电梯门打开后，男人直接牵着她的手走了出去。

他准备的婚房是顶楼复式，房子面积非常大，还没装修。南北都有落地窗，一侧还带着景观阳台，从那里向远处眺望，能把北城市中心所有的建筑尽收眼底，视野极好。

苏桃站在那里，心里的惊喜一直不停地翻滚着，刚想回头笑着对男人说些什么，就忽然被他从身后抱住了。

男人双臂向前，紧紧拥着苏桃，俊脸朝她凑近，下巴抵在她的肩上。

“小朋友。”

“嗯？”

男人望着远方耸立的高楼，声音比往日要更清朗深情。

“我们有家了。”

小姑娘愣了一下，片刻后，回过头，主动亲吻他的双唇。她看着他，眼底带着柔软的光。

“嗯，我们有家了。”

第九章

我家小朋友怎么这么甜

当天两个人在没装修过的新房里面磨磨蹭蹭待了好久。里面什么家具也没有，空荡荡的，但是小姑娘还是带了份新奇和愉悦，连各个角落都看了一遍。

“这里可以放一盏落地台灯，晚上开大灯太刺眼啦，落地灯的灯光又淡又柔软，在底下看书或者做别的都很舒服。”

“书房里面可以放两张书桌，我刚刚看那间屋子面积蛮大的，到时候我们可以一起办公写字……”

小姑娘明显有些兴奋，话也比平常多了。

宁野在旁边看着，心里渐渐被充盈和柔软的感觉填满。片刻后，他开始和她一起商量。

“想养宠物吗？我给你养一只。”

小姑娘仔细考虑了一下，摇摇头：“宠物还是算了，如果没时间照顾它的话，还是一开始就别养的好。”

男人扬唇，道：“也对，到时候我们还得养孩子呢，估计时间不够用。”

苏桃一听他提起这个就莫名脸热，眼神有些躲闪，也不看他。

“不是说先不要宝宝吗……”

“只是暂时不要，又不是一直不要。”男人的笑越发慵懒，接着他很自然地开口，“我还想看我家小朋友怎么教育小孩子呢。”

这个问题宁野早就想过，他觉得照小姑娘这种软软的性格，肯定不舍得做严厉的家长。想一想小姑娘轻声细语地和宝宝说话的样子，他就觉得画面很让人期待。

后来不知道又想到了什么，他忽然朝她转过头，说：“不过我可提前和你说好，就算有了宝宝，你也不能把精力和关心都给他。”

他言下之意再明显不过，苏桃听完，一脸无奈地说：“宝宝还没出生，这种假设不成立。”说完，小姑娘又嘟囔了一句，“而且，为什么连小孩子的醋也要吃啊……”

男人笑了笑，没再出声。

两个人在新房里待了很久，直到宁野接了通电话，张助理通知他到开会的时间了，他才带着小姑娘慢悠悠地从里面出来。

张助理已经等在下面，看见宁野和苏桃出来，他笑着跟宁野打了招呼，看向小姑娘，喊道：“老板娘。”

苏桃其实有些害羞，但是面上没有表现出来，向对方点头回应。

张助理觉得他们终于苦尽甘来，这些日子就连汇报公司情况，宁野的语气都和以往不同，像是换了个人，所以张助理打心眼里感谢苏桃。

不过私人情绪归私人情绪，张助理还不敢在宁野跟前多说什么。所以这会儿打过招呼之后，他就神色肃然地向宁野汇报情况。

“宁总，和智期那边约好的开会时间马上到了，咱们得出发回公司了。”

宁野不太在意地点点头，转身看向小姑娘，问她：“累吗？累的话我叫司机送你回老宅休息，不累的话，陪我去公司走一趟？”

“不累。”苏桃说完，忽然又犹豫了下，“可是我去你们公司会不会不太好呀？”

之前宁野还在经营自己公司的时候，她确实去过。但是那次已经很晚了，公司员工大多下班了，现在的宁氏和当初完全不是一个性质……

宁野现在身处高位，处处都被人盯着，她跟过去肯定会被人议论的。

哪料她这话说完，宁野还没什么反应呢，张助理先回了句：“不会不会！老板娘，您就放心过去，公司那边的同事早就对你百般好奇了！”

苏桃有些迷惑，转头看了眼旁边的男人，只听宁野随意地说：“之前我接受了一家媒体采访，记者问到我的感情生活，我说我已经有未婚妻，很快就会结婚。”

“就是！同事看见这个采访后，早就对你很好奇了！”

苏桃一听，就觉得待会儿的场面会很尴尬。她想了想，还是想拒绝，但宁野像是猜到了似的，抬手在她脸颊上捏了捏，说：“之前在医院的气势哪儿去了？不是说要一直陪着我吗？”

苏桃有些无奈，到了嘴边的话转了一圈又咽了下去。她看了看男人的脸，又看了看张助理殷切的目光，没办法，只能小声说：“那走吧……”

车子一路平稳地开去了宁氏总部。

张助理下车后，一脸恭敬地给宁野开了车门，状态转换极为自然淡定。

宁野表情也淡淡的，平静地下了车，接着朝苏桃伸过手。

“走吧。”

苏桃跟在男人身边稳步走进宁氏总部。她明显感觉到，从门口开始，四周朝这边打量的目光就从未断过。而她旁边的男人，也比平时多出一分居高临下的气势。那感觉，是久居上位的人才会有的。

这一刻，苏桃才真正感觉到，宁野在他们分开这几年里已经变得完全不同。

小姑娘此时的情绪有些复杂，虽然两个人在一起时他还像以前那般轻松，可是在公司里，他做不到像往日那样自由随意。

如果没有当年爸爸的要求，他应该不会接手宁氏吧……

上了专属电梯后，宁野看苏桃一直沉默着不出声，还以为她在想别的事情，抬手揉了揉她的头，问："想什么呢？这么入神。"

小姑娘抬头看过去，欲言又止，最后才开口问他："你接手宁氏之后，是不是比以前辛苦多了？"

不能想做什么就做什么，每天来公司就有无数双眼睛盯着他，更不能随便流露情绪。

宁野完全没想到她会问这个，愣了片刻之后，便从她的表情中读出了她的意思。他一时之间有些哭笑不得，说："我摆这个脸色是为了吓唬人，不然你觉得管理这么大的公司，我还能像以前那样随便和手底下的人打成一片？"他痞里痞气地勾了勾嘴角，倾身在她的红唇上吻了一下，然后说，"累倒是不累，只不过偶尔需要你给我充充电。"

张助理此刻恨不得直接消失。

苏桃也害羞得眼睛都不敢乱动一下。她狠狠地捏了捏他紧实的侧腰，气呼呼瞪了他一眼，什么心疼啊难受啊，一下子全被男人闹没了。

电梯上升至顶楼总裁办，"叮"的一声响，电梯缓缓停下。

电梯门打开后，最外侧的秘书处办公区先进入视野。原本正在办公的秘书，此刻齐齐站了起来。

让苏桃感到意外的是，那几个秘书都是男性。

看到她被宁野牵着手走进来，他们像是早就知道了消息似的，齐声向他们打招呼。

“老板！”

“老板娘！”

原本张助理一个人这么叫，小姑娘就觉得很不好意思了，忽然被这么多人声势浩大地喊了一声，苏桃的心猛地跳了一下。片刻后，她不自然地对他们微微笑了一下，礼貌地点了点头。

宁野看着小姑娘的反应，忍不住勾唇笑了下。

等他们进到办公室后，秘书们都怀疑自己刚刚是不是眼花了。

“小宁总刚刚是笑了？”

“不仅笑了，还一脸宠溺地看着老板娘……”

“总助说的果然是对的！以后就算是得罪了咱们老板，也不能得罪老板娘，不然下场肯定非常惨。”

进到办公室，苏桃才慢慢放轻松了一点儿，她轻轻地吁了口气，小脸上一副终于解脱了的模样。

宁野被她逗得笑了，说：“至于这样吗？你是宁氏未来的女主人，要一直站在我身边的。所以你想干什么就干什么，没人敢多说你一句。”

“才不是。”小姑娘嘟囔，“就是因为要一直站在你身边，才不能太随便呢。”

男人挑了挑眉，随手揽住她的腰，轻轻将她带到自己胸前，笑问：“这么替我着想？”

小姑娘还没说话呢，张助理不自在地轻咳了两声，提醒道：“宁总，咱们该走了，开会时间要到了。”

小姑娘的小脸瞬间又有些发热，抬手推了他一下。

宁野皱了下眉，淡淡瞥过去一眼：“你怎么也一起跟进来了？”

谁知道呢！他怎么就因为要带一份小小的会议文件而冒着危险

跟进来了呢！

苏桃根本连看都不敢往张助理这边看了，又推了男人一下。

“你快点儿去开会！”

男人执起她的手亲了下，说道：“那你在这儿等我，待会儿我叫他们给你送来点儿零食和点心，如果累了就去里面休息会儿。”

小姑娘点了点头，悄悄往张助理那边看了一下，又推了推男人。

“好了我知道啦，你快点儿走吧！”

男人带着张助理离开之后，办公室里就只剩下苏桃一个人。其间一个秘书按宁野临走时的吩咐给她送来了零食和点心，还有一杯新鲜的果汁。

“老板娘，我们都在外头，您有什么事情直接喊一声就行。桌子上和里面的休息间也有内线，不方便的时候拨内线也可以。”

“好，我知道了。”苏桃礼貌回应，又冲那个男秘书微微笑了下，“辛苦你了，我没别的事情，你先去忙吧。”

秘书离开后，小姑娘才算彻底放松下来。她起身绕着宁野的办公室走了一圈，往四周看了看，最后才去休息间。当她在角落里发现一个智能机器人时，忽然眼前一亮。她按了电源开关，机器人的显示屏上面，一对卡通眼睛缓缓睁开。

在内置摄像头扫过苏桃的脸时，机器人忽然发出声音：“呀，是妈妈。”

苏桃有些意外，这个机器人就是上次过生日时，在宁野办公室外面看见的那个，名字奇怪却挺有意思，叫“脑血栓”。

之前见面它还叫她姐姐来着，怎么三年没见，称呼就变了？

她拍了拍机器人的脑袋，笑着问它：“怎么叫妈妈了？”

“因为爸爸给我输入了程序呀！”它的声音还像以前那样，带了些呆萌，“爸爸还给我看过妈妈的照片呢！”

苏桃笑笑，没说话。

"脑血栓"依旧对着她，一双卡通眼萌态十足："妈妈，你这几年去哪儿啦？爸爸都想死你啦，好多次我听看见他喝醉了叫你的名字呢！"

苏桃心里头有情绪翻涌，过了会儿，她又摸摸它的头，问道："那你有没有在爸爸喝醉的时候好好照顾他呀？"

"当然啦！我还给他唱歌了呢！""脑血栓"一副骄傲的小模样，又对苏桃说了句，"妈妈你以后不要再走啦，爸爸他太可怜啦！"

苏桃神色柔软，点点头："好，以后都不走了。"

那场会开到很晚才结束，宁野扯开领带重回办公室时，外头已经华灯初上。

办公室里安静无声，黑漆漆的一片。

男人的动作不自觉放轻，走去休息间时，果然在床上瞧见了小姑娘的身影。

"脑血栓"原本是待机状态，听见响动后，第一时间睁开眼回过头，喊道："爸爸回来啦！"

宁野根本来不及阻止，刚要叫它别再出声，小姑娘那边就悠悠醒转。

苏桃这一觉睡得很沉，被"脑血栓"吵醒时，思绪还有些迷糊。她缓缓睁眼，视线有些模糊，看了两眼后才确定床前站着的是谁。

小姑娘软软出声，语气还带着刚睡醒时的奶声奶气："你开完会啦？"

她边说边揉了下眼睛，想起来，却不想男人直接坐到床边，连人带被子一把拥住了她。

"睡了多久？要不要再睡会儿？"

宁野在小姑娘的唇上亲了一下，接着长腿一伸，踢了对面的"脑血栓"一脚。

“你怎么把它打开了？它烦人得要死，我原本想找人把它处理掉的，前段时间太忙就一直放在这儿了。”

“脑血栓”被踹了一脚后，“啊”了一声，再听宁野那番话，屏幕上的卡通眼睛瞬间蓄起眼泪。

“呜呜呜，爸爸你为什么不要我了呀？我明明已经开了省电模式，每天只要一点点电量就可以啦！”它双眼在屏幕上眨了下，眼泪吧嗒吧嗒地往下掉，“我以后会乖乖听话的，你不要不要我。”

苏桃在这头都有些心疼了，打了宁野一下。

“你瞎说什么呢？”她伸出手摸了摸“脑血栓”的大脑袋，“别担心，爸爸妈妈不会不要你的。”

男人在旁边听得直笑，眉头微微挑着，“我家小朋友进入状态很快啊，才这么一会儿就当妈妈了？”

小姑娘软软地瞪他一眼，说：“不是你给它输入的程序吗？”

男人抿着唇，笑意更深了。他没在这个话题上纠结，又低头亲了一下苏桃柔软的唇，说：“你是不是把手机放在外面了？苏叔的电话打到我这儿来了，说N市突发楼梯坍塌事故，台里派他和其他同事过去采访，这两天都没办法回家了，叫你在老宅住几天。”

苏桃没太在意，只点点头表示她听见了。

“回去太早也没事，待会儿带你去外头吃吧，然后再去看场电影。”男人拥着她的双臂紧了紧，“说起来咱们还没单独去过电影院呢。”

他们确实没单独去过，一次是跟着几个小屁孩儿，电影什么样他是不知道，但是憋的那一肚子气倒是还记得。后来那次，又有老太太和苏国伟跟着，小姑娘像跟他早恋似的，牵个手都不行。现在好不容易有了个机会，他当然想把能补回来的都补上。

苏桃没别的意见，乖巧地点了点头。

后来离开时，“脑血栓”还一副恋恋不舍的样子，“嗡嗡嗡”

地滑动着滑轮，一路从休息间跟到办公室门口。

“妈妈你要多来看我呀，我会一直等着你的。”

苏桃有些心软，伸手摸了摸它的头，说：“好。”

出来的时候，小姑娘也不知道想到了什么，牵着男人的手摇了摇，仰着小脸看向他，说：“等咱们的小家装修好了，我们把它接到那边去吧。”

小姑娘难得向他提要求，宁野怎么可能不答应。

“你要是喜欢机器人，回头我给你做一个更好的，它现在的程序其实还不够完美，瑕疵很多。”

小姑娘听完摇摇头，说：“我们又没什么正事需要它做，现在这样子就很好了。”说完，她又朝他看了一眼，眉头皱了下，“你不许嫌弃它！”

男人忍不住笑了，懒懒地回了句：“行，我家小朋友说了算。”

宁野先带着苏桃去吃了晚饭，从餐厅出来时已经晚上十点了，很多电影都只剩午夜档。

他在手机上看了一圈，最后选了一部文艺爱情片。

买好票之后，小姑娘还有些担心：“你确定真的能看得下去这种片子？”

男人一脸从容，十分自然地拉过她的小手，说：“没事，我是去干坏事的，看什么电影都无所谓。”

苏桃无语。

午夜场的观影人很少，这个场次只有他们和另一对情侣。

小姑娘猫着腰拉着男人找到了他们的位置，他在后头慢悠悠地跟着。坐稳后，她朝他一伸手，说：“爆米花给我吧。”

进放映厅之前，他们买了一大桶爆米花，小姑娘纠结了好一会儿，又要了两杯冰可乐。

这会儿男人长腿微蜷着，高大的身子窝在椅子上，身前还抱了桶爆米花，瞧着不怎么舒服。

宁野没什么反应，只不过往旁边看了一眼后，忽然挑了挑眉。

那边的情侣腻腻乎乎的，爆米花被男孩子抱在怀里，只不过他手里还一直做着投食的动作，时不时还低头在女朋友脸上亲一下，看起来亲密又暧昧。片刻后，男人回过头，修长的手指捏了一粒焦糖爆米花，缓缓往小姑娘嘴边一递。

苏桃满脸都写着抗拒，但宁野像是没看见一样，又朝她嘴边递近一点儿，道："乖，张嘴。"

小姑娘没办法，只好听他的话，张开小口，把那颗爆米花吃进嘴里。

之后，男人像是找到了新鲜好玩的事情一样，一颗一颗不间歇地喂给苏桃。眼见着爆米花下去了一小半，电影终于开场，小姑娘也终于有理由拒绝了。

"好啦，看电影啦！我不吃了！"

她的话一出口，男人明显无比遗憾，看了大荧幕一眼，"啧"了一声，手里的动作倒真的停下了。

看到一半，苏桃刚想换个姿势，就感觉眼前忽然一暗，双唇被人含住了。

宁野一开始吻得很温柔，慢条斯理地抽走了她所有的氧气。

小姑娘被他吻得忍不住小声闷哼了一声，实在受不住了，轻轻地推了他一把。

男人短暂地松开了她，接着又侧过头咬了下她的耳唇。只听他嗓音喑哑，在她耳边出声："我家小朋友怎么这么甜？我才吻了这么一小会儿，就感觉血糖超标了。"

放映厅里光线昏暗，苏桃软着身子窝在椅子上，视线被宁野倾过来的身影挡得严严实实。

唇齿间全是香甜的味道，男人紧贴着她呼吸时，传过来的湿热气息也带了丝淡淡的香甜味。

苏桃轻轻地推了他一下，声音也不知道是故意压低，还是被吻得没了力气，特别小。

“别闹了。”

男人笑了一下，捧着她已经发烫的小脸又吻了下，接着直起身子，没再欺负人。

电影的后半场的剧情，苏桃已经记不太清了。她只知道宁野全程都在搞小动作，一会儿捏捏她的手，一会儿俯身过来按着她吻……

到电影结束，放映厅里的大灯亮起时，男人像饱餐过后的狮子，一脸满足。他懒洋洋地站起身，大掌朝小姑娘伸了过去，说：“走吧。”说完，直接握住了她的手腕。

小姑娘此时手脚还有些软，倒是没拒绝，乖乖地跟在他后头。

他们朝外侧的走廊走的时候，碰巧从另一对情侣身前经过。那对情侣似乎在等片尾彩蛋，没急着离开，见他们过来，主动给他们让路。

也不知道是不是苏桃的错觉，她总觉得和那对情侣擦身而过时，那两个人眼神里都带了些暧昧和深意。

后来走远时，隐隐约约身后还传来两个人小声的议论——

“那个女孩子的嘴唇好肿哦……”

“你小点儿声，小心被人家听见了！”

走出电影院的时候，苏桃摸了摸唇瓣，小声嘟囔：“以后再也不和你来看电影了……”

宁野丝毫不在意，脸上的笑意越发浓了：“嗯，影院咱们确实不用来了，家里肯定要弄个小影厅，到时候在家里看。”他说完侧头看她，没忍住，又迅速在她唇边亲了下，“在家里我也不用这么克制了，可以放开了欺负我家小朋友。”

苏桃气呼呼地瞪了他一眼，却换来男人更肆意的笑。

回到老宅时，老太太还坐在客厅的沙发上忙活着什么。她听见大门的响动，知道他们回来了，便随手指了指厨房，说：“我叫阿姨炖了点儿汤，现在还在火上温着呢，你们先去喝一碗。”

宁野很久没看见老太太这副爱答不理的样子了，眉梢微微挑了下，问道：“我们家老佛爷这是怎么了？眉头中间那道印子都能夹蚊子了，谁惹你了？”

明明白天还因为苏桃回来挺开心的，怎么他和小姑娘出去一趟，回来老太太就变脸色了？

苏桃也察觉到宁老太太脸色不太对，和旁边的宁野对视一眼，无声地动了动唇，暗示宁野，宁老太太不开心是不是因为宁董。

男人脸色稍稍沉下去一些，又问道：“医院又打电话烦你了？”

“不是。”老太太“唉”了一声，接着把架在鼻梁上的眼镜一摘，“哎，奶奶和你们说件事啊，婚礼可能不能在三个月内举行了。”

宁野眉头微皱：“怎么了？”

宁老太太欲言又止，看了他们一会儿，像是下了很大决心似的，语气沉重地开口道：“大师说了，你们八字有问题，如果想婚后圆圆满满的，半年后才能结婚。”

小姑娘有些无奈：“宁奶奶，封建迷信不可取的。”

宁老太太像是料到她会说这些似的，叹口气，说：“不是奶奶迷信，关键是大师说了，你们要是不听话，定了别的日子，那以后估计会子嗣单薄。”

小姑娘完全没想到话题一下子会扯到孩子上面，原本还想说点儿什么的，但是话到嘴边又全都咽了下去。

宁野也一脸无奈，随口回了句：“正好我和苏桃能多过几天二人世界。”

这回换宁老太太无奈了，她撸起袖子摆出一副要揍人的样子：“桃桃，你先上楼，我今天非要教训教训这个臭小子不可，看他还敢不敢再乱说话！”

这场景带着亲切的熟悉感，苏桃好多年都没见过了，所以这会儿不由得抿唇笑了笑。她点点头，说：“好，那我先上楼洗漱，再收拾收拾行李。”

“去吧去吧，待会儿不论听见什么声音都别下来！”

苏桃松开宁野的手，上了楼。宁野见小姑娘走得这么干脆，眉头不由得一挑。

老太太在那头神神秘秘的，看苏桃进二楼的房间后，才悄悄地走到宁野跟前，小声对他说：“你跟奶奶说实话，你是不是那方面有问题？”

宁野顿时无语。

“大师刚刚和我说了，如果子嗣单薄的话，除了跟结婚日期，还可能有你的原因。如果你真的有毛病就跟奶奶说，奶奶是过来人，你是我亲孙子，我不会嫌弃你的……”老太太说得一脸认真，“不过要是真有毛病，咱们得跟桃桃和她爸爸实话实说，不能结婚后再说。虽然我觉得桃桃不会嫌弃你，但是该坦白的事情咱们就要坦白，不然以后会让人觉得是骗婚。”

宁老太太说完“唉”了一声，又接着说：“我就说这么多年，你身边怎么一个靠谱的女朋友都没有。我之前还跟家里的阿姨念叨，你这么大岁数了还没有……咳，会不会憋坏了……结果……”老太太一脸复杂神情，甚至还一反常态地摸了摸宁野的脑袋，像安慰似的，“没事儿，有病咱们就治，肯定会好的啊。”

苏桃上楼后，就去浴室泡了个澡。

老太太似乎特意给她收拾了房间，无论是梳妆台上的护肤品还是浴室里的洗漱用品，都很齐全。她累了一天，泡过澡洗过头之后身体的疲惫缓解了很多。

她擦着头发从浴室出来的时候，手机刚好响了两声。

苏桃拿起来看了两眼，发现是宿舍的微信群。

大玲：咳，小苏同志，到家了吗？为什么不来信？

孟佳：人家和宁野哥哥一起走的，你担心什么呀，这么晚了说不定在干什么呢，你少说两句别打扰她！

孟佳：不过我忽然想起来，之前静静说给你塞了礼物在行李箱里，我和大玲也塞了啊，你看到信息后有时间记得翻翻啊。

大玲：绝对惊喜又实用，嘿嘿嘿嘿！

苏桃看着她们发的信息，莫名就有种不祥的预感。

苏桃：你们送了什么呀？

孟佳：呦，怎么回得这么快？我还以为要明天早上才看见你的回复呢。

孟佳：好奇的话就自己去看看呀，肯定惊喜！

苏桃犹豫了一下，转身把角落里的行李箱拖了出来。

她的行李箱不算大，里面的东西也不多，所以多了什么东西一目了然。

她先是看见了一个四方的木质盒子，看着低调又精致，很像许文静平时的风格。她将盒盖打开，里面的东西瞬间映入她的眼帘，是一个栩栩如生的木雕，雕刻的是一个女孩子的背影，从发型、身材和衣服看，苏桃一眼就认出来是自己。

她很喜欢，看了好一会儿，拿着手机给许文静发了微信。

苏桃：静静，礼物看见啦，我很喜欢！

许文静：喜欢就好。

过了一会儿，那边又发来条消息——

许文静：那个……玲妈和孟佳送的东西，你最好自己单独在房间的时候再拆……

苏桃看了，心头不祥的预感更加深了。

她将那个木雕收好放在桌子上，又折返回去翻行李箱。

小姑娘在行李箱最底层翻到了一个粉红色的礼盒，盒子很扁，拿起来分量也很轻，苏桃抿着唇，将盒盖打开。

先出现在视线里面的是一对长长的兔耳朵和毛茸茸的兔尾，纯白色的，看起来很正常。但是下层的东西，让苏桃脸上的温度瞬间升高。

小姑娘根本没仔细看，匆匆把衣服叠好又塞回了盒子。

她又翻了一下，翻出一个小巧的长方形盒子。上面贴着字条，看字迹应该是孟佳写上去的："咳，这个是卖家赠送的，你就放着，以备不时之需！"

苏桃犹豫了下，将纸条从盒子上撕下来，视线落在上面半秒钟后，像是扔烫手山芋似的，把那个小盒子往旁边一扔。

她刚刚太入神，完全没察觉身后有人悄然靠近。过了两三秒，男人的声音响起："扔的什么？"

小姑娘神情慌张地回身，发现宁野不知何时出现在了身后，此刻正半弯着腰，伸着手臂准备捡起地上的盒子。

苏桃的脸瞬间变得滚烫，她急急地喊了声"别拿"，起身想阻止男人，却不想动作太急，脚下不稳直接朝他扑了过去。

宁野及时伸手揽住她的腰，将她按在自己怀里。接着举起刚刚捡起的东西，随意扫了一眼。片刻后，就听男人懒洋洋的带着坏笑的声音响起："超薄活力装？"

男人不太正经，视线从手里的盒子上挪到了小姑娘的脸上，眼底痞里痞气的坏笑特别明显。

房间里昏黄的暖光灯映着苏桃的双颊，那里很明显地快速红了起来。

“还给我！”

她紧紧盯着他，刚洗过还没干透的刘海贴在额前，一张原本就不大的巴掌脸显得更小了。

“你刚刚不是扔了吗？”宁野拿着东西的那只手臂还高高举着，还是那副痞痞的样子，“我捡了就是我的。”

苏桃知道他是故意逗人，也不再废话，准备去抢。

宁野一点儿也没在意，觉得他家小朋友难得这么活泼，更想逗弄一下她。

他举着胳膊一路后退，步子慢悠悠的，带着一丝悠闲。

小姑娘蹦了几下发觉他的意思时，没忍住，气呼呼地往前一扑。

她的动作太突然了，宁野压根没反应过来，没站稳，两个人都向后倒了下去。好在宁野身后就是床，两个人直接砸在了床上，他怕小姑娘摔着，下意识地将手里的东西往地板上一扔，伸过手臂紧紧护住了她。

苏桃刚刚洗过澡，睡衣虽然保守，站着的时候看着也和平时无异，但是里面……

所以两个人贴在一起的时候，宁野瞬间感觉到了不一样。他的脸色一下就变了，身体的某处也越来越热。

小姑娘还毫无察觉，头发凌乱地披散在后背和两侧床垫上，挣扎着想起身。

男人制止她：“先别动。”

小姑娘脖颈微微上倾，小脑袋抬起来看向他。

她身上不知道是沐浴乳还是洗发水的味道，很香，隐隐约约还带了一丝甜味，像橙子的味道。

那气息伴着小姑娘湿漉漉的眼神一起朝他这边涌过来，宁野感觉浑身上下的血脉一瞬间全张开来，带着炙热的温度，迅速在体内流淌至同一个部位。他再也忍不下去了，双臂抱紧她的身子，一个翻身，直接将人压在自己身下。

苏桃根本还未反应过来怎么回事，就感觉一阵天旋地转。

男人带着前所未有的热情，鼻端的呼吸都变得滚烫炙热，像是沙漠中困了数日的旅者终于见到了绿洲甘泉一样，单手扣着小姑娘的后脑，热烈地吻着。

苏桃明显感觉到男人的某处有了变化，她闭着眼睛被迫承受着他的热情，那一刻仿佛灵魂都在战栗。

好久之后，男人终于放开了她。

昏暗的光线下，小姑娘的双唇已经红肿，双眼也雾蒙蒙的像挂了层水光，一看就像是被狠狠欺负过的模样。

他又吻了下她的红唇，狭长的眸子里满是欲望。

“那东西哪来的？”

苏桃迷迷糊糊的，好一会儿才反应过来他问的是什么，脸颊上的温度一下子变得更高，眼皮微微垂下去一点儿，长睫遮住了一半的眼睛。

“大玲她们偷偷塞到我行李箱里面的……”

男人哼笑了两声，胸腔连带着都有些震感。

他的唇又贴了过来：“那你说……我们是不是不能辜负她们的好意？”

苏桃明白男人的意思，她想拒绝，她觉得自己还没做好准备，但是……她又能明显感觉到男人的渴望。

片刻后，她轻颤着睫毛闭上双眼，纤细的手臂缓缓抬起，抱住男人的脖颈。

他感觉到了小姑娘的回应，动作更加肆意，但是过了一会儿，他感觉到怀里的人一直轻颤不止，手上的动作微微一滞。

再抬起头时，小姑娘用力紧闭的双眼和小脸上强压的忍耐，一瞬间就进入了他的视线。

宁野瞬间清醒了，他凝视苏桃半晌，低头又吻上去。

这次的吻温柔很多，渐渐把小姑娘所有的紧张战栗都化解了，可在她明显不那么排斥的时候，他缓缓深吸一口气，停了下来。

苏桃睁开双眼，头顶上方正对着吊灯，光线直射下来，略微刺眼。

男人此刻就趴在她脖颈旁，身上的气息依旧滚烫炙热，但是苏桃明显感觉到他在强迫自己冷静。

过了好一会儿，他的气息才渐渐平稳，手肘微微用力撑起身子。

苏桃有点儿犹豫，因为她还是能感觉到那个地方强烈的存在感，所以想了想，软声开口："你……"

男人单手抚上她的发顶，又在她的额头上落下一吻。

"你什么你，我是看你今天太可怜，先不欺负你了。"说着，他又咬了下她的鼻尖，"不过别以为我会一直放过你，你欠我的，早晚我会连本带息一起讨回来的。"

第十章
吃桃子

宁野和苏桃的婚期最后还是定在了十月。

宁老太太原本想再找人好好算算的，但是也不知道怎么回事，前几天，有人举报了那个大师，说他搞封建迷信活动，被派出所叫去谈话了。

老太太纳闷，拉着苏桃说也不知道是谁那么讨厌，居然还打举报电话。

苏桃想起早上和宁野吃早餐时，他一边吃饭一边嘱咐张助理，莫名觉得这事是他干的。但宁野一点儿也不心虚，在旁边悠闲地给一老一少两人削苹果。

宁老太太还在那头嘟嘟囔囔，这边宁野的电话忽然响起来。他空不出手，头也没抬就对苏桃说：“小朋友，帮我接一下。”

小姑娘乖乖将茶几上的电话拿起来，看见屏幕上闪烁的来电人是张助理，想到对方是有公事要说，按了接通键后又按了免提。

张助理一副公事公办的语气，但说出的话出人意料：“小宁总，警局那边已经给我回应了，那位大师差不多……”

宁野听到这儿就感觉要遭殃，也顾不上手里还有苹果，连忙按了挂断。

但已经晚了。老太太早就反应了过来，骂道："你这个臭小子！我就说人家怎么无缘无故被举报呢，你到底怎么想的！"

宁老太太边说边要过来打人，慌乱间居然顺嘴把大师说的宁野的事情吐了出来。

苏桃在旁边听得一愣一愣的。后来最后老太太累了，想去休息一下喝口水，她犹豫了一下，问道："宁奶奶说的……是我想的那个吗？"

宁野简直要被气死了，后背被老太太拍得火辣辣地疼，他没来得及和小姑娘卖可怜，居然被她质疑了。

他倾过身子，咬着牙对她说："我行不行你不知道？那晚谁在我怀里连眼睛都不敢睁开来着？"

苏桃愣了下，瞬间想起那晚的事情，连和他对视都感觉有些不自在。

宁野的电话忽然又响起来，还是张助理。他直起身子，接通后语气不善："说。"

张助理根本不知道怎么回事，心惊胆战地汇报："小宁总，待会儿我们和齐氏那边有个会要开，您该出发了……"

宁野冷着脸道："知道了。"

挂断电话后，宁野面无表情地起身，原本想直接出门的，可是走了两步看身后的小姑娘还在沙发上坐着，脚步一顿，又折返回来。他什么也没说，拽起苏桃的手腕就往外走。

两个人前几天就商量好了，结婚前，苏桃暂时安心在家准备婚礼，正好也可以多陪陪苏国伟。不过最近苏国伟还在外地没回来，所以她一直住在宁家老宅，白天被宁野拉着去公司陪他，晚上就回来跟老太太商量婚礼的细节。

今天宁野去公司，她本来该跟着一起的。但是刚刚他明显被气到了，所以她一下子不知道该怎么办，就没动。

她没想到男人还会折返回来找她。

上车后，宁野没像往常那样腻歪地紧贴着小姑娘亲亲摸摸，只安静地坐在一旁看向窗外，满脸怨气。

就连前排的司机都察觉到了不对劲，开车时后背挺得笔直。

苏桃叹了口气，几番欲言又止后，实在没法子，打开手机开始找人求助。

钟佳佳前不久交了新男友，据说是个特别爱吃醋的人，平时没事就要钟佳佳去哄。

苏桃觉得钟佳佳应该最有经验，所以点开了她的微信对话框。

苏桃：佳佳……

钟佳佳：怎么了？

苏桃：你把你男朋友惹生气之后，一般都是怎么哄的啊？

钟佳佳：你把你家宁野哥哥惹生气了？不会吧？前几天吃饭的时候我看他宠你宠得像眼珠子似的，怎么可能和你生气呢！

苏桃回北城之后没两天，钟佳佳就按捺不住说要和她见一面。那时候宁野一刻都不想放她走，就提议干脆一起吃顿饭好了。

饭桌上苏桃被照顾得像个小朋友似的，虾剥好了才放进她碗里，汤晾凉了才给她喝……

不过这些也就算了，钟佳佳觉得最要命的还是吃完饭后，她姐妹的手都是那个男人拿着湿巾一点点给擦干净的！

钟佳佳酸到不行了，当天晚上回去还和男朋友吵了一架，说他连姐妹男人一半体贴都没有。

这怎么才几天不到，苏桃家那位就跟她生气了？

苏桃在这边也觉得很尴尬，她不想实话实说，犹豫了好一会儿，才发过去一行字。

苏桃：就是我质疑了一下他的能力。

钟佳佳：那个……能力？

虽然好友并没有明确说出来，但是她可以肯定对方已经知道是什么意思了。

钟佳佳：你这个问题可太棘手了，我以前都是小打小闹，男朋友吃个醋，我随便亲亲抱抱说点儿好听的也就哄好了，但你这……可能得来点儿猛药了。

宁野上车之后，其实一直等着小姑娘说点儿什么。他甚至还在后悔，那天就不应该那么轻易放过她，不然也不会让她有跟着老太太一起质疑他的机会。等了老半天也没等到小姑娘出声，他实在忍不住了，假装不经意地回头看了一眼。没想到，小姑娘在那头聊微信聊得正欢，一点儿没有想哄他的意思！

宁野要被怄死了，下车时，他一身的怨气更足了。不过他也没忘了和以前一样，绕到苏桃那边将她牵下来。

朝办公室走去的时候，宁野依旧一声不吭，但速度和以前一样，还是跟着苏桃的步调。

走了两步，他忽然感觉手臂被人扯了下，他装作没感觉到，脚步没停。

片刻后，手臂又被扯了两下，后来身后的人干脆直接停了下来。

“干什么？”宁野冷着脸，因为没冲苏桃发过脾气，这会儿语气有点儿别扭。

苏桃一点儿也没被他吓到，仰着头看他，问：“你还在生气？”

“你说呢？”

“那你什么时候不生气了记得和我说一下，我想和你一起去一个地方。”

小姑娘说话的时候笑眯眯的，宁野看得直心痒，差点儿就破功。

最后他强忍着，脸色依旧很臭，问了句："去哪儿？"

"民政局呀。"

宁野听了她的话，眉梢微微一挑。

"佳佳说明天日子不错，去领证正好，所以……"苏桃边说边摇着他的胳膊，眼睛亮亮的，里头像有星星，"你陪我去好不好呀？"

隔天天气非常好，因为昨晚半夜下了场雨，所以早上起来，空气比往常清新，就连天空都像是被洗过似的。

苏桃原本定了七点的闹钟，因为心里装着事，大清早就醒了。

她去浴室洗漱完，又抽出了一张面膜，敷在了脸上。全都收拾完毕时，时间也才到七点。

她又从包里翻出昨晚就准备好的各种证件，统一检查了一遍，实在没有事情可做，便静坐在床边。

墙上的挂钟指向七点三十分的时候，苏桃的房门被敲响了。

宁野站在门外，他正低头整理衣袖，身上穿着件白衬衫。他抬头看过去的时候，见小姑娘收拾得比他还快，甚至连包都背好了，不由眉梢微挑，打趣道："收拾这么快？"他勾了下唇，伸出双臂揽住小姑娘的细腰，"这么急着嫁给我？"

"才没有。"苏桃反驳，接着在他怀里低垂下眼睛，声音软软的，"我只是有点儿紧张……"

这感觉真的很奇妙，是她从小到大从未有过的体验。就算是上学时第一次考试，她也没有紧张到这种程度。

"紧张什么？怕我以后欺负你？"

小姑娘摇摇头，道："不是。"

"那是怎么？"

小姑娘沉默片刻，缓缓抬起小脑袋看向他，问道："我们会一直在一起吗？"

宁野一愣，他第一次听到他家小朋友问这种问题，一时有些诧异。片刻后，他搂她搂得更紧，低头吻了吻她的唇，说：“我不知道我们会不会一直在一起，但是我可以向你保证，活着的时候，会一直爱你。爱到老，爱到死。”

宁野平时也经常说些情话，但大多是为了逗苏桃，想看她听完之后脸红害羞的样子。像现在这样郑重的承诺，却很少有。

苏桃听到这些话，心猛地跳了一下，在他怀里抿着唇偷偷笑了。她不再纠结这个问题，小声说道：“咱们待会儿下楼小心点儿，宁奶奶她们应该还没醒吧？”

宁野哼笑了一声：“算了吧，咱们老佛爷天还没亮就叫我起床了，她可比咱们积极多了。”

他们下楼的时候，也不知道宁老太太在忙活什么，一会儿冲保姆阿姨喊一句“还有柚子味儿的”，一会儿又喊一句“那个花生的也来点儿”。

苏桃远远瞧见她们像是在装什么东西，茶几上一包一包堆了许多大红色的小袋子。

小姑娘诧异地看了旁边的男人一眼，小声问：“宁奶奶是在包喜糖？”

男人点点头，说：“还有喜饼。”

苏桃还想说些什么，但是那头宁老太太看见他们，忽然笑眯眯地冲苏桃招招手。

“桃桃，快来！”

老太太把她叫过去后，又把旁边包好的东西一样一样拿出来给她看。

“这一袋里面有十三块糖，一块喜饼和四颗花生。”宁老太太像献宝似的，说道，“这是奶奶在网上查的，有‘1314’的寓意，特别吉利！回头叫宁野拎着，你们去民政局后分给帮你们办手续的工作人员！”

苏桃笑着点头应好。

出门上车后，苏桃悄悄打开了一个袋子，从里面拿出块糖放进嘴里。

男人从另一边上了车，问道：“偷吃什么了？”他边问边向前凑了凑，鼻尖凑到她的小脸前，轻嗅了下，“草莓味的奶糖？”

苏桃笑眯眯地点头，甜味从舌尖一直蔓延进心里，她的心情变得更好了。

“你吃吗？”小姑娘边说边把袋子里面剩下的那些倒出来，一颗一颗看着，“葡萄味的，苹果味的，西瓜味的……”

宁野挑眉，故意说：“这些都不喜欢，我想吃草莓味的。”

小姑娘又翻了一遍，实在找不出草莓味的，犹豫着说：“那不然我再开一袋？”

宁老太太一共给了他们几十包，应该够用吧……

小姑娘还在犹豫的时候，男人忽然扳正她的脸，靠近。

“不用那么麻烦。”

说完，小姑娘的唇就被他含住了，宁野直接将她嘴里那块糖勾进了自己嘴里。

苏桃被他亲得脸红红的，余光看见司机已经把挡板升起来时，双颊更热了。

“你下次在外头别这样了……”

宁野又亲了她一下：“不行，我家小朋友太好吃了，我忍不住。”

民政局在城南，从老宅出发二十多分钟才到。

到了民政局门口，苏桃原本放松下来的心情又有些紧张。

男人的大掌紧紧握住她的手，掌心干燥温热。

“走吧，小朋友。”

小姑娘乖乖地跟在他身后，手里还拎着那袋喜糖。

今天日子确实不错，来登记的人很多。

他们进门先去填了表，工作人员给他们一人一张表格之后，指导他们如何正确填写。

填完表格，工作人员笑着指了指一旁，说：“那边拍照。”

苏桃说了声“谢谢”，原本想直接离开的，起身时被旁边的男人拽了一下。

“喜糖呢？”

苏桃下意识地看了眼工作人员，有些不好意思，从袋子里面掏出一个小红袋，交给对面的人。

“请您吃糖。”

那个工作人员笑眯眯地接过，说：“祝你们新婚快乐，百年好合，早生贵子。”

拍照的时候，宁野小声逗她：“小朋友，刚刚那人的话你听见了吧？祝我们早生贵子呢。早点儿做好准备，我虽然不急着要宝宝，但是别的确实挺急的。”

小姑娘生怕他再说出什么让人脸红心跳的话，用力甩开他的手，脚步匆匆向前，自己先走了。

男人在后头看着她有些泛红的耳尖，慢悠悠地迈着步子，笑得越发肆意。

拍照区有几对情侣在排队。

拍照的是个光头大叔，听见脚步声，他抬头随意地看了苏桃和宁野一眼，似是有些意外，说：“今天来登记的还真是一对比一对颜值高啊。”

大叔随手指了指：“你们两个站到那边，整理下衣服和头发，整理好我们就开拍。小姑娘别紧张，不用这么腼腆，长得这么好看，再笑得甜一点儿。哎！好好好！一，二，三！”

结婚证办好之后，苏桃看着手里的两个红本本，一时之间还有些没缓过神。

宁野在接电话，他一手牵着小姑娘，一手举着手机。

“嗯，办好了。已经给苏叔打过电话了，您就别操心了。待会儿我要去公司，她和我一起，家里不用准备我们的午饭，晚上回不回去随后再给您打电话……”

电话挂断之后，宁野对苏桃说：“帮我把结婚证举一下，老太太要我拍照给她看看。”

闻言，苏桃乖乖举起两个红本本。

宁老太太看见微信传过来的照片后，连发了好几条语音——

“我们桃桃真好看！我孙媳妇真好看！”

“你苏叔那边也要发过去啊！他今天早早就给我打了电话，怕你们没醒，也不敢打扰你们。啊，对了！快点儿快点儿！让桃桃正儿八经叫我一声奶奶！”

宁野眉梢微挑，把手机往小姑娘那边一凑，说：“来吧，叫一声让老太太开心一下。”

苏桃有些不自在，隔了两三秒，软乎乎地出声：“奶奶。”

宁老太太在那头很兴奋，高声回了句：“哎！”

宁野听完，在旁边“啧”了一声，又道：“老太太还真是更喜欢你，我叫了她这么多年，也没见她像今天这么开心。”

苏桃一点儿也不想和他聊这些，总觉得聊着聊着他又会找到新的话题逗自己，于是拉了拉他的手。

“不是还要去公司吗？我们快走吧。”

司机把车停在了民政局对面的停车场，苏桃和宁野过去的时候，车子附近除了司机，还多了张助理的身影。

张助理看见他们过来，张嘴就来了句："老板老板娘新婚快乐！"

苏桃有些不好意思，抿唇笑着向他道谢。

几个人一起上车后，张助理从公文包里掏出很厚一沓文件。他在前排副驾驶的位置上转身，将那些文件都交给了苏桃，说道："老板娘，这都是我们老板的私人财产，婚后就是你们的共同财产了，要过户一半到你那里，您过目一下。没有问题的话就签个字，回头我再把这些交给律师，去公证。"

苏桃有些意外地看了宁野一眼。但是他像是一点儿也不在意似的，没出声，只是一直捏着她的一只手在玩。

苏桃沉默了两秒，低声说："我可以不要吗？"

宁野的动作一滞，张助理也有些意外。

张助理尴尬地笑了笑，一时之间都不知道该说什么好。听到宁野吩咐"把挡板升起来"后，他才悄悄松了口气。

后来前排后排彻底隔开了，张助理悄悄问了司机一句："怎么回事？两人吵架了？"

不然没理由拒绝呀，那么多钱啊！

司机摇摇头，一脸不解地说："没有啊，看着挺开心的！"

"是吗……"张助理小声嘟囔，还是有点儿不太相信的样子。

后排。

宁野一把将小姑娘抱到了腿上。

"为什么不想要我的钱？"

小姑娘在他怀里，也没看他，小声回："为什么要你的钱呀？"

"因为我们是夫妻了，刚刚领了证，合法的，我的就是你的。"

"可是我现在不需要啊，我自己也有钱，而且未来我也不可能一直不找工作，上班之后我自己也会有收入的。"

宁野看着她，眼神微微沉了沉。

"你是怕别人说闲话？"

“不是。”苏桃摇摇头，“如果我怕这个，当初决定结婚的时候肯定会犹豫，我只是单纯觉得我不需要这些钱……”

“你不需要，我需要。”宁野揽着她的腰，难得认真地解释道，“小朋友，未来太长太远了，我也不知道什么时候会不会发生意外。我爱你，想和你共度余生，但是我也害怕万一有一天我病了，或者出了什么意外……”

他话说到这里苏桃就听不下去了，抬起小手捂住他的嘴，打断他：“不许乱说！”

宁野拉开她的手，又顺势吻了下她的唇。

“不想我乱说话，就把这些文件都签了。”他说，“这些东西对你来说可能不重要，但对我来说是能让你的后半生有保障，也能让我安心的东西。所以就当是为了我，把这些东西都收下，嗯？”

到了宁氏总部，苏桃下车时把刚刚那沓文件还了回去，说：“字都签好了，如果还有什么需要，随时可以找我。”

张助理赶紧接了过来，还不由得感叹，他们老板果然厉害，什么情况都能搞定！

苏桃跟在宁野身边走进办公室，她来公司的次数多了，大家也从秘书处了解到了她的身份，目光没有之前那么暧昧了，而是多了一丝羡慕。

去了顶楼，宁野将小姑娘安排到办公室后，就跟着张助理去开会了。

苏桃最近时间充足，前两天报名参加了一个程序大赛，最近来宁氏总部除了陪宁野，其余时间她都在电脑前面敲敲打打。

没过多久，办公室的门被人敲响了。

苏桃头也没抬地说了声：“进。”

是秘书处的秘书。

他端着餐盘，里面是水果和小零食，还有一杯牛奶。

苏桃笑着说了声“谢谢”。

秘书礼貌地回应，片刻后，像是没忍住似的，说：“老板娘，祝你和老板新婚快乐！”

苏桃听他这么说很意外，转念想了想，问：“是张助理告诉你们的吗？”

“啊？不是啊，老板刚刚不是发了朋友圈吗？现在截图都在公司上下传疯了！”

苏桃完全不知情，秘书出去后，她第一时间拿出了手机，翻开朋友圈。

宁野确实发了朋友圈，而且内容特别简单，只有两张照片，一张是之前拍给宁老太太的那张结婚证照片，还有一张是不知道什么时候偷拍的她睡觉时的照片。

宁野：好了，终于把小朋友拐回家了。

底下一排评论，都是祝他新婚快乐的。

苏桃弯了弯嘴角，不知道为什么，她的心一下子变得幸福又踏实。半晌，她也在那些评论底下添了一条：宁先生，新婚快乐！

接下来的时间，苏桃一直积极地和宁老太太一起筹备婚礼。

定流程，选喜帖，甚至连她和宁野的新房装修也是她和设计师一点点敲定下来的。

挑选喜帖和整理宾客名单的时候，苏桃干脆就在宁野办公室进行了。

当天，宁野一大早就有一场会，苏桃和他一起到公司后，就轻车熟路地去了顶楼。

秘书处的人和这位小老板娘相处得极好，偶尔趁宁野不在时，还会凑在一起和她聊聊天。

这次见她上来，手里又拿了一堆喜帖，他们都围过去问她有没有定下来婚礼时间。

苏桃点头，脸上温和含笑：“暂时定在十月十六号。”

有人还特地看了看日历，之后说：“那不就只剩两个月不到了吗？怪不得宁总最近老是加班加点赶项目。”

苏桃前不久一直和设计师商讨装修细节，晚上也是回苏家和苏国伟一起住，所以不太清楚宁野这边的情况。

偶尔晚上打电话，她听见敲键盘的声音时，也会叮嘱他早点儿休息，他每次都答应得好好的，但事后有没有照做她就不知道了。这会儿听见有人提起宁野加班的事情，她沉默了，过了一会儿问道：“他最近一直在加班吗？”

秘书点点头，说：“最近公司有新项目需要跟进，以前积压的事情也有没处理完的。宁总又没空出差，很多事情都要线上办公，所以还挺忙的。老板娘，你确实该管管小宁总了，我昨天还看见张助理急急忙忙从外头买了胃药给他送来，估计是最近太忙太累，没休息好，饮食也不规律，所以胃病犯了。”

苏桃皱了皱眉，点了点头没再多说，拿着东西进了办公室。

宁野忙到中午才回来，手里还拿了一份需要紧急处理的合同。他推门进去办公室的时候，就见他家小朋友正窝在办公室待客区那边的茶几旁忙活着。

茶几上铺满了各种样式的喜帖，她跟前则放着几张打印纸，上面是老太太给她归纳的一些名单。

听见动静，苏桃抬起了头。

宁野走过来，倾身含住她的唇瓣，轻吻了几下。

“辛苦你了，过些日子等我忙完，剩下的事情都归我做。”

苏桃也不觉得辛苦，所以摇了摇头。她像是想到了什么似的，赶紧说了一句：“吃饭吧？我刚刚去食堂打了饭菜上来，今天食堂做了红烧小排和清炒虾仁，我尝过了，很好吃的。”

宁野看她关心自己，心里特别满足。不过他确实有事情要忙，又亲了亲她之后，说：“待会儿吃吧，我要处理一份合同，一个小时之后需要发出去的。”

苏桃见他往办公桌那边走，欲言又止，最后还是忍住了没多说什么。

宁野工作的时候和平时完全不一样，此刻进入了工作状态，脸上原本慵懒散漫的神色渐渐被沉着专注取代，他微低着头垂眼看着文件时，周身的气场也越发强大。

苏桃在手机上设置了一个小时后响的闹钟，随后继续忙自己的事情。

张助理来得特别准时，闹钟响起来的前五分钟，张助理在外头敲响了办公室大门。

宁野喊了声“进”后，张助理推门走了进来。

他看见苏桃的时候，满面笑意地喊了她一声：“老板娘。”

苏桃和往常一样，礼貌地点点头。张助理也没多浪费时间，径直走到宁野办公桌前。

“宁总。”

宁野头也没抬，眼睛低垂着核对着合同最后一页的几项信息，他在上面涂改了一个数值后，又前后翻看了几遍，才神色淡淡地将合同交给张助理，吩咐道：“这个合同重新打印一份，你再亲自核对两遍，如有任何问题都及时找我。”

张助理点头。

苏桃一直安静地在旁边看着，见张助理离开，她赶紧起身拿起打好的饭菜朝宁野那边走过去。

“快吃饭吧！”小姑娘看着他，不由得皱了下眉头，“下次再有这种着急的事情，最好把用餐的时间空出来，不然胃病又犯了怎么办？”

宁野抬起手臂拽着苏桃直接把她拉进自己怀里，又在她的唇上吻了下，说：“秘书处那几个人告状告到你那里了？”

苏桃的眉头皱到了一起：“什么告状？难道你生病了，他们不应该和我说？”

“应该应该！”

宁野特别喜欢看他家小朋友发些小脾气，尤其这会儿还是因为他才这样，心里早就乐开花了。

“等有时间我叫他们建个群，你随时让他们报备我的情况，我这边有任何异动，你都能第一时间知道，怎么样？”

“不用，你按时吃饭就好了。”小姑娘想了想，像是又想起什么似的，说道，“还有，戒烟戒酒。”说完，她探着小脑袋往跟前凑了凑，像是在闻他今天有没有偷偷抽烟一样。

她靠近的时候，头顶的发丝一直在宁野下颌处隐隐约约徘徊着，他被撩得心头发痒，实在没忍住，将人扣在怀里又是一通深吻。

分开的时候，他故意在她耳边呵气，笑得坏极了：“检查好了吗？我嘴巴里面有没有烟味？”

小姑娘被他欺负得眼睛都湿漉漉的，听完他这话，推了他一把。

“你正经点儿……”

“我怎么不正经了？”他又痞里痞气地勾勾唇，在她的红唇上面亲了下，“我这不是很主动地在配合你检查吗？”

这顿饭，宁野是抱着苏桃吃完的。他一边吃一边还不老实，亲亲抱抱一直没停，搞得小姑娘没吃什么，双唇却沾了不少汁油。

吃过饭后，两个人都各自进入了工作状态。

下午宁野又开了一场会，再回来时，苏桃有事先离开了。

宁野没太在意，像往常一样开了电脑继续办公，结果往办公桌这头一绕，忽然瞧见了电脑显示屏上面多了几张便利贴。

便利贴的颜色各不相同，都是浅浅的暖色调。上面有小姑娘的字迹，小巧娟秀，很好看。

“六点按时下班的话，你会收获一个给你做甜品的小朋友。”

“八点下班的话，你会勉强收获一个给你打电话说‘晚安’的小朋友。”

“超过十点下班，且还不按时吃晚饭的话，你会收获一个隔天不接电话且还会去找奶奶告状叫她修理你的小朋友！”

宁野看见这几张便利贴，心里一软，原本已经打开的电脑，在下一秒忽然又被他关机了。

他捞起椅子上的外套，边拨号边往外头走。

秘书处的人以为宁野今天又要加班，还商量着晚上订哪家饭店的晚餐呢，没想到今天六点还没过，就见宁野收拾东西出来了。

张助理最先意外地站起身，惊讶地问道：“宁总，您这是要下班了？”

宁野手里还举着手机，随意地点了点头。片刻后，听筒那边的人接了电话，他脸色瞬间变了，勾唇含笑，和交代秘书公事时完全不一样。他说：“我下班了，今天还没到六点，有奖励吗？”

自从苏桃严加管束之后，宁野拼命加班这件事终于得到了解决。

日子倏然就到了九月中旬，苏桃更加忙碌了。婚纱礼服，头饰项链，甚至连婚礼那天要穿的鞋，都有十几款需要换试挑选。

宁老太太想给两个孩子最完美的体验，这次可谓下足了功夫。

苏桃其实对这些事情不太在意，几次想劝老人家别这么忙了，但是又不忍拂了她的好意，所以一直乖乖配合着。后来宁野看不下去了，趁着他公司周年庆时，找了个参加活动的理由拉着苏桃出来透透气。

宁野现在虽然一直在宁氏总部这边忙着，但是他自己公司的业务也在参与。日常的小事交给他聘请的总经理处理，大项目和未来规划发展，他都会亲自敲定。

这次周年庆其实他不想去的，但是他看老佛爷把苏桃折磨得太可怜了，便把人拉了出来。

坐上车时，苏桃明显松了口气。她靠在宁野的怀抱里，犹豫了好一会儿，说："我们这么骗奶奶会不会不太好呀？"

宁野揽着她的腰，挑了下眉："我们骗她什么了？"

"说是去参加周年庆啊……"

"谁跟你说这是骗人了？我的公司今天确实周年庆。"

苏桃将信将疑。

宁野带她去了市中心的一家酒店，是公司提前定的活动场地。

宁野带苏桃过去时大家已经玩闹了一个多小时，大家看见他们过来，还有些意外。

"老大，你终于来了！我还以为你又要放我们鸽子了呢！"

说话的是个胖子，戴着眼镜，见宁野过来，一路从里头跑过来。他停在宁野跟前时才注意到苏桃的存在，一脸惊喜地喊道："这是嫂子吧！"

宁野现在神情比在宁氏总部时放松很多，听见那个胖子的话，抬手揉了揉小姑娘的脑袋，回道："嗯，确实是我们家小朋友。"

里面全都是一些"技术宅"，听见宁野的话之后，齐齐大声喊了句："嫂子好！"

苏桃被这些人的反应吓了一跳，随后浅笑着对他们点头回应。

那晚的气氛相当不错，宁野比平时放松很多，在和他曾经并肩战斗过的那些人身边，他不用那么累。

苏桃看在眼里，也跟着他一起放松开心。

时间过半，流程走到了玩游戏的环节。有一项正巧是男女搭配的游戏，原本参与的情侣是够的，但是谁想有一对儿临时有事没来，现在就有了空缺。之前喊得最欢的那个胖子反应很快，立马起哄说让宁野和苏桃上。

宁野心情很好，含着笑低头问苏桃：“和我一起上去玩吗？”

苏桃在上大学的时候经常参加活动，这种时候倒也不露怯。

游戏是很普通的两人三足，绕着场地一圈，先到达终点的获胜。

宁野和苏桃配合得很不错，平时两个人又都有运动的习惯，所以一路领先，和那些“技术宅”们拉开了很长的距离。

获胜之后，现场的人都鼓掌起哄，胖子叫得依然最欢：“老大，你是不是知道第一名的奖品是什么，所以才拉着嫂子这么拼命，哈哈哈！”

宁野挑了下眉，又问：“第一名奖品是什么？”

“耐妮酒店的豪华套房券啊！哈哈哈！”

耐妮是北城很有名的主题酒店，顾客大多是情侣。

胖子说完，在场的人都开始起哄。

苏桃尴尬得不行，找理由溜了出去。只不过让她没想到的是，她居然见到了一个意料之外的人——陈念，苏桃很久很久没见过的生母。

对方明显是冲着她来的，见到她时，连忙跑了过来。

“桃桃！”

苏桃有些排斥她，不由得向后退了一步，说：“您有什么事站在这里说就可以了，不用靠得太近，我能听见。”

陈念显然被她这个反应伤到了，脸上隐约带了难受的神情：“桃桃，我知道你还在怪妈妈，但是有的事情我知道了，还是要和你说！”陈念深吸一口气，接着道，“我之前就听阳阳说过，你好像找了她姐姐的前男友做男朋友？有这么回事吗？”

其实楚阳阳的原话比这个难听多了，她说苏桃是倒贴上去跟了宁野，还说宁野对苏桃只是玩玩而已。

陈念原本不太相信，她觉得苏桃的性格极为稳重，不像是见到钱就迷失自我的人。可是今天她陪现任丈夫参加合作方的年庆活动，偶然看见苏桃被那个宁氏总裁搂着腰进了酒店，她才忽然觉得，她可能真的不了解这个女儿。然后她就瞒着丈夫悄悄跑出来，想着能不能单独找苏桃聊一聊。

想到这儿，陈念决定抓紧时间，好好把握这个难得的机会。

“我知道你和阳阳一样，已经顺利毕业了。D大是国内数一数二的大学，这个学校的就业情况绝对不会差的。你听妈妈的话，和那个男人断了联系，你根本不知道他以前是什么样的人，绯闻满天飞不说，还曾经伤害过阳阳她姐姐……总之，他根本不值得你浪费青春！”

苏桃原本只是有些不耐烦，此刻脸色彻底冷了下去。

陈念像是没看到一样，还在絮絮叨叨：“你别觉得妈妈说话难听，我真是为了你好！你就算现在觉得和他过得不错，但是以后呢？他那种家庭，不可能找……家世普通的女孩子！妈妈现在非常担心你，怕你会被骗得什么都不剩！所以你听妈妈的话，趁感情投入还不深，赶紧和他断了吧！”

苏桃默默看着她，陈念有些不自在。苏桃忽然开口：“其实我一直都想问你一句，为什么你每次都这么自以为是，觉得你的想法就是别人的想法？当初你和爸爸的事情是这样，现在我的事情，你依旧是这样。你来找我说这些话，难道不是觉得，你另一个女儿都没能留下的男人却喜欢我，这件事情太不符合逻辑了，所以你才觉得我被骗了，对吗？”

陈念的表情一时变得讪讪的。

苏桃说得没错，陈念就是这么想的。她觉得楚灿灿的背后至少还有她现任丈夫做支柱，现任丈夫的身家背景比苏国伟强了不知道多少倍，这种家庭的孩子都没能留住那个男人的心，苏桃这样的……

怎么可能呢？

她知道她没有对苏桃尽过一个母亲的责任，但她毕竟是她的亲生妈妈，所以她想用最委婉的方法来提醒苏桃。想到这儿，她又叹了口气："桃桃，妈妈不是瞧不起你，只是……咱们有时候得面对现实，从家庭这方面来看，你爸爸能给你的东西确实不如灿灿她爸给她的多。你想一下，灿灿那样的女孩子都留不住那位宁总，你有可能吗？"

陈念的话说完，苏桃还没来得及回应，身后就忽然响起宁野的声音："什么有没有可能？"

陈念吓了一跳，苏桃也缓缓回过身。

只见宁野快步朝这边走来，像要证明身份似的直接搂住他家小朋友的细腰。

"怎么回事？"他的话是冲苏桃说的，但是眼神一直凉凉地落在陈念身上，"她怎么在这儿？"

陈念赶紧说："宁总您别误会，我今天是跟我先生受邀来参加贵公司的活动的，碰巧看到桃桃，就和她聊了几句。"说到这里，陈念又补充了一句，"您可能不知道，桃桃是我的女儿，我和她爸爸早年分开了，所以……"

"我知道你，我们以前见过。"

陈念听了宁野的话，一时间有些意外。她想了好一会儿，忽然想起之前在苏桃学校外咖啡厅的那次见面。她的心不由得一跳，满脸不可置信："你……"

宁野这两年的气质和当初相差太大了，而且那次陈念也完全没把那个突然出现的年轻男人放在眼里，近期偶尔跟着她现在的老公在酒会上碰见他，也完全没往一处联想。现在这么看……他和苏桃，在一起很多年了？

陈念完全不知道该说什么，甚至有些后怕。

气氛正尴尬，她包里的手机忽然响了起来。是楚阳阳打来的，陈念本来想拒接的，但是一紧张，直接按了接听键。

酒店走廊现在异常安静，楚阳阳带着火气的声音从听筒那边传了过来：“你怎么回事？我不是叫你晚饭准备螃蟹吗？买不到新鲜的，你就给我想办法！擅自换成别的菜算怎么回事？还有，我的卡是不是你撺掇爸爸给我降额度的？你是不是闲的？！我每个月花十几万还是几十万，那都是我爸爸的钱，你凭什么管我！叫你一声‘阿姨’是抬举你！要不是这两年看你伺候我和姐姐还不错的分儿上，我们早让爸爸把你赶出门了！你自己什么身份，心里没点儿数吗？在我们楚家，你顶多就是个高级保姆！你多管什么闲事啊！”

楚阳阳可能是气急了，噼里啪啦说了一堆，完全没考虑陈念这边的情况。

陈念像是被人当众扇了几巴掌，脸上火辣辣的。她原本想直接挂断的，但是又怕楚阳阳事后再乱发脾气，于是赶紧将听筒贴到耳边，赔着小心，说了句：“阳阳，阿姨这边有点儿事，回头再给你回电话，先挂了。”

楚阳阳那边又喊了句什么，苏桃没听清。

宁野此刻满脸的嘲讽，语气也意有所指：“你还是多管管你的继女吧，我们小朋友这边什么事情都不用你操心。下次再让我碰见你跟她乱嚼舌根……”

男人话未说完，就被苏桃截住了。她脸上没什么表情，对待陈念还不如对待陌生人：“陈女士，你今天所提出的疑问，我现在就全部回答你。第一，你所谓的大女儿的前男友，现在是我的合法丈夫。我们两个月前已经领了结婚证。第二，我不觉得我没有一个显赫的家庭就是什么丢人的事情，相反，我很珍惜我爸爸给我的一切，甚至我还很庆幸，我是被爸爸带大的……”苏桃说着顿了一下，看着陈念的眼神也越发沉郁，“第三，我希望以后你不要再打着身为母亲为了我好的旗号，来和我说任何事情。我现在已经成年了，有自己的判断能力，不需要你来指点迷津，同时我也不希望我变成你找存在感的对象。你如果母爱泛滥，可以去找你的两个继女。从刚刚的那通电话看，你们的关系似乎并不好，你如果还有精力，可以去修复一下你们的关系。”

苏桃这番话说得慢条斯理，听着一个脏字也没有，情绪也很平稳，但是陈念的脸被她打狠了。

陈念从一开始的不敢置信，变成后面的尴尬，再到最后的不安……看到苏桃准备转身离开，她忍不住叫了一声：“桃桃……”

苏桃没有回头，拉着宁野直接离开了，一丝犹豫也没有。

上车之后，宁野害怕他家小朋友情绪低落，一直故意逗着她。

苏桃被他搞得哭笑不得，过了一会儿，很认真地对他说了句：“我没事的。”

宁野抬手温柔地揉了揉她的发顶：“我当然知道我们家小朋友不会被那种女人影响心情，但是我就是想哄哄你。”说着，他亲昵地凑过去，额头抵住她的额头，“我们家小朋友这些年辛苦了，以后我疼你。”

苏桃不由得眼中含笑，心里仅有的一丝难受也在这一刻被抚平。

她伸出双臂抱住男人的腰，本来想说些什么的，但是无意间摸到他口袋里好像多了什么东西，问道：“口袋里放了什么呀？”

宁野眉梢一挑，从口袋里面掏出一张小卡片，上面写着——“耐妮主题酒店 VIP 套房”。

“你怎么领了这个奖呀？”

“这是咱们比赛赢的，凭什么不领？”宁野边说边坏笑着朝小姑娘靠近，“怎么样？今天想不想跟我去酒店一日游？”

苏桃沉默半晌，最后，缓缓地抱住他，将小脑袋埋进了他怀里。

“这个套房贵吗？”

宁野一愣，完全没想到她会说这个。他还没完全反应过来，就听他家小朋友忽然又说了句："要是贵的话，就去吧……不然有点儿浪费。"

第十一章 跟我回家吧

苏桃一觉醒来，发觉四周的光线暧昧又昏暗。她吃力地睁开眼，男人胸前流畅的线条直接撞进了她的视线，昨晚的事情一下子涌了出来……

她想动一动，抬一抬胳膊，紧紧搂着她的男人就醒了。

宁野睡得不算沉，昨晚小姑娘在他怀里睡着之后，他还亢奋得有些蠢蠢欲动。

如果不是看她太累了，他真的不想就那么放过她。

他出去买了药，回来小心翼翼地给她涂了一些。醒过来之后，他将苏桃搂紧，轻吻了下她的发顶，问：“难受吗？”

两个人挨得很近，他的双臂像铁链似的紧紧扣着她的细腰。

她赶紧点头，可怜兮兮地看着他：“难受，特别难受。”

小姑娘睡醒后脸色红润，粉嫩的脸蛋像软桃一样，宁野看得心痒，低下头又吻了她一下，说：“好了，我不欺负你了。”

宁野说话算数，说不欺负她了就真的松开手。穿好衣服后，他抱着苏桃去了浴室，老老实实伺候她洗漱。

这种事情宁大少爷还是第一次做，手法不怎么熟练。帮她洗漱完之后，他双手撑在她身子两侧，倾身向前凑了凑，说：“帮我刮胡子？”

宁野下巴上有一层细密的胡茬儿，不仔细看不明显。小姑娘凑近看了看，随后点点头。

酒店的剃须刀不是电动的那种，剃须水的泡沫打上去之后，苏桃小心翼翼地抬起手。她动作很轻，怕刮破他的皮肤。

刮得她差不多了之后，她看着他问：“这样可以吗？”

说着还想往旁边让一让，让他自己照镜子。

哪想男人脑袋往前一探，说：“你感受一下。”一边说一边用下巴蹭小姑娘的脸。

苏桃觉得有些痒，不由得向旁边挪了挪。

“好了，别闹啦。”

重新回到房间时，苏桃正害羞着，套房的门忽然被人敲了两下。

宁野抬手揉了揉她的发顶：“你先待着，我去开门。”

他说完就朝外头走去，还随手关了门。

敲门的是张助理，他手里拎着两套衣服，是按照他们小宁总的吩咐买来的男装和女装。

说实话，他现在站在这里还觉得很不可思议。

他跟在小宁总身边也很多年了，也经历过他绯闻不断的时期，可是张助理从来没有像现在这样，一大早被吩咐来酒店送东西。

今天接到小宁总的电话，张助理简直像个老父亲一样，别提多激动了！

宁野赤着上半身，随意穿了条裤子就出来了。

张助理眼神不自觉向上飘着，看到小宁总肩膀上头那几条暧昧的红印子时，笑容越发灿烂。

“宁总，您交代的衣服我都带来了，我……”

宁野没给张助理啰嗦的机会，一把将他手里的袋子接过来，刚想顺手关门，片刻后，又像想到了什么，说道：“今天我休息一天，有处理不了的急事再找我。”

张助理连连点头：“应该的应该的，宁总您确实应该陪陪老板娘了，尤其还是这种……”

“啪”。

不过他丝毫不在意，甚至还提高音量，隔着门朝里面喊道：“宁总，您尽管陪着老板娘，今天公司所有事务我都会认真处理的！绝对不烦你！”

宁野重新回到房间时，苏桃还裹着被子一动不动地坐在那儿，看着特别乖。他拿着袋子上前两步，俯身吻了下她的唇，说道：“我叫人送了一套衣服过来，要不你将就穿穿？回头我再陪你去商场多买几套。”

苏桃当然没意见，缓缓点了点头。接着，像想到了什么，问了句：“你待会儿不去公司了吗？”

“不去，今天陪你。”他边说边拆袋子里面的那套女装，“出来，我给你穿衣服。”

两个人昨晚才第一次亲密接触，苏桃还没适应，怎么肯让他做这种事？她脸红红地摇摇头，对他说：“你去外面，我自己换。”

小姑娘拿着衣服去洗手间的时候，悄悄看了眼镜子。虽然早就有了心理准备，但是真正看见的时候，苏桃还是吓了一跳。她又看了一眼那套新衣服，很不巧……还是低领。

她忽然不想出去了。

宁野换装完毕之后，一直安静地等在外面。他原本不着急的，但是看了看时间，见快半小时了小姑娘还没出来，便抬手敲了敲门，喊了一声：“桃桃？”

里面有窸窸窣窣的响动，只不过没人开门。就在他想再敲一遍的时候，门终于开了。

小姑娘换好了衣服，只不过一直垂着脑袋，往外走，也不搭理他，路过他身侧的时候嫌他挡路，还伸手推了他一把。

宁野挑了下眉，快步追上去。

“怎么了？”

苏桃本来想忍着的，但是一听他这语气，一下子没忍住，说：“不是说了脖子要露在外面，不能太用力吗……”

后面的话，苏桃实在不好意思说出来，但是宁野在那边也听明白了，一时觉得有些好笑。

“那我就是控制不住啊，怎么办？”他边说边上前搂住她的腰，低头含笑着看她，“我家小朋友处处都是香的，我哪里都想好好亲一遍。”

苏桃这次没被他糊弄住，嘴巴撇了撇：“明天还要试婚纱……现在这样子怎么办啊？”

设计师之前给苏桃设计了一套婚纱，但是宁野和宁老太太都不太满意，苏桃也觉得风格不太适合她。

设计师又设计出了一套新的，约好了明天去试穿，顺便看看有没有哪里需要改动。婚纱样式再保守也不可能捂住每一寸肌肤，所以苏桃担忧起来。

宁野没觉得有什么，随口说：“你不就是怕被老太太看见吗？反正明天我陪着你，老太太不去也成。”

苏桃有些意外，仰头问他：“你今天不去公司，明天有空吗？”

“当然。”宁野低头亲了她一下，“我家小朋友的事情最重要。”

隔天天气不错，他们出发时，时间还很早。

宁老太太送他们出门，嘴里还在不住地嘟囔：“惊喜明明应该给这个臭小子留着吧，他才是新郎官，跟我这个老太太怎么还神神秘秘的啊！”

苏桃有些心虚，压根不敢说话，倒是宁野，还在那里一本正经地瞎编：“老太太您是真糊涂还是装糊涂啊，我虽然这么说，但怎么回事儿您还不懂？我们家小朋友第一次试婚纱，最想看到的当然是我啊。这叫仪式感！”

宁老太太还是觉得奇奇怪怪的，依旧嘟囔：“屁事倒不少。”

老太太朝苏桃看过去，发现她今天莫名其妙系了条纱巾。

“桃桃，你大热天捂着那个干什么啊？快摘了，最近气温这么高，戴那些花里胡哨的东西多难受！”

苏桃顿时神情尴尬。宁野赶紧来解围，劝老太太赶紧回去。

上车之后，苏桃还觉得尴尬。

宁野一下子将她抱到自己腿上，说：“行了，别想了。”

他边说边想替她把纱巾摘掉，但是被小姑娘果断阻止。

“不能摘。”

“怎么不能摘了？多热啊。”宁野挑着眉道，“现在就我和你，怕什么？”

司机早在他们上车之前就把挡板升起来了，特别有眼色。

但小姑娘还是很坚持，依旧摇头：“反正不摘。”

宁野被她一本正经的小模样逗得心痒，捏着她的下巴吻了过去，也没再劝。

下车的时候，苏桃气呼呼的，一点儿都不想搭理身后的男人，自顾自地往前走。

男人跟在后面，一脸满足，像极了吃饱了的大猫，慢悠悠地迈着步子。

到了婚纱店，经理亲自出来接人，她满脸热情，招呼道：“宁先生！宁太太！”

宁野快步上前，搂住了小姑娘的细腰，脸上没有刚刚和她单独相处时的样子，神色淡下去许多。

他冲那名女经理点点头，没多说什么，带着小姑娘走了进去。

苏桃被人带进去试婚纱，宁野就安静地等在外头。直到他家小朋友穿好婚纱，幕布缓缓被拉开。

婚纱的设计非常简约，纯白色，一字肩，没有繁杂的花纹，裙摆上点缀了无数碎钻，给人一种精致又华丽的感觉。

小姑娘本身就很温柔，配这种样式最合适。

这会儿她安静地站在那儿，像极了城堡里等待王子的公主，漂亮得让人惊艳。

宁野眸色加深，几步上前，定在苏桃跟前一直没出声。

她仰着头，有些不自在地看着宁野，问道："好看吗？"

"好看。"

何止是好看，宁野心想。看着他家小朋友穿上婚纱，他心里头就涌出了一个念头——

他以前的隐忍和发了疯一样的拼命，在此刻忽然有了意义。

他等待多年的宝贝，终于要和他回家了。

十月十六日，农历初八，宜嫁娶。

那天天气特别好，苏国伟一大早就下了楼，拿着红纸和喜字，贴在小区的井盖和大门上。

苏国伟贴好了喜字，又给街坊发了喜糖和喜饼，忙活了一个半小时才上楼。

楼上，造型师和婚礼流程负责人已经守在苏桃身边，小姑娘刚把婚纱换好，这会儿坐到梳妆台前，准备让造型师给她化妆。

几个室友和钟佳佳是伴娘，昨晚住在了苏桃家，这会儿也都换好了衣服，化好了妆，在房间里陪着苏桃。

钟佳佳的性格和大玲的差不多，很快就和她们打成了一片。

这会儿看着苏桃换好婚纱，还没化妆，大玲不由感叹了两声：“之前我们毕业的时候就说好了，以后结婚给彼此做伴娘。谁能想到，咱们苏同学的人生进度从毕业后跟坐了火箭似的，才三个多月，直接领证办婚礼一气呵成了！”

大玲语气虽然夸张，但说的是事实。

孟佳和许文静听完，在旁边也不住点头。

不过钟佳佳的重点没放在这上面，她从昨晚看见苏桃的婚纱之后就一直夸，现在看见苏桃穿在身上，眼睛里头又开始冒起了星星。

“哎，桃桃这件婚纱真的好好看，如果不是我家男朋友现在赚钱太少，我真想让他也给我买一件囤着。”

孟佳在旁边接话：“还可以吧，我觉得主要还是咱们桃桃好看，所以婚纱穿在她身上就更漂亮了。”

造型师是北冬介绍的，据说化妆水平一流。一个小时不到，苏桃在她手下变得比以前更漂亮了。

此刻苏桃坐在镜子前，一头漆黑长发披散在身后，两侧有两股编了花样的细发松松地揽在脑后，发顶上戴着头纱。

造型师将她原本的优势放大，原本一张温柔好看的小脸，此刻平添了不少妩媚，尤其是一双眼睛，漂亮得惊人。

苏桃站起来转身的时候，几个室友和钟佳佳一脸惊艳。

“不是，新娘子都这么好看吗？”

“做什么梦呢，肯定只有咱们桃桃这样啊！”孟佳边说边拿出手机拍照，“不行，我得拍个照发朋友圈，桃桃今天真的太好看了，我必须显摆显摆！”

苏桃觉得她太夸张了，刚想说两句，外头忽然有人敲了敲门。

“桃桃，你们准备得差不多了吧？”是苏国伟的声音，“时间快到了，宁家那边刚刚来了电话，说宁野他们已经出发了。”

苏国伟的话一下子让屋子里面的人紧张起来，几个伴娘原本还挺悠闲的，这会儿也都开始忙了起来。

北城结婚的老风俗，新郎带人过来时，娘家人要堵门，还要藏婚鞋。男方闯关成功之后，才能顺利把人接走。

宁老太太和苏国伟都是老派的人，所以建议就按照北城原有的婚礼流程来。

苏桃和宁野在这些问题上一向不多发表意见，也就默认了。

这会儿屋子里面鸡飞狗跳的，几个小姑娘选着藏婚鞋的地方，最后商量着直接塞进苏桃放在书架上的小书包里面。

那个书包是苏桃高中时背的，粉色的，不怎么起眼，随意放在书架最顶端，最容易让人忽略，一般人不会想到有东西藏在那里。

藏好婚鞋之后，几个姑娘又商量着待会儿怎么整宁野和伴郎。

她们之前就在网上搜了好多法子，有两个苏桃看见都觉得好难，但是她们跃跃欲试。就在她们还没商量好选什么整蛊游戏时，苏桃的手机忽然响了一声，是宁野发来了微信。

宁野：杨凡他们怕待会儿被整得太惨，让我问问你，你们准备玩什么，他们早做准备。

苏桃不由得抿唇笑了笑，回复过去。

苏桃：佳佳她们早就嘱咐过我，不准我放水。

宁野：那待会儿我跟着一起受苦怎么办？你舍得？

苏桃脸上笑意加深。

苏桃：舍得呀。

宁野：真的？

宁野：那行吧，我家小朋友都这么狠心了，我以后也不能再心软了，不能再听你叫几句“好宁野哥哥”就放过你了。

小姑娘气呼呼地把手机往旁边一扔，任那头再发什么也不再回复了。

接亲队伍到来后，苏家的客厅一下子变得特别热闹。

宁家旁系的亲戚不少，出了宁怀那件事之后，很多站在岸上观望的人都一下子站在了宁野的阵营。虽然看似很虚伪，但是大家都懂得表面功夫要做到位。所以他们今天也都跟着一起过来参与接亲，尽量烘托气氛。

有个年纪比宁野大几岁的堂哥笑闹着起哄："宁野！时间到了，快点儿敲门接新娘子了！"

杨凡也在旁边深吸了一口气，点点头，说："对，来吧，早死早超生，我准备好了。"

刘博今天也过来了，小大人似的穿着一身笔挺的黑西装。听了杨凡的话，他不由皱了皱眉头："杨凡哥，今天不能说不吉利的话……"

"你怎么也跟你们家老佛爷一样了，小小年纪装什么深沉。再说了，待会儿你杨凡哥我是真的要吃苦啊，我叫叫怎么了？"

杨凡说完就感觉旁边一两道冷飕飕的目光射了过来，他不回头也知道是谁在看他，一时有些尴尬，轻咳了两声，又道："不过为了我兄弟，吃点儿苦我也乐意！"

宁野没搭理他，手里拿着捧花，抬手敲了敲门。

在几个伴娘的"刁难"下，杨凡和其他几个伴郎都遭了不少罪。好在苏桃的房间门开了，宁野在一堆人的簇拥下，顺利走到了苏桃跟前。

他今天穿着高定款的燕尾西装，里头套着一尘不染的白衬衫，脖颈处系着黑色领结。

他原本形象就十分出众，这会儿笔挺地站在那儿，和苏桃对望着，整个房间的人一瞬间都被衬得失了色。

窗子外头的光线打进来，落在他们中间的地板上。宁野在晨光下，含笑望着他家小朋友。

“我来了。”

苏桃坐在床上，周围铺满了雪白的婚纱裙摆，一双眼睛亮晶晶的，也没说话，就那么抬头看着他。

婚鞋找得很顺利，宁野在房间里四处看了一圈，直接锁定了那个书包。

他走过去把那只红色高跟鞋拿出来时，几个小伴娘痛心疾首，觉得她们轻敌了。

在众人的注视下，宁野轻轻抬起小姑娘小巧白皙的脚掌，仔细轻柔地把那只红色高跟鞋套在她脚上。片刻后，他抬起头，眼底笑意更浓，他说：“小朋友，跟我回家。”

婚宴定在北城一家顶级酒店，是宁老太太和苏桃选定的。

宁老太太只有宁野这么一个孙子，而且她又那么喜欢苏桃，所以在这场婚礼上，她可谓用尽了全力，她对负责婚礼场地设计的人说不要在乎钱，能多奢华就多奢华。

参加这场婚礼的人对现场那股处处透着奢华的感觉记忆深刻。

十点十六分，苏桃挽着苏国伟的胳膊，缓缓进场。

现场放着《婚礼进行曲》，所有人的目光都投在新娘子身上。

宁野站在另一头，看着他家小朋友缓缓朝自己走来，心里渐渐被轻盈且幸福的感觉填满。

走近时，苏国伟红了眼眶。

他对宁野低声开口道：“我把桃桃交给你了，你一定要好好对她啊。”

宁野郑重点头：“我一定会的，您放心。”

苏桃在旁边无声地一直落泪，心里有说不清道不明的酸楚，苏国伟回身又抱了她一下，拍了拍她的后背，说：“爸爸之前给你买了一套两居室的房子，是你喜欢的装修风格。婚姻生活不如恋爱轻松，磕磕绊绊在所难免。爸爸只希望我的女儿能一直幸福，如果实在烦心了，就去爸爸给你准备的房子里面放空几天，缓解缓解心情。桃桃啊，爸爸以前有很多对不起你的地方，我也从来不觉得我是个好爸爸，但是不管怎么样，我和全天下的爸爸一样，希望我的女儿一辈子幸福和顺，如果受了委屈，想想你身后还有我呢。未来不管发生什么事情，爸爸一定会永远做你的支柱。”

苏桃哭着不住地点头。

宁野拉过她的手，掌心的温度像是在无声地给她安慰。

婚礼流程过半，主持人说了一句“请新郎新娘交换戒指”。不一会儿，大厅外头一个智能机器人“嗡嗡嗡”地顺着中间搭的台子移动过来。

“脑血栓”还像之前那么憨憨的，显示屏上一双大眼睛像含着泪似的，说道：“妈妈，你怎么就嫁人了呀？你嫁人之后，我爸爸怎么办呀？”

宁野原本脸都要黑了，底下观礼的众人也有些尴尬，哪想下一刻，它忽然又转过自己笨重的大脑袋对宁野说：“爸爸，你快劝劝妈妈，再这样下去，你就没老婆了呀！”

听了这番话，众人全都哈哈大笑。宁野之前公司里那个和他关系很好的胖子尴尬地在旁边解释：“实在不好意思，我昨天给它新加了点儿程序，它现在有点儿……‘坑爹’了。”

这么一闹，现场的气氛更热闹了。

“脑血栓”送完戒指下台后，便成了在场那些小孩子的玩伴，一堆小孩儿都凑到它跟前问东问西，俨然成了除宁野和苏桃外全场第三个焦点人物。

婚礼热热闹闹地进行到了下午，晚上宁野和苏桃还特意去俱乐部开了包厢，招待朋友们。结束时，已经是半夜十一点了。

宁野被他那些朋友灌得烂醉，上车时都是由苏桃扶着走的。回到新房，司机帮着苏桃把人扶进门，随后便恭敬地冲着她弯了弯身子，说："那夫人我就先走了。"

苏桃点点头，对他说了句谢谢，随后便轻轻将门关上。结果，她还没来得及回头，就忽然被身后的人一把拥住了。

宁野嘴里还带着酒气，可双臂的力道完全不像是醉酒后的人该有的。

苏桃被他吻得发痒，向旁边躲了躲。

"你……你装醉？"

"不然呢？"男人边说边转过小姑娘的身子，热吻也从后至前，"我可不想让我家小朋友错过洞房花烛夜。"

宁野没有浪费时间，弯腰将她横抱起来，朝卧室走去。

卧室没有开灯，大床的红色婚被静静地等待着新人。

他轻轻地将小姑娘放在上面。

苏桃还穿着敬酒服，一身火红旗袍，线条玲珑。

"叫声宁野哥哥。"

"宁野哥哥……"

"爱我吗？"

"爱。"

"有多爱？"

"很爱很爱……"

男人低笑，轻啄了下她的红唇，说："我也很爱你。"

宁野和苏桃在婚礼后第二天飞去了国外度蜜月。

他们选的是一个很小众的海岛，当初宁老太太列出了一堆热门蜜月地点给他们做参考，但是宁野一眼就看中了这小海岛。

苏桃是没什么意见的，她对这些事情都是很随意的态度。只不过后来宁老太太劝宁野要不要再看看，毕竟那个海岛，资料看着确实挺漂亮的，但实在是小众，去的人不多，不知道到底是什么情况。然而宁野依旧坚持，就选那里。

事后苏桃悄悄问过宁野，为什么一定要去那儿，他给的答案特别简单："那个海岛空中俯视图，很像我们家小朋友，我就想带你去看看。"

苏桃当时很迷惑，后来她拿出手机搜了搜那个小岛的名称，看了网页上的图片之后，忽然就明白男人的话是什么意思了。

那个小岛的俯视图是个很标准的心形，就是因为这个形状才会被人们作为蜜月地。而那个心形，换个角度看，也是桃子的形状……

后来宁老太太送两个人登机的时候，后知后觉反应过来是怎么回事。

从老宅到机场的路上，她坐在前排一直笑。

到了机场，宁老太太趁小姑娘去办登机牌的时候，拉着宁野走到一旁，说："我说你这个臭小子怎么这么坚持，原来还想玩浪漫啊！"

宁野笑而不语，也没太在意，目光一直紧紧黏在他家小朋友身上，她走到哪儿，他就看到哪儿。

宁老太太也不在意他有没有回应，依旧在那边念叨："浪漫是好事儿，你们为了在一起也吃了不少的苦。不过浪漫归浪漫，正事儿你们也得抓点儿紧啊……"宁老太太边说边往宁野跟前凑了凑，小声说，"奶奶不是老古董，不是非要逼着你们生孩子。但是吧……你也得抓紧点儿，毕竟你比桃桃大十岁呢，再晚几年生，到时候你去送孩子上幼儿园，人家会误会你是宝宝的爷爷。"

宁野无语，刚想回复一句，下一秒也不知道看到了什么，眸色一沉，说："老佛爷，您先回去吧，我这边什么都不用您操心。"

他边说边拿过他和苏桃的行李箱，向前一推，“走了。”

他们买的是直飞机票，从国内飞过去只需八个小时。

下了飞机，国内已经是晚上了，但是小岛那边还是白天。

苏桃一向是按时休息的乖宝宝，下了飞机困得打起了哈欠，在去酒店的路上，更是窝在宁野怀里昏昏欲睡。

宁野一直无声地拥着她，偶尔在路上遇到鸣笛的车辆，还会皱着眉头抬手替他家小朋友捂住耳朵。

宁老太太安排得很贴心，除定好酒店外，还安排好了当地的导游。去酒店办入住都是那个导游帮助办理的。

等待过程中，宁野一直坐在酒店大厅的休息区，怀里的小姑娘还在浅浅地睡着，偶尔旁边有交谈的声音时，她会皱着眉头动一下。

那个导游没一会儿就拿了房卡和登记资料过来，交给宁野之后，用一口流利的中文对他说：“宁先生，明天我们可以先去……”

见苏桃有醒转的样子，宁野头也没抬，扬手比了一下，那边的人顿时会意，便没继续说下去。过了好一会儿，见小姑娘没醒，宁野才低声开口：“不用了，我们自己逛，有问题我会打电话给你。”

其实宁野原本也不赞成老太太找导游，感觉多此一举。他和他家小朋友的英文都很好，来这边交流没什么障碍，用不着走到哪里都带着个电灯泡。所以现在找着机会，他便直接拒绝了。

导游有点儿意外，表情尴尬地问：“那之前付的钱……”

“你收着吧，不需要退。”

那导游立马变了神色，开心地应声。

这个小插曲苏桃是全然不知的，她那一觉几乎睡到了小岛时间的凌晨两点，醒过来的时候，外头彻底暗下去了。

床上只有她一个人，不过她身侧的位置还有些余温，像是刚刚有人躺过的。房间外头隐隐约约有水声响起，像是有人在洗澡。

苏桃知道宁野还在，也就没急着喊人，缓了会儿神之后，拥着被子起了身。

酒店房间里有一个面积很大的落地窗，顺着窗子朝外面看过去，首先映入视线的是一个很大的泳池。

此刻夜幕低垂，墨蓝色的夜空像是被人撒了一把银粉，星星密密麻麻地连成片。泳池里的水微微荡漾，池面上倒映着无数星光，很像从空中落下来的。

苏桃之前的所有心思都放在了参加比赛和准备婚礼上面，现在难得放松，美景又在眼前，她掀开被子，连鞋子都没来得及找赤着脚丫就走了出去。

外面微风吹拂，四周很静，苏桃踩着木质的地板一步一步朝那边走着，心里被快乐填满。没过多久，身后就响起了一阵脚步声，苏桃还没来得及回头，就感觉有人从后面搂住了自己。

男人才洗过澡，只松松垮垮地围了条浴巾，赤着上身。他伸出双臂抱住她，胸前的温度和没来得及擦干的水珠一起透了过来。

"自己醒的还是被我吵醒的？"

他边说边吻着她后颈的皮肤，密密麻麻的热吻一下一下落下来，小姑娘痒得一直躲着。

"睡够了……自己醒的……"小姑娘说到这儿，忽然"呀"了一声，"你别咬我。"

男人咬得其实很轻，但是牙齿硌在皮肤上的感觉特别别扭，苏桃被他弄得感觉浑身毛孔都要张开了，他却还没有停手的意思。

他改回了吻，有一下没一下地啄着她的后颈，大掌也不老实，顺着她的腰线缓慢向上。

"睡够了就陪陪我？反正现在天黑了，出去什么也看不到，不如我们做点儿别的事。"

苏桃当然明白他的意思，只不过这会儿实在是不想，于是赶紧伸手抵住他还在作乱的大掌，说：“咱们做点儿别的行吗？”她说完这话，目光又落在前方的泳池上面，想到什么似的，忽然眼前一亮。“之前不是说要教我游泳吗？咱们现在就开始吧！”

宁野在后头愣了下，片刻后，懒洋洋地笑了下，问：“你确定？”

当宁野把他准备好的泳衣拿出来时，小姑娘才明白他刚刚那句话的含义。

她看着那几乎只能称作布料的东西，脸热得不行，小脑袋一直摇啊摇，坚定地拒绝着：“不行，这个……这个太暴露了，我不想穿。”

其实这件泳衣也不算很暴露，只不过和苏桃想象的那种保守连体泳衣比，布料确实少了一些。

男人见小姑娘这么抵触，也没多为难她，只不过神色慵懒地跟她讨价还价。

“我也不是非让你穿这个，但是再怎么说这次咱们出来是度蜜月的，我拼死拼活加班那么多天，好不容易等到这美好的日子，你不能一点儿福利都不给我吧？”

苏桃受不了了，随口便回：“除了这套泳衣，别的都可以！”

其实她说这话的时候，已经做好了继续刚刚的事情的准备。

哪想男人话锋一转，扬着眉问她：“说话算数？”

小姑娘点点头。

“行，不穿就不穿，我还给你准备了别的。”男人眼底明显闪过兴奋的光。

小姑娘还没反应过来，他就在行李箱里面又翻出另一件。

这次衣服的布料多了一点，只不过……苏桃怎么觉得眼熟。

宁野也没瞒她，特别自然地说：“这衣服还记得吧？当初你那几个室友送的礼物。我之前就想让你穿，但是你一直不好意思……”他说着，上前吻了吻她的唇，在她唇间厮磨出声，“我特别想看我家小朋友扮兔子，现在就我们两个，你满足一下我的愿望，嗯？”

男人说话时声音比平时低哑，语气轻柔，小姑娘听着，不知不觉就被他哄得点了头。

那套兔子装看着比泳衣要保守，但其实有些地方暗藏玄机。小姑娘在洗手间换完之后，对着镜子一看，自己都觉得脸热，一时半会儿都没有勇气走出去了。

男人像是掐准了她换衣服的时间，没隔多久就在外头敲门，问道：“小朋友，换好了吗？”

“等会儿……”

又隔了一分钟，敲门声又响了起来，他继续问：“小朋友，好了没？”

男人的声音明显含笑，像是猜到了小姑娘的犹豫。

苏桃实在没法子了，喊了句“来了”之后，深吸一口气，缓缓把洗手间的门打开。

男人的目光落在她身上，从下至上，最后看向她的脸和头顶的兔耳朵。

实在是太害羞了，苏桃双颊都泛着不同以往的红霞，她眼神躲闪着，不敢看宁野，头顶的兔耳朵随着她细微的动作微微颤动着。

宁野的目光太热烈且肆意，小姑娘被看得不自在，不由得抬起双臂抱在胸前，小声说：“很奇怪吧……我还是换回去吧……”说着她想转身回浴室，但男人怎么可能给她机会，一把拽住她的手臂，将人拉进怀里。

“你见过不吃兔子的狼吗？”男人低笑，热吻在她耳边不停地流连，“小兔子，跟我回狼窝吧！”

番外一

我是爸爸

从小岛度蜜月回来后，苏桃参加的研发比赛也出结果了。

她研发的那款软件获得了金奖，颁奖现场来了很多计算机领域的大佬和团队，大部分人在现场向她抛出了橄榄枝，希望她连人带项目一块儿入驻，薪酬都好商量，有几家更是为表诚意，提出了技术入股的条件。

不过苏桃出于多方面考虑，没有当场做决定。

回去之后，她征求了宁野的意见。

宁野只是随便看了看那几家公司的资料，然后就抱着小姑娘的腰，说："我怎么觉得这些公司一个都不适合你呢？你是不是也一个没看中？"

苏桃有点儿惊讶，完全没想到宁野会一下子猜中她的想法。所以她没有隐瞒，说："我确实有点犹豫，这些公司确实都很优秀，在业内有地位和优势，但是他们的理念，跟我追求的又不太符合。"

"那就自己做吧。"宁野抱着苏桃让她坐在自己腿上，下巴抵在她的发顶，有一下没一下地翻动着那些资料，"你这个项目其实回报率非常可观，我觉得就算拿出去拉投资，也会有很多人动心的。”

苏桃没想过宁野会直接给这样的建议，其实这个想法她之前也想到了，但是终归觉得有些不切实际。

她在学校的时候只埋头学习，根本不懂市场和创业。而且，还有更重要的一点……

小姑娘半天没出声，宁野猜出她在想什么，问：“是不是老太太和你说什么了？”

“没有！”苏桃摇了摇脑袋，“是之前在老宅，奶奶和你在厨房说话的时候，我无意间听见了。”

“听见老太太催我们生宝宝的事情了？”

小姑娘点点头，这个确实也是苏桃的顾虑之一。她知道老人家年纪大了，心里一直期盼着四代同堂。她没有“丁克”的想法，所以怀孕的事情可以顺其自然。

虽然不想太早……但是一旦选择创业，可能近几年就要把这个计划一直延后了。

宁野一看她小脸上的表情就知道她在想什么，差点儿笑出来。他抬手捏了捏小姑娘的鼻尖，说道：“我没和你说过吗，以后无论做什么想什么，不用考虑其他人，先顾自己。”

苏桃还想说些什么，但没来得及开口，就又听到男人说：“还有，老太太只是随便念叨一下。她自打听见你获奖的事情之后，就一直对我说，叫我给你投资找人组建团队。你如果选择创业，她肯定支持。”

小姑娘有些意外，转过脑袋看他，眼睛瞪得很大。

宁野被勾得心痒，也没心思再说别的，捏着她的下巴低头吻了下去。

“好了，很晚了，公事先放放，陪我做点儿别的……”

苏桃的团队组建很快，几个室友在知道她有创业意向后，也都毅然决然地来了北城，决定跟她一起干。只不过小姑娘后来并没有让宁野投资，她总觉得私事公事应该分开，如果自己拿了宁野的钱，估计后面很多决定都会有更多顾虑。

但是苏桃也很争气，她的项目需要投资的消息放出去后，几家投资公司纷纷抛出了橄榄枝。最终，她和团队选择了一家方方面面都合适的公司。

初期投入创业的时候，苏桃真的忙到起飞。

她几乎没有节假日，很多时候连正常下班都不能保证，基本上都是宁野从宁氏总部忙完过来接她。有时看她没空吃东西，他还会顺道让司机送他去酒楼，买些小姑娘喜欢的饭菜，过来和她一起吃晚餐。

苏桃的辛苦和努力也是有回报的。

第二年年末，他们团队研发的软件正式上线。上线第一个月，由于宣传到位，受众群体又是喜欢分享的年轻人，在网上的口碑很好，经过发酵，一个月的注册用户就突破了一百万。

这个成绩出来的当天，所有人都松了一口气，当晚他们还难得早早下了班，订了个网红餐厅聚餐。

苏桃平时滴酒不沾，那天也高兴地喝了两罐啤酒。不过她早就和宁野报备过，也发了定位和结束的时间，叫他过来接自己。

宁野赶过去时，苏桃已经醉得迷迷糊糊了。满桌子的人都在聊未来，畅想着他们团队未来会有什么更好的发展。

苏桃小脸红扑扑的，眼神迷离，眸底含着笑。

宁野看得出来，他家小朋友这次是真的开心。

回家的路上，小姑娘搂着他脖子坐在他腿上，一直兴奋地和他讲着他们团队现在有多厉害。她说话的时候，一双大眼睛亮晶晶的，里头像落了星星，全是细碎的光。

宁野听得很认真，即便知道她现在是个小醉鬼的状态，也没有任何敷衍。

到家的时候，小姑娘趁着宁野去厨房给她调蜂蜜水时，一把搂住了他。她在他怀里蹭了蹭，软软地对他说了一句："宁野哥，也谢谢你呀。"

小姑娘很少冲他撒娇，这两年进了职场，性格更是独立，虽然私底下她面对他还是小姑娘的娇态，但是很少像现在这样。

宁野暂时放下了手里的东西，紧紧地搂住她。

"谢什么？"

"谢谢你支持我尊重我呀……也谢谢你一直相信我，鼓励我……"

其实苏桃创业初期，也不是一帆风顺的。他们曾面临所有团队都面临过的困难，甚至比别人还要艰辛。

偶尔在夜深人静时，苏桃还会崩溃到大哭。她也会质疑自己，怀疑她是不是选错了路，浪费了自己和团队成员的时间。但是，每次宁野都会无声地抱住她，等待她情绪平静下来。等她哭够了，压力发泄出来，他才拿纸巾替她擦擦脸，然后拥她入怀。

"没关系的，我知道桃桃只是暂时累了，你不是想放弃，所以不用给自己太大压力，累了就停一停，然后再继续。相信自己，再坚持一下，未来肯定会不一样的。"

就是他，好几次把苏桃从崩溃边缘拉出来，让她慢慢变成了现在的样子。

苏桃心里一直记得，只不过由于性格原因，她平时很少开口说这些肉麻的话，今天醉了酒，胆子比以前大了，顾忌也就少了。

宁野在那边听见她说的，眉梢挑了挑。

"那你准备怎么谢我？我可是商人，不接受口头致谢。"

其实他就是故意逗人，压根没想让这个小醉鬼做什么。但是谁料小醉鬼一反常态，从他怀里抽身之后，几步走去了衣帽间。大概过了十几秒钟，她从衣帽间里面出来，手里多了条领带。

“你之前不是想我……用这个吗……”

她站在男人跟前，小脸上的红晕更明显了，眼底湿漉漉的，透着光。

“今天可以……”

宁野眸色瞬间加深，没给她时间反悔，弯下腰一把将人抱起，直接往卧室里面走……

苏桃隔天醒过来时，手腕上还隐隐带着红痕。到了公司，大玲和孟佳像是一下子就猜到怎么回事，一脸暧昧地笑了一整天。

打那之后，苏桃是滴酒不沾，尤其是和宁野在一块儿时，无论他怎么哄怎么骗，她都没再喝醉过。

苏桃公司成立的第三年，她和宁野意外地迎来了一个小生命。

这个宝宝来得很突然，让苏桃有些措手不及。

因为这些年她和宁野都采取了措施，很少有忘记的时候，所以身体有些异常时，她也完全没往那方面想。

那天她正在会议室主持新项目会议，助理打开PPT投影的时候，她忽然就感觉一阵眩晕。那几天正是新项目研发紧要关头，她以为自己是休息不规律才会那样，当时没太在意。可是后来回到办公室，助理把午餐送过来，她打开餐盒闻到煎鱼的味道时，胃里忽然就一阵翻腾，紧接着就是无法控制的干呕。

后来苏桃不得不推掉了所有工作，第一时间给宁野打了电话，和他一起去了医院。

等待验血结果的时候，小姑娘坐在医院接待室的沙发上，脸上的表情看着像是在失神。

宁野心里头莫名咯噔了一下，不知道她在胡思乱想什么，顿时有些紧张。

“想什么呢？跟我说说？”

他边说边搂过苏桃的脑袋，站在她身前，让她靠在自己身上。

“没什么……就是有点儿自责。”小姑娘说着抬起头，一副无精打采的样子，“我太不注意了，其实最近身体有很多征兆……但是我一点儿没察觉。不知道最近这么忙，没有按时好好吃饭，会不会影响到宝宝。”

宁野松了口气，他之前还以为苏桃那个表情是在犹豫要不要这个孩子呢。一听不是他想的这样，他顿时不慌了，揉了揉苏桃的头，低头看着她说：“我家小朋友自己还没长大呢，没有经验、会大意也是正常的。你别担心，待会儿我会详细地问问大夫，如果真的怀了宝宝，我也会把你的情况都对她说清楚，无论什么问题，我都和你一起承担。”

后来检查报告出来，确认了两个人的猜想。

苏桃确实怀孕了，四周半，从目前的检查情况看，宝宝发育得还不错，没有什么影响。

苏桃又仔细和大夫说了自己最近一段时间的活动和工作，重点说了没有按时吃饭休息的事情。

大夫说：“暂时没什么问题，但是以后千万不能再这样了。”

苏桃听话地点点头。

回家的路上，宁野一直没出声。他坐在车子后排，安静地抱着苏桃，下巴抵在她的肩膀上，大掌轻抚她的小腹。片刻的寂静后，他忽然开了口：“小朋友，我很开心。”

苏桃抿唇笑了下：“我也是。”

“我一直以为这辈子不会再有其他牵绊了，一个人活到老，活到死。但是老天爷可能看我太可怜了，于是就让你来到我身边。”

他说着，虔诚地吻了吻她的侧脸，“你来了之后，我好像就什么都有了。”

苏桃抱住他，什么也没说，就那么静静地靠在他肩上。

当天两个人谁都没有回公司，也没有回他们自己的家，而是吩咐司机将车开去了老宅。

宁老太太最近迷上了一款电视游戏，每天娱乐加健身，在别墅里头拉着保姆阿姨和司机一起折腾，有时候甚至入迷到连广场舞都不想跳了。

宁野和苏桃过去的时候，老人家正对着电视跟着学跳舞，见他们一脸诧异，便问道：“怎么忽然过来了？出什么事了？”

也不怪老太太这么问，在她眼里，这两个孩子一个比一个忙，平时逢年过节想聚在一起吃个饭都有些困难，来老宅这边基本上也都是晚上，更别提像今天这种普普通通没什么特别的日子。

苏桃还有些不好意思，倒是宁野，在老太太说完话后，直接把化验单拿出来，塞到老太太怀里。

“你和苏叔之前不一直催吗？这回好了，你们如愿了。”

宁老太太一愣，片刻后反应过来，赶紧拿起化验单仔细看了看。反反复复确定了好几次，甚至还让保姆阿姨看了一遍后，她才抬头问他们：“桃桃，你真怀孕了？”

苏桃笑着点点头。

宁老太太控制不住地兴奋起来，赶紧拉着苏桃去沙发那边坐好。

“辛苦了辛苦了，我们桃桃辛苦了！奶奶生过两个孩子，知道女人在怀孕的时候多难受，尤其是你前段时间还那么忙！”

她边说边念叨着让保姆阿姨去炖鸡汤，赶紧给苏桃补补。后来她又说了一堆注意事项给苏桃听，甚至还交代了宁野很多事。

“桃桃现在是特殊时期，情绪肯定会不稳定，回头无论她说什么做什么你都得让着她，不能让她感觉到一点点委屈啊！不然我饶不了你！还有还有，桃桃现在怀了孩子，饮食上一定要注意营养均衡。回头我托人找个好点儿的保姆去照顾她，最好是有经验的！对了，还有婴儿房！你们那边的婴儿房要着手装修了，不然等到孩子出生，连自己的房间都没有，那也太可怜了！”

老太太絮絮叨叨说了好多好多，后来见嘱咐得差不多了，又拿起旁边的电话，开始给她的那些老姐妹们挨个打电话。

“喂？老刘啊，我家孙媳妇怀孕了！对对！我终于有曾孙了！男孩女孩？这么早怎么可能知道呢！不管是男孩，还是女孩，在我们宁家都是宝贝！”

“张丽！是我，宁岚！有好消息要跟你分享啊，哈哈哈，我孙媳妇怀宝宝了！”

当天他们又去了趟苏国伟那边，苏国伟听见女儿怀了宝宝，往常内敛沉稳的表情顿时消失，变得异常兴奋。

他亲自下厨，做了一桌子苏桃喜欢吃的菜。饭桌上他更是不停地给苏桃夹东西，苏桃的碗里快堆出小山了。

宁野和苏桃回到他们的小家时，那份飘忽不定的感觉才渐渐沉下去。

当天晚上，两人讨论了婴儿房的装修风格，在定房间色调时，两个人的想法有了点儿分歧。

不知道为什么，宁野总觉得苏桃肯定会生个女儿，所以房间装修风格整体应该选择粉色系。而苏桃认为现在性别还没确定，可以选较中性的风格，到时候无论是男宝宝还是女宝宝都可以用。

“没事，你听我的，你肚子里面的宝宝绝对是女儿。”

苏桃特别无奈，说：“你怎么就这么确定呢？”

宁野一脸自信，大掌抚在苏桃的小腹上，笃定道：“嗯，我有预感，这胎绝对是个女儿。”

苏桃也不知道他到底哪儿来的自信，以至于后来在采购宝宝的衣服、鞋子时，他也一律买了粉色。甚至有一次，她睡到半夜忽然醒来时，还看到他趴在自己的肚子上小声地说话：“小宝贝，你要好好地长大，乖一点儿，不要折腾你妈妈。回头等你长大了，爸爸奖励你好看的包包和小裙子，你喜欢什么也都可以买给你。”

宁野难得有这种傻气的时候，苏桃觉得无奈又好笑。

不过经过他这番洗脑，苏桃也渐渐觉得她怀着的会不会真是女宝宝？

预产期当天，苏桃就感觉到可能要生了。她那会儿已经在待产室里住了一周多，宁野一直陪床。

和苏桃相比，宁野倒像是要生宝宝的那个，每天紧张兮兮的。苏桃哪怕是无意打了个喷嚏，他都要赶紧叫大夫护士一块儿过来，给她做检查。

原本苏桃还有些紧张，被他闹了几次后，倒是有些哭笑不得，那份隐隐约约的忐忑也少了很多。

她原本还在睡着，初期的痛感并没有很强烈，但还是让她慢慢醒转。她发觉不对劲后，立马叫了一声躺在沙发上睡着的宁野。

这几天宁野一直不能安心休息，一般只有困得实在挺不住时才躺下去小眯一会儿，所以此时听见苏桃出声，他立马就醒了过来。

“怎么了？小腿又抽筋了吗？”

这几天苏桃小腿经常抽筋，所以他几乎是条件反射，醒过来后立马就冲过去给她揉小腿。

苏桃摇摇头，小声说：“不是，我好像要生了。”

这一句“要生了”，搞得人仰马翻。

宁老太太和苏国伟第一时间从各自家中赶了过来，不久，宁薇也急匆匆地赶到了医院。

苏桃被推进产房后，所有人都等在外头。

宁老太太和宁薇母女俩双手合十不停地祈祷着，苏国伟看上去比她们冷静些，但是眼底流露出的担忧和不安也非常多。

和他们相比，宁野算是最冷静的一个了。

从苏桃被推进产房开始，他就坐在医院走廊的长椅上，一直没有出声。

他双手交握着抵在额头上，眼皮微垂着，不知道在想什么。但仔细看就能看得出来他的两只手轻颤，呼吸也比平时重很多。

苏桃是顺产，从推进产房到生产结束，只用了两个小时。

医生抱着包裹得严严实实的婴儿出来时，连宁老太太都有些惊讶，没想到会这么快。

“苏桃家属呢？”

宁野是第一个冲上去的，他只匆匆看了孩子一眼，就急忙问大夫：“大夫，我夫人情况怎么样？”

“不用担心，产妇状态很好，母子平安。待会儿情况稳定了之后，你们家属就可以推她回产房了。”

“现在可以吗？”

接生大夫有些意外：“可以是可以，但是你不看看……”她话没说完，宁野就一个箭步冲了进去。

大夫和旁边跟着的小护士面面相觑，那边宁老太太和苏国伟倒是反应了过来。

老太太先走到了大夫跟前，对她说：“没事，他那个做爸爸的不稀罕孩子，我们稀罕。”她一边说一边从大夫手里接过小宝宝，笑眯眯地低头看着，“是不是呀？我们宁家的小宝贝，爸爸不稀罕你，咱们也不喜欢他了！以后太奶奶和姥爷对你好！”

产房里还有几个护士在做收尾工作，有一个小护士专门陪在苏桃跟前，替她擦汗，安慰她鼓励她。

宁野进来的时候，就看见苏桃脱力一样躺在产床上。她一张脸像是被水洗过一样，头发也湿透了。

小护士还在旁边对她轻声细语地说着话，也不知道她听没听进去，双眼就那么半睁着，一副没有力气的模样。

宁野心疼得要命，走过去后轻轻握住了她的手，说："小朋友，我来了。"

他的大掌温热有力，苏桃感受到他掌心的温度后，眼皮微微抬起来，看向他。

两个人视线碰触的时候，她的眼泪一瞬间就流出来了。

宁野整颗心就像被人狠狠捏紧了一样，也不知道她怎么了，略略慌张地问："哭什么？哪儿难受吗？"

苏桃轻轻摇摇头，沉默了一会儿，问他："宝宝健康吗？"

"嗯，健康。"宁野答得敷衍，他的注意力现在还在她身上，没心思想别的，"真的没有哪里难受吗？什么地方不舒服就赶紧和我说，我叫大夫进来。"

"真的没事……"

后来宁野又陪着苏桃在产房里待了两个小时，医生确定她没有大出血或者其他并发症后，便允许宁野带她出去了。而那头，宁薇留在病房里照看小宝宝，宁老太太和苏国伟在送孩子回了病房后，都又回到了产房门口等着苏桃出来。

待看见她被宁野抱出来时，两位老人立刻凑过去问她的情况。

苏桃之前生宝宝时脱力严重，这会儿还有些没缓过来，简单回答了他们几句话，就显得有些力不从心。

宁野看在眼里，在宁老太太要开口继续问的时候，直接截住了她的话。

"行了，老佛爷，先让她休息一会儿吧，有什么事儿回头再问也不迟。"

苏国伟也跟着点头，满眼心疼地看着自己女儿。

苏桃一觉睡了快十五个小时，睁开眼时外头已经是第二天清晨了。也不知道那几个大人是一直没走，还是早早就来了，这会儿都围着小宝宝在忙活着。

和他们相比，宁野这个做爸爸的倒像是甩手掌柜一样，坐在苏桃病床边缘，握着她的手，目光平静地盯着那头。

宁老太太满脸的开心，眼角处的褶子看着都比平时多了几条，笑容一直就没淡下去。后来也不知道她想起了什么，转头朝宁野看了一眼，问他："你和桃桃给我曾孙起名字了没有？大名暂时没有就算了，小名总该有一个吧？"

宁野眉眼略带嫌弃地往宝宝脸上看了一眼，随口说道："这么丑，随便起一个就行了吧？丑娃吧，好记。"

老太太实在忍不了了，把孩子交给苏国伟后，走过来狠狠拍了宁野的脑袋一下，骂道："我曾孙哪儿丑了？刚出生的小孩子都这样，长开就好了！丑娃是什么名字，你想不出名字也不至于这么敷衍吧！

苏桃被逗笑了，轻微地发出了些响动。

宁野第一时间察觉到，赶紧回过身。见她醒过来，他忙俯下身，问道："醒了？有难受的地方吗？"

宁老太太和苏国伟也赶忙走到床边，苏桃被这么多道目光注视着，心里顿时暖暖的。

她笑着摇摇头，说自己什么事也没有，叫他们不要担心。她又看了看苏国伟抱着的宝宝，说："能让我看看他吗？"

苏国伟连忙把外孙放到苏桃枕边，小孩子换了地方，小手小脚下意识地蹬了两下，片刻后又在妈妈跟前安静入睡。

宝宝刚生下来，身上所有的地方都是软软的，脸颊上的肉尤其娇嫩。

苏桃目光落在上面，不自觉地就弯起了唇。她抬手在宝宝脸上碰了碰，轻声道："宝宝，我是妈妈呀。"

宁野整颗心像是被填满棉花似的，柔软得不行。他也学着他家小朋友的模样，伸手在宝宝脸上碰了下，表情有些别扭。

"嗯，我是爸爸。"

番外二

宁书和苏糖（一）

宁野给宝宝取了大名，叫宁书。他原本想直接用他和苏桃的姓组成名字，但是还没和两位老人说，就直接被苏桃否决了。她当时气呼呼地瞪了他一眼，叫他认真一些。

宁野没办法，只能退而求其次，改为同音不同字。书的意义还不错，苏桃考虑了一番之后，同意了。

宁书小朋友从出生开始，就处于众星捧月的状态。

宁老太太喜得曾孙，在孩子还没出生时就四处炫耀，现在宝宝降世，她更是兴奋地四处显摆宝宝的照片，百日的时候，还为宝宝大操大办了一场百日宴。

过了百天的小宁书，已经不再是刚出生时皱巴巴的小模样，五官渐渐长开，脸颊也变得肉嘟嘟的，逢人就笑，特别可爱。宴会上他简直是化身吉祥物，被他太奶奶抱着左右溜达。

很多家里头孩子还没结婚的老姐妹，这会儿都羡慕妒忌起来，每个人都争着抢着想抱小宁书过过瘾，但是宁老太太都没准。

当晚，回到家后，小宁书累得倒头就睡，没像往日那般需要苏桃哄。

宁野心里早就蠢蠢欲动了。如果不是医生交代，最好让苏桃恢复两三个月再同房，他早就忍不住做点儿事情了。

这次好不容易熬过了百天，孩子睡得也早，他心里头跟长了野草似的，片刻也静不下来。

待苏桃进屋后，他就急忙跟在后面，一把把卧室的门关上，拽住她的胳膊，将她往墙边一按。

苏桃有些急了，伸出小手无力地推了推他："还没……还没洗澡……"

宁野一刻都忍不了了。

苏桃原本还想继续推人的手缓缓泄了力，就在她被欺负得手软脚软时，隔壁的儿童房里忽然传来了一阵哭声。

他不想放弃，继续动作着，想让苏桃忽略隔壁的动静。但苏桃根本放心不下，神志一瞬间清醒。

"你先放开我，宝宝哭了，我去哄哄他。"

宁野还是不甘心，说："他估计是没看见人才哭，待会儿哭累了自己就睡了……"

"不行！"苏桃很坚持，"你快放开我。"

他没有办法，最后只能放开她，看着她开门往婴儿房那边走去。

宁野心里头不知道是什么滋味，他往自己下方看了看，最终还是像过去无数次那样，一个人去了洗手间。

待他从洗手间出来，差不多已经是一个小时之后了。

他原本以为他家小朋友应该已经哄好儿子过来了，哪想出来时，也没看见苏桃的影子。

他轻手轻脚地摸去了儿童房，开门后发现里头一片安静昏暗，借着月光往里面走了两步，发现苏桃已经在孩子的床上睡着了。而刚刚一直哭闹的小宁书，此刻正躺在妈妈旁边，睁着大眼睛，安安静静地啃着小手。

看见爸爸过来，他直接咧开嘴冲着宁野笑了笑。

宁野淡淡地看了他一眼，随手把他的小手从嘴里拿出来，也没管他，走到床边弯腰想抱苏桃回主卧。

小宁书在那头像是察觉到了爸爸的意图，小嘴一咧，开始哼唧。

苏桃最近因为照看宝宝，睡眠没有怀孕时那么沉，经常有点声音就能醒过来。

眼看着那个坏蛋的哼唧声要把他家小朋友吵醒了，宁野没敢再继续，想了想，认命地躺到了床的这一侧。

月光轻盈地洒进房间内，旁边一大一小两个人躺在那儿，他看在眼里，心里莫名觉得幸福。后来实在没忍住，他悄悄回到主卧拿了手机过来，在昏暗中拍下了这一幕。

他一刻没耽搁，直接将照片发到了朋友圈，配文只简单地发了系统自带的月亮表情。

宁野选的拍摄角度不错，单从照片上看就能瞧见气氛宁静岁月美好。所以那条朋友圈刚发出去没几分钟，底下的评论就炸了。

“小宁爷深夜虐我们？”

“什么时候把小嫂子和宝宝带出来啊，我们聚一聚。”

“想结婚了。”

后来，杨凡也留了条评论：“啧啧，就这么让人睡了？”

杨凡是参加了百日宴的，也知道宁野和苏桃是什么时候回的家，所以这会儿留言比别人多了点儿不怀好意。

他看完评论将手机调成了静音，往旁边一扔，没再理会。

重新躺到床上时，小宁书还睁着水灵灵的大眼睛看他。见爸爸朝他看过来，他又咧嘴笑了笑。

宁野心里有着说不出的复杂情绪，像是懊恼中带了一丝柔软。他平静地和小宁书对视，片刻后，抬手捏了捏孩子柔软的脸蛋，说：

“你生下来是专门来克我的吧？”

宝宝听不懂他在说什么，只冲着他一直傻笑。

夜风清凉，夜幕低沉。

圆月高悬在外头，月色像水一样洒进房间的每个角落。

两大一小的浅浅呼吸声交错着，那一刻，整个房间的气息仿佛都只能用两个字形容——圆满。

小宁书小时候特别乖，尤其是三岁之前，几乎不用人特意去哄。除了偶尔会破坏爸爸的好事，其余时间都是安安静静的。

很多时候，早上苏桃醒过来，去儿童房看他，他已经醒了。他要么自己乖乖地坐在地板上玩积木，要么就和“脑血栓”咿咿呀呀地聊天。

小孩子学习能力特别强，平日里见过爸爸妈妈给自己穿袜子，没两次就有模有样地学会了，也知道下床要穿好袜子才行。

好几次苏桃早上推开儿童房的门时，都看见小宁书安静地坐在地板上。早晨的金色阳光洒在他周身，小孩子娇软的皮肤在阳光的映照下，细嫩得连毛孔都看得见。

小袜子穿在脚上，很整齐。小胳膊小腿肉嘟嘟地来回动作着，可爱极了。

听见推门声时，小宁书一般都会第一时间回头，看见过来的人是妈妈时，他就软软地冲苏桃笑笑，反应不算强烈，但是能看得出来他非常开心。而这种时候，只要“脑血栓”在场，它就会应景地出声：“呀，妈妈来看弟弟啦！”

“脑血栓”还像以前那么萌，如果看见苏桃把小宁书抱起来揉揉头，还会吃醋似的“嗡嗡嗡”上前，眨巴着显示屏上的卡通眼，对苏桃说：“我也想让妈妈摸摸头。”

小宁书虽然年纪小，但是平日里苏桃经常教育他要懂得分享，所以听见“脑血栓”的话之后，他都会笑着拿小手拉着苏桃的胳膊，轻轻地拽着她去揉“脑血栓”的大脑袋。

“脑血栓”被揉过之后会非常开心，显示屏上的眼睛会眯成弯弯的一条缝。这个时候，小宁书也会跟着一起笑，偶尔兴致来了，还会举起软乎乎的小手拍拍。

小宁书三周岁的时候，苏桃正式回归自己的小公司，继续带着团队做项目。

其实前三年苏桃没有像以前那样时时刻刻在公司，但是很多重大项目以及公司的大部分业务还是要经过她的手。而这三年，宁野的公事也较以前明显削减，很多时候，应酬能推就推。

基本上一周会有几天时间，他早早就下班回家和苏桃一起照顾小宁书。偶尔苏桃去书房忙，他还会自己带儿子。

这种日子虽然外人看着有些兵荒马乱，但是苏桃和宁野都乐在其中。

苏桃在正式重回公司上班前，也和宁野商量过怎么照顾小宁书的问题。

那天晚上，宁野像往常一样把苏桃按在身下，后来她实在受不住了，握着拳头用力捶了他肩膀两下，才让宁野收敛了一些。

分开时，男人还有些意犹未尽，趴在她身上，也不起来，双唇有一下没一下地在她耳垂附近流连，轻声哄着她，想再来一次。

苏桃想到刚刚的疯狂，怎么可能同意。她小手抵在男人胸前，十分坚定地拒绝，说：“不行。”

宁野哼笑了下，又啄了下她的红唇，接着就将脸埋在她的颈窝里，调整呼吸，没再继续。

待两个人都平静下来，苏桃忽然想起了一件重要的事。她推了推还搂着自己的男人，低声说：“你真的想从明天开始，和我轮流带小宁书？去公司也带着？”

其实这个想法一开始不是这样，苏桃想恢复正常工作，但又怕小宁书一整天瞧不见自己会哭闹，所以就想暂时先带着他去公司适应几天。

现在公司处在平稳发展期，几个项目她有参与，但没有具体抓，所以跟以前比起来并不是很忙，带着小宁书去公司一段日子也没什么大问题。

宁野听了她的想法后，立刻表示反对。后来看她坚持，他才勉强退了一步，说可以带，但是要他们交替着来。

苏桃听完就愣住了。

“我不会带着宝宝去公司太多天，只要他慢慢适应我不能时时刻刻在他身边，我就会拜托奶奶每天带他去早教班。”

“我知道，就算没几天我们也轮流带，孩子又不是你一个人的，我那份用不着你来分担。”

虽然当时话是那么说的，但是苏桃后来想来想去还是有点儿不放心，所以才会在这会儿又问起来。

宁野听了她的话，懒洋洋地回了句：“怎么？怕我单独带不好那臭小子？”

苏桃眉头一皱，抬眼看他。

“不许你这么叫宝宝。”

“哦，那傻儿子。”

苏桃不想搭理这个男人莫名其妙的幼稚，又把话题转了回去：“我还是有点儿担心，宁书没怎么和你单独待一整天，而且你的工作肯定要比我忙很多，到时候……”

“没事，最近全是内部会议，我保证平时走到哪里都带着他。”

“可是……别人会不会觉得奇怪啊。”

苏桃的公司小，她能接触到的几乎都是熟人，大家不会觉得有什么。可是宁野那边，是整个宁氏总部，整栋办公大楼上有上千号人，大到高层小到职员，每个人的目光几乎都盯在宁野身上。他一个在公司里面说一不二的冷面总裁，忽然带着娃去上班……怎么想都觉得奇怪。

宁野好像一点儿顾虑也没有，转身将苏桃搂得更紧，说道："奇怪什么，不出意外，宁书未来就是宁氏的继承人。我提前带着继承人去他未来的公司逛逛，怎么了？"

反正之后无论苏桃怎么说，宁野都有反驳的理由。她后来没了办法，只能暂时听他的。

隔天早上起床后，苏桃早早就去了宁书的房间。

她陪儿子玩了一会儿，又说了会儿话，最后慢慢地和他说了今天可能要和爸爸一起去公司的计划。

小宁书已经能和苏桃简单地交流了，虽然说话吐字还不是很清晰，但是基本上妈妈说什么，他都能听得懂，也能用简单的字句来表达自己的想法。

苏桃那边说完，他就眨巴了一下水汪汪的大眼睛，小手拽着妈妈的手指，奶声奶气地说："妈妈去，妈妈去。"

苏桃顺势拉着他的小手抬起来，放在嘴边亲了下。

"妈妈有工作要忙，今天不能陪你，你先和爸爸一块儿待一天，等晚上回家了，就能见到妈妈了，可以吗？"

小宁书看着懵懵懂懂的，好半晌才缓缓点头。他动起来的时候，脸颊上的软肉还微微颤了颤，看得苏桃一颗心快软成一潭水了。

苏桃后来收拾出一大包小宁书需要用的东西，奶瓶、奶粉、纸尿裤、替换衣服……大大小小装了一大包。

临走时，她还嘱咐宁野："宁书平时吃饭的时间很固定，中午我会订好辅食餐找人送去你那边，你按时喂他就可以。下午两三点的时候，给他加餐吃点儿水果，橙子、苹果、草莓是他最喜欢吃的，如果有的话都可以给他吃一点儿。”

“啊！”苏桃像是想起什么似的，赶紧说，“千万不能让他看见快餐，炸鸡、汉堡都不行，绝对不能给他吃。”

苏桃说到这儿，回头看了一眼正乖乖坐在沙发上玩的小宁书，压低声音道：“也不知道是奶奶还是爸爸给他吃过一次油炸食品，他后来每次在电视上看见那些汉堡、炸鸡的广告之后，就会求着我给他买。”

宁野眼底闪过一丝不自然，点点头，然后就朝那边喊了一句：“宁书，走了。”

小宁书今天穿了一套学院风的小衣服，白衬衫黑外套，脚上还踩了一双锃亮的小皮鞋。他听到宁野的话之后，安安静静地爬下沙发，走到他跟前。

宁野转身就想走，苏桃看见，连忙喊了句：“小书，你快和爸爸牵手。”

宁野在前面脚步一顿，歪头看向底下的小人儿。宁书抬起小脑袋，和爸爸遥遥对视。片刻后，一大一小两个像是有了默契一样，都朝对方伸出手。

苏桃看着他们还算和谐的样子，稍稍放心了一些。只不过，这和谐持续了五分钟都不到。父子俩上了车，离开苏桃的视线后，便立马分开谁也不搭理谁了。

小宁书一改在妈妈跟前乖巧萌软的模样，脸上一直挂着的笑消失了，吭哧吭哧从自己的小书包里面拿出了一本棋谱，安静地坐在那边看着，没再搭理他爸爸。而宁野也像早就适应了一样，拿出平板电脑翻看要处理的内部邮件和合同，连看都没多看儿子一眼。

车子平稳地开去了宁氏总部。到了总部大楼后，宁野率先下了车。他绕到到另一边，打开车门，低头看着宁书。

“下来，我抱你进去。”

宁书原本已经挪动着小身子想跳下车了，但是听到宁野的后半句话，顿时收回了小脚。

宁野快被气笑了，说："你以为我想抱你？这公司里一大堆你妈妈和你太奶奶的眼线，今天你第一次跟着我过来，她们回头肯定要多问两句。"他边说边俯身朝里面探过去，一把把宁书的小身子抱进怀里，"你就是不愿意也要装装样子，到了顶楼之后随便你怎么样都行。"

小宁书撇撇嘴，倒没再反抗。

宁野看着他这个反应，无比懊恼。

其实他和宁书的相处模式从一年前开始就是这样了。那时候他表现得还没这么明显，但是小小年纪就学会了用两副面孔对人。

只要是和苏桃在一块儿，他就乖巧听话，一旦和宁野单独相处，他要么就是不理不睬，要么就是一副受了委屈的样子，哭哭唧唧想找妈妈。

宁野一开始还以为是他单独和儿子待的时间太短，才会让孩子有这种反应，心里还愧疚了好一阵子。后来他就发觉了，这臭小子根本就是故意的！尤其是每次他哭哭唧唧把苏桃叫来后，看着苏桃数落自己，他在那边就会咯咯地笑。

宁野气得不行，和苏桃提了几次，但是每次他家小朋友都不相信，觉得那臭小子还小，不可能故意针对谁。

之后宁野也不浪费唇舌了，再单独相处时，也和宁书有了他们俩的相处习惯。

到了办公室，宁书立刻从宁野怀里跳下去。

他一点儿不用人操心，背着小书包哒哒哒地走到沙发那边，蹬着小腿爬上沙发，然后就安安静静地沉浸在自己的世界里。

宁野的办公室一上午进进出出不少高管，很多人都是第一次见宁书，也不知道他什么性子，所以几乎每个人看见他都会称赞几句，还说现在像他这么乖、这么懂事听话的小孩太少了。

宁野表面没什么反应，心里却冷笑不止。

到了中午，苏桃准时打了电话过来。她先和宁野简单沟通了几句，接着就让他把电话交给小宁书。

“宝宝，中午啦，妈妈叫人给你送了营养餐，你要听爸爸的话，都吃完哦。”

宁书双手捧着手机，乖乖地点头：“我知道啦。”

母子俩又聊了几句，苏桃就挂了电话。不多时，宁野的办公室门被人敲了两下，张助理拿了个餐盒走进来。

“宁总，老板娘派人给小宁书送饭来了。”

宁野头也没抬，随便指了指对面：“给他放那儿吧。”

张助理走过去后，故意捏着腔调和宁书打了个招呼：“小宁书，你好呀！”

宁书对着外人时，该有的礼貌从来不会少。尤其是张助理见到他经常笑眯眯的，像个吉祥物似的，所以这会儿他也奶声奶气地回：“张叔叔中午好。”

“哎！”张助理是发自内心地喜欢这个小老板，忍不住又揉了揉他的小脑袋。

张助理出去后，宁野没太在意。他家那个臭小子现在已经能自己吃饭了，完全不需要别人担心，他手里正巧有个着急的文件要审批，便没再管宁书。

待他忙完，已经是下午两点多了。

他合上文件抬头朝沙发那边看过去，片刻后，眉头忽然皱起。

宁书依旧安安静静地坐在那儿，忙活着自己的事情，茶几上，苏桃送来的饭盒还放在那里，完全没有被打开过的迹象。

宁野走过去，问他：“怎么没吃饭？”

宁书摆弄着手里的画笔，头也没抬地说道："芹菜和青椒不好吃，不想吃。"

苏桃刚刚打电话的时候报了菜谱，营养餐里面荤素搭配特别合理，肉食是鸡翅和排骨，素菜是芹菜和青椒丝。但是这两样……都是宁书不喜欢的。

宁野听完他的话，挑挑眉："那怎么办？饿着？"

"我还是孩子，在长身体，不能饿。"宁书抬头朝爸爸那边看过去，"我还想再吃一次炸鸡和汉堡。"

宁野一听这话，都被气笑了："你这是在这儿等着我呢？正经的营养餐不吃，跟我说想吃炸鸡汉堡？你觉得我会答应？"

宁书眨眨眼睛，说道："如果我饿着肚子回家，和妈妈说，她会心疼的。"

宁野深吸一口气，刚想开口教训教训这个臭小子，脑子里忽然有个念头闪过。顿了顿，他说："炸鸡汉堡可以给你买，但是我有个条件。"

宁书眼睛瞪得大大的，一副满怀期待的样子。

"今天吃完了，晚上就不能再打扰我和妈妈，自己洗漱，自己上床睡觉。"

宁书满口答应："可以！"

一顿炸鸡汉堡让小宁书吃得很满足，下午甚至还破天荒主动对爸爸笑了，搞得宁野受宠若惊。

晚上回家的时候，先下班的苏桃早早就等在了楼下，看见宁野的车子过来，赶紧迎了上去。

她将宁书从后排抱了出来，亲了亲儿子的小脸蛋。

"宝宝今天和爸爸玩得开心吗？有没有闯祸？"

宁书软软地冲苏桃笑笑："没有，小书乖乖的！"

"真棒！"苏桃又亲了他一下。

片刻后，宁野也从车上下来了，看见他家小朋友满心满眼只有那个臭小子，连看都没看他一眼，心里快结柠檬了。

“我也辛苦一天了，你怎么不关心关心我？”

苏桃一听，朝旁边看过去，笑着说：“嗯，小书爸爸也辛苦了。”

宁野一脸不满足的样子，将脸凑过去，想要亲亲。

苏桃没办法，抬手挡住宁书的双眼，踮起脚在男人脸上吻了一下。速度很快，感觉有点儿敷衍，但宁野也知足，脸上一瞬间就泛起懒懒的笑意。

宁书眼睛滴溜溜地转了转，也不知道想到了什么，忽然把手伸进自己的小兜兜里面。

“妈妈，鸡翅！给你吃鸡翅！”

他边说边把不知道什么时候揣进兜里的炸鸡递到了苏桃面前，苏桃脸色顿时一变。

宁野忽然紧张起来。

苏桃朝宁野那边看了一眼，接着问宁书：“宝宝，哪儿来的鸡翅啊？”

“爸爸买的！”

“那你中午就吃了这个？妈妈叫人给你送的饭吃了吗？”

“没有，爸爸不让吃，还说吃了汉堡和炸鸡后，就……就……”宁书像是努力回想着什么一样，片刻后，又说，“哦！爸爸说吃了炸鸡和汉堡后，晚上就不能找妈妈啦。”

后来在父子俩大大小小的明争暗斗里，小宁书利用年龄优势，几乎以压倒性的优势打败了他爸爸无数次。

整个宁家，上到宁老太太，下到苏桃，甚至是一直站在他这边无条件相信他支持他的刘博，后面也有点儿欲言又止的样子，觉得宁野在对待小宁书的问题上，实在是有些苛刻加较真了。

他们是不相信小宁书小小年纪就会使坏的，也不相信他会针对宁野。毕竟在他们的眼里，小宁书永远是软软的、乖乖的小宝贝。

用苏国伟的话说就是，他这个外孙，简直和他妈妈小时候一模一样，安安静静又极其听话，一点儿都不给大人找麻烦。

每次听见这种话，宁野都很无语。

他真是气到不行，每次看全家人都站在那个臭小子那边给自己开批斗会，或者做心理疏导，他就怄得心脏病都要犯了。

老太太看他那个样子，也气得不行，见面就要用力捶他两下，再训斥几句："你怎么回事！我知道你喜欢桃桃，也知道小宁书出生后，桃桃把大部分精力都放到了他身上，但是你都多大的人了，你至于这样吗？"

这样也就算了，最要命的是，每次宁野挨训的时候，那臭小子就在旁边一动不动地睁着大眼睛瞧着。偶尔宁老太太回头看一眼，发现她的小曾孙愣眉愣眼的，心里头的气都化成一汪水了，也不想再理宁野，亲昵地将小宁书抱起来。

"太奶奶的小宝贝哦，我们最近被爸爸冤枉得委屈了啊，咱们不理他！他是坏蛋！"

每次这种时候，苏桃也非常无奈。她想来想去，觉得再这么下去也不是办法，所以就决定抽出一天时间，好好陪着父子俩培养培养感情。

正巧马上就六月了，原本苏桃也答应小宁书儿童节那天要带他出去玩，她后来也悄悄和张助理打听了一下宁野那天的行程，在确定他没什么重要事务后，她才把这个计划告诉了宁野。

哪想男人听见她的话后，第一反应就是皱眉。

"我们俩气场不对，你确定我也要陪着？"

苏桃虽然觉得他这种大男人闹起别扭奇奇怪怪的，而且还是跟三岁孩子……但她还是像往常一样，拽住他袖子的一角，眼神软软地看着他，无声地撒娇求他答应。

宁野心里痒得要命，但是表面上依旧是很坚定的模样。

“你的宝贝儿子不喜欢我，估计他也不想让我陪着。”

“不会，我问过小书了，他说喜欢爸爸的。”

“呵。”

苏桃语塞，她没再说话，就安静地看着他，脸色也比刚刚淡了一些。

宁野一看他家小朋友这是要生气了，忽然就又想起之前在客房睡的那些日子，态度顿时就软了下去。

“行行行，我去。”宁野心不甘情不愿，末了还补充了一句，“不过我可事先说好，去可以，但是那臭小子要是再憋什么坏水，我是不会再让着他了。”

苏桃点点头，然后笑眯眯地凑过去亲了他脸颊一下，软声道：“谢谢小书爸爸。”

儿童节那天天气不太好，空气里也比平时多了丝丝凉意，刮着微风。但是，这完全没影响到宁书小朋友的热情与开心。

他平日里对着妈妈时都是腼腆的，也不会表现出太多想要干什么的欲望，可是今天难得露出了小孩子该有的一面，在吃早饭时就不停地朝外面望着，就连苏桃给他夹的芹菜和青椒也都乖乖吃完，然后就满脸期待地等着爸爸妈妈。

苏桃最近一直在赶新项目的进度，这个项目一旦成功，就差不多能让公司往更高一层发展迈进。所以，她连着好些天都很忙，整个人都很疲惫。可是此刻看着儿子可爱的小脸，她莫名什么都忘了，一身轻松。

儿童节去玩，差不多就是游乐场、动物园这两个地方，苏桃提前和宁书沟通过，小孩子直接选了游乐园。

考虑到儿童节去游乐园的人会非常多，苏桃提前准备了儿童防走丢手环锁。

一条弹簧形状的软塑绳两头，分别带着一个塑料卡通手环，孩子和家长一边戴一个，即使在人群里也不会轻易跟丢走散。

苏桃原本是想她和宝宝戴的，可是当出门时看着那对父子俩别别扭扭地站在一起的样子时，她忽然就改变了主意。

“你和宝宝戴着这个手环锁，我拿着母婴包。”

宁野不太愿意，瞅了一眼宁书，说：“我背包吧，你和他戴。”

苏桃摇摇头，说：“别人家都是爸爸和宝宝戴的。”

后来苏桃也没再征求他的意见，直接拉起他的胳膊把一边的手环卡在了他的手腕上。而那边，小宁书也破天荒地没有嫌弃，自己主动乖乖伸出小手给妈妈。

苏桃看着他配合的小模样，忍不住弯腰亲了他一下：“宝宝真乖！”

和意料中的一样，当天来游乐园的人非常多。园区内几乎是人挤人的状态，每个娱乐项目前都排着长长的队，一眼望不见尽头。

苏桃害怕宁书失望，所以一路都在逗他，注意力几乎全在他身上。这又让一旁的宁野酸了。后来也不知道小孩子看到了什么，忽然眼睛一亮。他举起短胳膊，朝对面指了指。

“过山车，想坐过山车。”

苏桃有些犹豫，想了想对宁书说：“宝宝，这个项目小孩子不能玩的，咱们过去了工作人员也不会让你上去的。”

宁书的一双大眼睛眨巴了两下，像是在想什么，片刻后，又指了指旁边的宁野，说道：“那爸爸玩，爸爸替小书玩。”

他就知道这个臭小子绝对没安什么好心！他分明记得之前两个人关系还没这么紧张的时候，他们单独在一起时，他给那臭小子解释过恐高症的意思。

那时候还顺带说了一句，他也有恐高症。

宁野要怄死了，他现在深深觉得宁书是故意整他，所以才忽然提起这个。

苏桃也有些为难，她倒是不知道宁野害怕，只是觉得排队的人太多了。想了想，为了让儿子开心，她还是问了宁野一句："你去玩一下？"

宁野刚想拒绝，就听苏桃在那边又说："我记得你之前说过很喜欢玩高空项目的，不然趁着这个机会再玩一下吧，我带着小书在底下等你，还能给你拍照！"

宁书听了，在旁边兴奋得直拍手："拍照！给爸爸拍照！"

宁野为了维护自己在他家小朋友心目中的高大形象，不得不硬着头皮去排队。

这边游乐场的过山车是国内十大惊险娱乐项目之一，很多人都是慕名而来想挑战的，但是临到关头又退缩了。所以看起来很长的队伍，半个多小时就排到了宁野这里。

他走上去，就见苏桃正抱着那个臭小子向他挥手。那个臭小子眼睛亮晶晶的，一脸期待的模样。

宁野敷衍地挥手回应了一下，接着就深吸一口气走了过去。

这件事几乎是从开头就能猜到结尾，三分钟的时间里，宁野简直度秒如年。再下来脚踩平地，他都感觉腿软得厉害。

苏桃和小宁书在底下倒是很兴奋，看着他出来还不停地挥手。宁野是一点儿兴致也没有了，白着一张脸，没吭声。

苏桃看出了他的不对劲，连忙上前问了句："怎么了？是不是哪里不舒服？"

宁野觉得要不然自己干脆实话实说算了，正巧最近那臭小子得了自家小朋友太多注意力，他用这件事应该能扳回一城。但是一想到他一旦说了自己恐高，后面可能会被苏桃当成娇花一样照顾……那感觉想一想他都要窒息了。

两相权衡，他选择继续独自吞咽苦果。片刻后，他随便指了指天，说："天气太闷热，可能有点儿中暑。"

苏桃看了看旁边因为气温转凉正在给孩子加衣服的家长，疑惑道："是吗？"

后来苏桃又问了几遍，看宁野一再坚持，她就没再多说什么。她拉着父子俩去休息处，找了个长椅让他们休息一下。

"你们先在这里等着，我去买点儿水。"

小宁书乖乖点头，又对苏桃说："还有冰激凌，爸爸中暑了应该吃冰激凌！"

苏桃离开后，父子俩差不多就又变成了平时的状态。宁野还有点儿头晕难受，小宁书也不知道怎么回事，一直睁着大眼睛一动不动地看着他。

宁野被盯得有些不自在，转头看过去，问他："干什么？良心不安了？"

小宁书转过头，不再看他。

不多时，不远处忽然传来了一个声音："宁总！"

宁野闻声朝那边看过去，发现他们公司的一位高管正抱着儿子往这边快步走来。

那个高管身材矮胖，鼻子上方架着副眼镜，模样看起来憨憨的，像个老实人。他儿子和他像是一个模子刻出来的，圆乎乎的脑袋，长得虎头虎脑的。

那个高管先和宁野说了话，接着又特别自来熟地和宁书打了招呼："小宁书，你好呀，还记得叔叔吗？"

说完，他还把儿子放到地上，摸了摸小孩子的发顶，指着宁野说："这个是爸爸的上司，你该叫宁叔叔。"然后又指着宁书说，"这是宁叔叔的儿子，年纪比你小，你该叫弟弟。”

小孩礼貌地和对面的父子俩打了招呼，宁野还算给面子，冲着小孩子点点头。

那个高管在公司就是个话痨，一旦逮着单独和宁野在一起的机会，就会没完没了地聊自己负责的项目。现在也是如此，即便身边人来人往，全是嘈杂的声音，他还是说得很起劲。

后来宁野有些不耐烦了，眼见着眉头要皱起来，那位高管的电话忽然响了起来。

“抱歉，宁总，我先接个电话。”

宁野摆摆手让他随意。

电话那头是那个高管的妻子，好像买了吃的东西回来找不到父子俩了，有些着急，语气都凶巴巴的。

当着宁野的面，那个高管也不敢多说什么，只能耐着性子说位置。但是他妻子还是不依不饶，最后甚至直接挂了电话。

气氛一时有些尴尬，那个高管感觉失了面子，脸上火辣辣的，也不想再待下去了，拽着儿子就想走。但是他刚和宁书熟悉，正玩得高兴，压根不想离开，哭闹着不听话，拉着宁书的小手不肯放开。

“爸爸你去找妈妈过来吧，我还想和弟弟玩！”

宁野神情淡淡地朝两个熊孩子那边看了一眼，对那个高管说：“不然你先去找人吧，孩子我帮你看一会儿。”

那位高管受宠若惊，权衡了一下，心想让自己儿子和宁总家的宝贝处好关系应该也不错。所以只沉默了几秒，他便笑着点头道谢，然后便转身离开了。

宁书平时只有“脑血栓”一个玩伴，偶尔和早教班里面同龄的同学在一起，也会觉得他们太幼稚。

旁边这个小哥哥比他大了好几岁，两个人说话至少还算能同频，所以相对而言，宁书此刻也比平时热情了些。他翻开了苏桃给他准备的小书包，从里面拿了袋棉花糖出来，打开之后分给小哥哥几颗。

小哥哥说了谢谢，塞进嘴里一颗之后，朝宁野那边看了看，犹犹豫豫半晌，最后贴在宁书耳边道："你不要让他做你爸爸啦！我爸爸说他是坏人，经常教训员工，这种人当你爸爸的话，你以后就要遭殃啦！"

小孩子的世界都是单纯且直接的，他从大人那里听到什么，就会怎么理解。

小胖子和宁书相处一会儿，觉得他已经是自己人了，所以说起话来也没了顾忌，还觉得自己是为了宁书好。哪料，小宁书听完非但没有领情，还直接翻脸："我爸爸不是坏人，我也不想换爸爸。"他脸上是一副十分不高兴的模样，"你把棉花糖还给我吧，我不想给你了。"

后来那个高管领着孩子离开时，宁书的小嘴还噘着，不开心的样子十分明显。

宁野觉得新鲜，刚刚如果不是亲眼看见亲耳听到，他是不会相信这臭小子会在外人面前维护他的。

"为什么不高兴？你不是讨厌我吗？他建议你换个爸爸，你还不开心了？"

小宁书也不说话，蔫蔫地坐在旁边。

前方来来往往的人非常多，也有爸爸独自带着儿子的，有几个父亲高高地将孩子举在头顶骑着自己的脖颈，画面和谐又温馨。

宁书的注意力渐渐被转移了，看着那些被高高举在上方的小孩子，眼底发亮。

宁野看得出来他在想什么，又难得心情好，所以没怎么犹豫抬手就拍了拍他的小脑袋，问："想骑大马？"

小宁书转头看向他，没说话，但眸底越来越亮的神色早就出卖了他的想法。

宁野没废话，起身抱起宁书就举上头顶，让他的两条小短腿一左一右垂在自己胸前。他的两只手，则牢牢地固定住了宁书的两只小手。

宁书显然十分开心，脸上的笑意比平时明朗许多，几颗小牙都露出来了，看着十分可爱。

远处，苏桃终于买好东西往这边走了，她眼神好，一眼就看见了父子俩。

见他们这么亲密，她特别开心，在那头不停地朝他们招着手。

父子俩没在原地停留，宁野慢悠悠地迈着步子朝那边走去。

嘈杂的人声中，小宁书忽然对爸爸开了口：“你可不可以不要开除刚刚那个叔叔啊？他看起来笨笨的，你要是开除他，他很可能就找不到工作了……那样的话，刚刚那个哥哥也没有钱再买棉花糖吃了。”

宁野挑了下眉，片刻后，说道：“可以啊，不过你要叫声‘好爸爸’。”

小宁书抿抿唇，最后别别扭扭地喊出声：“好爸爸……”

小孩子奶声奶气的，声音里好像还带了些不情愿和委屈。

宁野听完，不由得失笑。

“臭小子。”

空中光线划破乌云倾泻而出，阴了一上午的天，终于放晴了。

番外三
宁书和苏糖（二）

宁书七岁那年，苏桃又怀了第二胎。

这胎和当初怀小宁书时不同，这次她和宁野都有提前备孕，两个人都按照医嘱，提前半年就开始做准备。

那半年里，宁野推掉了大部分应酬，有不得不出席的活动，也会全程带着张助理，喝酒的事情完全交给他。

那段时间对于张助理来说简单是噩梦，工作繁重就算了，下了班还要代替小宁总去和商场上那些老狐狸交手。

有几次他喝得天昏地暗回到家时，他女朋友都差点儿以为他失业了，不好意思和她提起。

事后问她为什么会有这种想法，她说没见过哪个助理像他这么惨的。

这话好像有点儿道理。

总之，被噩梦笼罩的张助理，每天除了工作，大部分时间都在心里默默地祈祷着，希望他们老板和老板娘的二宝能快点降生。

然而他不知道的是，这件事情祈祷上帝是没什么用的，因为在备孕期间，两位当事人特别严谨，苏桃生怕再出意外，甚至还破天荒地和宁野分被窝睡。

不过好在那个男人也做着女儿梦，他只要想一想自己未来即将出生的宝贝女儿，就觉得什么都能忍了。

半年时间一过，烈火瞬间燎原，那一整晚宁野都没放过苏桃，外头天际泛白，她还被他困在身下。

彻底结束的时候，苏桃眼底湿漉漉的，泛着红，头发和全身都跟水洗了一样。她推着他的胸膛，无力地说了句："医生说了……要节制……"

男人却意犹未尽地说："我有预感，这次一定是女儿。"

苏桃眨巴了两下眼睛："你上次也是这么说的。"

宁野无语。

之前的事情对于宁野而言，算是一段时期的噩梦了，所以他这次格外小心，至少情绪没像之前那般外露，不过好在结果是让他开心的。

二宝依旧是顺产，比起当时生宁书还要顺利，孩子出生只用了一个多小时。

和期待中的一样，二宝是个女孩子，名字叫苏糖。

除照顾苏桃的时间，宁野和宁书小朋友只要一有空就围着婴儿车转。

小孩子出生前几天皱皱巴巴的，丑到不行，可是在苏糖小朋友的爸爸和我眼里，她俨然已经变成全世界最好看的女孩子。

有了家里头一大一小两个男人的关爱，苏桃觉得自己这个妈妈都是可有可无的。

头三个月，小苏糖只要一哭，宁书就会条件反射地去泡奶粉，宁野则第一时间去给她换尿不湿。

可能是相处时间多了，苏糖小朋友只要见到爸爸和哥哥，哭得再狠再凶，也会立马露出笑脸。

很多次，她眼泪还在眼眶里打转呢，下一秒就忽然小嘴一咧，笑得特别开心。

在他们的宠爱下，苏糖小朋友的童年是非常幸福的。

一开始的时候，苏桃还担心二宝被爸爸和哥哥溺爱着，会养成无理取闹或者无法无天的性格。她甚至还暗暗下了决心，如果孩子有长歪的趋势，那自己就去唱黑脸，给些严厉的教育。

但是让她意外的是，苏糖并没有任何长歪的趋势，甚至比普通的小朋友还要乖。

她每天醒来之后乖乖地躺在床上吃手指，等着哥哥或者爸爸来给她穿衣服，衣服穿好后又乖乖地等着吃早饭。

值得一提的是，和宁书当年比起来，苏糖的饭量要大上许多，而且她还不挑食。无论是肉类还是蔬菜水果，只要是家里人给的，她都能笑眯眯地一脸幸福地吃进去。

宁薇有一次看见苏糖那么小一只，居然一口气吃了三个肉包子，惊讶之余还在调侃："怪不得桃桃在怀这个小东西的时候食欲那么好，原来能吃的不是妈妈，而是咱们小糖糖啊，哈哈哈！"

宁老太太对这个曾孙女非常喜爱，听见宁薇说这话，还剜了她一眼："少说我们吃得多，我们正是长身体的时候呢！吃得多点儿怎么了！"她抱着苏糖在怀里，又递给小孩子一块曲奇饼干，笑着逗了逗她，"是不是啊，我们的小宝贝。"

苏糖五岁的时候，苏桃和宁野把她从早教班转去了幼儿园。

和上早教班时不同，幼儿园是全日制，一整天都不能见父母家人，身边除了同园的小朋友，就只有老师了。

宁野担心得要命，在苏糖要去幼儿园的前一晚，就翻来覆去睡不着。

苏桃知道他在想什么，一开始没太在意。后来见他一直不睡，她实在忍不住了，抬手按开了床头柜上的台灯，问："你还在担心糖糖明天上幼儿园的事情？"

宁野点点头，直接将苏桃抱进怀里，说道："我现在终于明白苏叔当年的心情了，小丫头这才要去幼儿园，我满脑子想的都是她会不会被欺负，在外头会不会吃不饱，又害怕到时候老师给她安排个小男生做同桌，她会被人骗。"

苏桃无奈得很，都不知道该说什么好了，沉默一会儿才道："糖糖才五岁。"

"就因为年龄小才好骗啊！咱们糖糖那么好看，喜欢她的人肯定非常多。万一到时候出现一个鬼主意多的臭小子，随便拿点儿小零食哄骗她，难免咱们的宝贝不上当。"

宁野越说越觉得自己担心的事情很可能会发生，想来想去还是放心不下，掀开被子就想下床出去。

苏桃小声喊了他一句："大半夜的你要做什么呀？"

"你先睡吧，我去和糖糖说说话，教她怎么防备那些小男生的糖衣炮弹！"

宁野并不是开玩笑，他出了主卧直奔走廊最里侧的儿童房。

他原本以为宝贝女儿应该早就进入梦乡了，所以还没到房门口时，脚步就不自觉地放轻，大掌搭在门把手上面，向下按时也悄然无声。哪料，房门才开了一点点，里面就传来了说话声："哥哥刚刚和你说什么了？重复一遍。"

苏糖稚嫩的声音奶声奶气的："嗯。要和同学好好相处，要尊敬老师。零食要懂得分享，吃饭的时候如果吃不饱就乖乖举手跟老师说，如果有人欺负我的话也要第一时间告诉老师，还要让老师通知家长。"

宁书显然特别满意，已经长开的身子窝在苏糖的小床上，和小女孩相对侧躺着。听完她的话，笑着拍了拍她的背，说道：“睡吧，哥哥等你睡着再走。”

小女孩乖巧地点点头，打了个哈欠后闭上了双眼。

待她睡着后，宁书才蹑手蹑脚地离开她的房间。拉开房门时，他迎面就看见了宁野。

他应该是刚刚就察觉到宁野来了，所以这会儿也没觉得意外，叫了声“爸爸”算是打招呼。

宁野也随意点了下头，顺着门缝朝里面看了一眼：“睡了？”

“嗯。”

“你都和她说什么了？”

宁书平静地看着他：“你刚刚不都听见了吗？”

宁野忍了忍，又问：“那你没和糖糖说，要小心那些故意靠近她的小男生？”

“为什么要说这些？”宁书眉头微微皱了下，“爸爸你是不是担心得有点儿多余了，糖糖才五岁，不是十五岁。”

不知道为什么，宁野心里有种他正在被自己儿子教训的感觉：“你懂什么，咱们家的小宝贝单纯得要命，如果不和她多说两句，万一被小男生骗了怎么办？”

“她是单纯，又不是傻。”宁书摆出一副小大人的模样，“而且我也和她说了，有什么问题都可以告诉老师，老师到时候肯定会通知我们的。你不要瞎担心。”

宁野后来回到房间时，和苏桃说了刚刚自己与宁书的对话。

“我这是……被自己儿子教育了？”

苏桃乐得不行，笑眯眯地说：“我觉得小书说得都没错啊，就算他不和你说什么，回头我也要忍不住说了。”说到这儿，苏桃语气开始变得认真起来，“糖糖早晚要长大的，上幼儿园是她开始步入自己小世界的第一步，以后她还要上小学、初中、高中、大学，甚至以后她还要为了自己的梦想或者想追求的事情离咱们越来越远。你也不能一辈子都管着她，事事都替她做吧？”

宁野没再多说什么，过了好一会儿，才叹了口气，接着将苏桃搂进怀里，轻声说：“睡吧。”

苏糖小朋友的幼儿园之旅算是她人生中第一次单独“探险”。

虽然从哥哥和爸爸那里，她已经收到了许多叮嘱和建议，但是第一天去到幼儿园时，她还是难过得差点儿哭出来。

不过她很乖，知道自己如果掉眼泪会让爸爸妈妈和哥哥担心，所以一直忍着没哭。

到了幼儿园，苏糖分别和他们告别。

爸爸的叮嘱最多，其次是哥哥。轮到妈妈时，应该是觉得该说的话之前两个人已经和她说完了，因此妈妈就只抱了抱她，说晚上放学回去给她做好吃的小排骨。

她点点头，然后背着自己的小书包牵住了老师的手，回头奶声奶气地对他们说了句：“爸爸再见，妈妈再见，哥哥再见。”

待进到教室，小朋友的情绪就控制不住了，小嘴瘪了瘪，眼泪吧嗒吧嗒地掉，肉嘟嘟的小胖手不停地抹着脸。

老师这会儿都出去接别的要入园的新生了，暂时没顾得上看她，也没发现她自己悄悄哭了。而她旁边坐着的，是昨天就入园的一个小男生。

小男生看着斯斯文文的，衣服和头发都打理得一丝不苟，身上穿着一件白色的衬衫，脖颈处还系着一个黑色的领结。

他原本一直安静地坐在自己的座位上看书，是一本天文杂志。不知道是不是觉得被打扰了，他的小眉头渐渐皱起来，问：“你哭什么？”

苏糖回头看过去，黑长浓密的睫毛这会儿都哭得湿答答的，粘在了一起。

“我有点儿……有点儿想妈妈……”她一边哭一边奶声奶气地补充，“还有爸爸，哥哥……”

小男生眉头皱得更深：“那怎么才能让你平静下来？”

苏糖不说话了，眼泪却流得更凶了。

小男生没了办法，安静地注视了她一会儿，沉默着从包里翻出一盒糖。

“喏，给你，吃糖可以促进多巴胺分泌，吃了你的心情就会好一点儿了。”

苏糖原本想拒绝的，因为她爸爸说了，不能轻易收别人的礼物和零食，尤其是男孩子的东西。但是她回过头，看见他手里的那块糖是她最喜欢的粉红色，拒绝的话忽然就停在了嘴边。

纠结了好半晌，她才小心地把那块糖接过来，带着哭腔轻声说了句“谢谢”，直接剥开糖纸，把糖放进了嘴里。

糖是草莓味的，这个牌子的糖以前她从来没吃过，所以入口之后，她顿时就满足得眉眼舒展。

旁边的小男生看着她的反应，暗暗松了口气，注意力又放回了那本天文书上面——

“好了，糖也吃过了，别再哭了，安静地等着老师来给我们上课吧。”

苏糖咂咂嘴，梳着两个小辫的小脑袋轻轻点了点。片刻后，她忽然又转头看过去。

“那个……”

小男生抬眼，安静地回看着她。

“你能再给我一块吗？”

苏糖看他不出声，还以为他是舍不得了，于是小声嘟囔：“我可以拿我的零食跟你换呀，我爸爸也给我买了好多好多零食呢，都特别好吃！”她一边说一边把自己的小书包打开，像是小仓鼠搬家似的，一样一样把自己的零食都拿了出来，“有芒果干、草莓味的巧克力，还有肉松、虾片……”

那个小男生深吸一口气，直接将桌上的一盒糖都给了她，对她说：“都给你了。”

“咦？那你想要什么？如果都想要的话……”

“不要！”小男生截住她的话，“我什么都不吃，只要你安静一些就可以了。”

“哦。”

苏糖一点儿也不在意，又剥了块糖放进嘴里，咂巴两下嘴巴，一脸幸福地弯了弯眼睛。

“你好厉害哦，第一天来幼儿园都不哭！”

“我不是第一天来，我昨天就来了。”

“咦？那你昨天哭了吗？”

“没有。”

“哦，那你应该和我哥哥一样厉害！妈妈说他当初上幼儿园时也没有哭！你有哥哥吗？你哥哥对你好吗？我哥哥对我可好啦，他经常背着爸爸妈妈悄悄给我买小零食吃，以前还会带着我一起去游乐园，爸爸妈妈工作忙的时候，也是他一直陪着我……”

“我没有哥哥，也不想要哥哥，我不喜欢吃零食，我也可以自己去游乐园，爸爸妈妈忙的时候，我可以一个人待着，不需要他们陪我。”

苏糖眨巴了一下大眼睛，后知后觉地“哦”了一声。

又隔了好一会儿，她没有再出声。

旁边的人还以为她会这么安静下去，刚要继续投入到书本里时，就听她又软乎乎地说：“那你好厉害哦！”

宁氏五十周年庆那天，苏糖早早地就从家里溜了，放了她老爸的鸽子。

她现在还是一名学生，平时除在学校的时间，爸爸和哥哥管她管得都非常严，不给她一点儿做乱七八糟事情的时间。

至于这乱七八糟的事情是什么……咳。

苏糖当天偷偷溜出来时，外头天才蒙蒙亮，天空中点缀着几颗星星。

她悄悄地从家里小跑出来，走两步就回头看一眼，好不容易走到了路口，在看见那辆熟悉的私家车后，苏糖才悄悄松了口气。

车里的人仿佛看见了她，下一秒，后车门从右侧打开，宁老太太的身影出现在苏糖的视线里。

老人家如今已经八十五岁了，身子依旧硬朗，除了两鬓多了许多白发，样貌几乎没有变化。

她见苏糖小心翼翼地往这边小跑时，不由得笑眯眯地说道："慢点儿！这个时间你爸和你哥醒不了！"

苏糖生怕被发现，速度又加快了不少。

"太奶奶，你小点儿声！"小姑娘边说边伸出食指往唇边一搭，比了个噤声的手势。同时她还回头朝身后看了一眼，又确定了一遍有没有人跟出来。

宁老太太哭笑不得，回身打开车门。

"至于这么小心吗？这才几点，如果不是我们悄悄约好了，太奶奶一个八十来岁的老人家都起不了这么早。"

"至于吗？你忘了之前哥哥和爸爸罚我不准出去玩却当场逮着我在游乐园的事情了吗？"

其实这事儿吧，说来也怪她。

苏糖后来自己深刻反思了一下，如果当初她好好跟爸爸、哥哥商量，而不是背着家里人负气偷溜，把他们吓坏了，现在也不会管她管得这么严格。也不至于像现在这样，明明是周末，却因为又惹爸爸、哥哥生气，要一大早偷跑出来……

不过幸好还有太奶奶陪着她，回头就算爸爸和哥哥念叨起来，也有人帮她说话。

后来车子平稳地行驶到道路上时，苏糖渐渐有了困意。她年纪小，平时也特别嗜睡，今天起这么早确实难为她了。看她靠在后排车椅背上睡着后，宁老奶奶小声地嘱咐司机再把车开稳点儿，又拿出条毛毯给她盖上。

小姑娘这两年五官长开不少，隐隐约约已经有了当年苏桃才来宁家时的影子，不过她又综合了一些宁野的样貌特征，打眼看着，乖软中又多了几分艳丽。

不过苏糖心大，平时也很少关注这些，即便学校里很多小男生经常盯着她脸红，她也一点儿都不放在心上。

去食堂的时候，她也完全不会因为自己刚刚被评为级花而少吃两块排骨。

宁老太太心疼这个小宝贝，没急着叫她起来。上午十点左右，苏糖自己悠悠醒来。

外头天色已经大亮，她睁开眼睛，立马清醒过来，坐直身子。

“几点了，太奶奶？你怎么没叫醒我呀！”

“没到时间呢，别急别急！”宁老太太把刚刚叫司机买回来的早餐递过去，“才十点多，还有两个多小时呢，先吃点儿东西垫垫，别饿坏了。哦，对了，你睡着的时候你同学给我打了电话，太奶奶怕打扰到你，就说你在睡觉，等会儿醒了再找他。你看看是谁，给人回个消息。”

苏糖点点头，没太在意。后来当她咬着甜甜圈，拿起奶奶的手机看清是谁打来的电话时，苏糖惊得差点儿咬到舌头，陆司北还发了微信消息。

陆司北：起床了吗？今天要做小组作业。

又过了半个小时，那边的人又发来一条微信。

陆司北：宁书哥说你不在家。

苏糖心里“咯噔”一下，尤其在看见最后那个句号的时候，小脑袋瓜里只剩下“完了”这两字。

宁老太太看着小姑娘脸色变得比天气还快，一会儿晴一会儿阴的，不由得觉得好笑。

“我们糖糖怎么啦？”

苏糖撇着小嘴，一副要哭的模样。

“太奶奶，我完啦！”

宁老太太一头雾水，完全猜不出来小姑娘在说什么。而苏糖愁容越来越甚，像天塌了一样。

其实真要说起来，家里两个男人，苏糖都是不怕的。毕竟他们念叨归念叨，却从来不舍得真的罚她，或者因为她闯祸而真的生气。

但陆司北不一样……

苏糖只要一想到他就觉得自己的未来一片漆黑。她也不知道自己到底犯了什么大错，上帝要那么惩罚她。

小时候她和陆司北一个幼儿园同桌就算了，怎么上了小学之后他们还是同桌！

那个男生说话做事一板一眼的，一点儿也不懂得变通！

之前有一次她犯困没做完作业，老师还没说什么呢，他作为小组长就严格按照班级制度，让她把该完成的作业来来回回抄了十遍才罢休。

打那之后，他就像一个冷冰冰的机器人似的，只要她出一点儿错或者有一点儿问题，他就能很及时出现，给她加倍的惩罚。

苏糖一想到这里，觉得自己连待会儿玩的心情都没有了！她嘟着嘴，坐在座位上想了好久，最后才勉强编出了一个理由。

苏糖：那个……太奶奶又腰痛啦！她不想让爸爸妈妈担心，就让我出来陪她一起来医院啦！小组作业我会写的，你把我的那份发给我就好啦，我写完直接拍给你。

陆司北：所以你现在在医院？

苏糖：嗯……

陆司北：拍个医院门诊部的照片给我。

她心一横，决定破罐子破摔，收起手机，装作没看见，不再回复了。

小姑娘心大忘性也大，后来跟着宁老太太到了游乐场后，玩了自己喜欢的项目，瞬间什么烦恼都抛到脑后了。

苏糖开心极了，两个小时下来嗓子都快喊哑了，出来后脸上的表情还有些亢奋。

宁老太太笑着揉了揉苏糖的脑袋。

“这边信号不好，电话打不出去。太奶奶去那边找司机过来接咱们，你乖乖等在这里，别乱走。”

苏糖“嗯”了一声，笑眯眯地点头。

她还沉浸在刚刚的气氛里没出来，不多时，远处忽然传来一阵叫喊声，好像是有游乐场的演员准备表演节目。

苏糖赶紧抬头看过去，见人群都往一个地方走去，她一下子又兴奋起来，早忘了刚刚宁老太太交代的话，迈开小腿就跟着人群往那边跑。

她人小腿还短，跑得又专注，也没仔细瞧脚下的路。后来也不知道谁无意间绊了苏糖一下，她瞬间摔倒在地。

身边的人一窝蜂地往前跑，没人注意到她摔倒了。她膝盖着地，钻心的疼痛瞬间袭来，疼得她眼眶瞬间红了。

渐渐地，周围所有人都跑去了那边，苏糖咬着牙想自己起身，但是努力了好多次都没成功。

没一会儿，她头顶忽然投下一片阴影。她缓缓抬起头，发现陆司北不知何时站在了她身前。

小男生穿着白衬衫黑长裤，即便是炎炎夏日，他的衬衫衣扣也一丝不苟地系到最后一颗。

他脸上的表情很平静，眼眸沉黑，虽然年纪尚小，但隐隐已经有了沉稳的气势。

“你不是在医院吗？”

苏糖看见他那张脸时，也顾不上他说的是什么了，眼眶里瞬间就涌出了泪花——

“呜呜呜，陆司北，我膝盖疼！”

苏桃陪宁野出席宁氏总部的活动，一直忙到很晚才回去。

一家三口都穿着正装，样貌、气质都属上乘，原本在会场就吸引了无数目光，这会儿齐齐站在门口等人，又惹得路过的行人纷纷注目。

过了没一会儿，路边缓缓地停下一辆车，后门打开，宁老太太带着两个孩子走了过来。

陆司北并不认生，见了苏桃他们，礼貌地问好：“叔叔阿姨，宁书哥。”

宁野一直看他不太顺眼，只简单地“嗯”了一声。倒是苏桃，相对而言热情许多。

她刚刚已经在电话里把今天事情的经过了解得差不多了，也知道苏糖膝盖上的伤是陆司北替她处理的。

她对陆司北笑了笑，感谢道：“小北，谢谢你帮糖糖处理伤口，回头你再去阿姨家找她写作业的时候，阿姨给你做甜品吃。”

“不客气，阿姨。”陆司北平静地回应，接着又看了苏糖一眼，说，“今天还有小组作业要完成，希望待会儿阿姨带苏糖回去后，能监督她好好地把作业写完。”

“一定一定。”

回到家后，苏糖一直嚷嚷着腿疼难受，苏桃无奈，刚想说她两句，就被宁野拽到一旁，他说道：“好啦，咱们宝贝今天都受伤了，这会儿也知道错了，你就别多说了！”

苏桃凶巴巴地瞪了他一眼，道：“你上午不是还说要狠狠地教训她一顿吗？不然她再这么无法无天下去，早晚闯大祸。这难道不是你说的？”

宁野一点儿也不心虚：“我那是哄你的啊。好啦好啦，别气啦，我今天还想带你去个地方呢，咱们也没时间再管那小丫头了。”

“嗯？”苏桃有些疑惑，“什么地方？”

宁野开车带苏桃来到京华高中时，她满脸疑惑，问：“你怎么带我来这里了？”

“没什么，就是宁书那小子前几天忽然拍了一张照片给我，说是在他们学校涂鸦墙上看见的。”宁野一边扶着方向盘找车位，一边随口回道，“我想确定一下，今天正巧有空，就带你过来一趟。”

宁书高中在京华读，如今是高二，是学校的“校草学霸”。

苏桃原本没在意，结果听到后面“涂鸦角”三个字后，尘封了很久的记忆瞬间涌了出来。她问：“小书……给你拍什么了？”

宁野将车停好，熄火后朝苏桃看了一眼，笑道：“你觉得呢？”

苏桃心里有数，下车后倒也不急了。

两个人这次没有走后门，这两年，宁野和苏桃的公司陆陆续续给京华捐了钱，校方很多人都认识他们，就连门口的保安也不例外。

这会儿看见他们过来，那保安热情地打招呼道：“宁先生，宁太太，你们是来找宁书的吗？高二应该还没放学，在保安室等一会儿吧！”

保安不知道宁书今天请假了，苏桃听完他的话，刚想解释，却被宁野一把拦住：“没事儿，我们先去学校里走走，听说学校又盖了一所教学楼？正巧今天我们有空，过去瞧瞧。”

保安没再多留，任由他们牵着手往校园内走去。

此时刚过晚上六点半，仲夏的夜迟迟没有来临。远处是被大片火烧云染透的天空，清风徐徐。

宁野牵着苏桃的手，一路直奔校内那个涂鸦角。

比起十几年前，上面多了岁月风霜的痕迹，很多字迹也已看不太清了。

但是苏桃写的那两句话，也不知是被人重描了一遍还是怎么回事，这会儿看着，依旧如当年那般清晰。

苏桃如今年纪也不小了，再看那两行字，心里不自在得厉害。

她看了宁野一眼，问他：“你带我来这里到底想干什么？”

“还能干什么？当然是给我家小朋友写个答案啊。”

说着，宁野拿出一支早早就准备好的马克笔，先是在苏桃那两行字上一笔一画地描了一遍。

那两行字的印迹比刚刚更深更清楚了，宁野描完之后，也没停，直接在下方又添了一个字。

“好。”

写完，他回头冲苏桃笑了：“我的字好不好看？”

有橙红色的夕阳落在他眉眼上，男人笑起来的样子，依旧如初。

苏桃心底似有潮湿的东西涌出来，片刻后，站在原地也冲他笑了笑。

“好看。”

“十八岁的宁野，你好呀，我是你十年后的女朋友。谢谢你平安健康地长大啦，也谢谢你喜欢上我。可以的话，希望我们以后永远永远不要说再见。”

“好。”

十几年前没能圆满的遗憾，如今，终于有了答案。

全文完